U0109407

古典詩歌研究彙刊

第三三輯

龔鵬程 主編

第7冊

黃庭堅談書詩研究

郭 睿 恩 著

國家圖書館出版品預行編目資料

黃庭堅談書詩研究／郭睿恩 著 -- 初版 -- 新北市：花木蘭文
化事業有限公司，2023〔民112〕
目 2+180 面；17×24 公分
（古典詩歌研究彙刊 第三三輯；第 7 冊）
ISBN 978-626-344-213-9（精裝）
1.CST：（宋）黃庭堅 2.CST：宋詩 3.CST：詩評
820.91   111021852

ISBN-978-626-344-213-9

古典詩歌研究彙刊
第三三輯 第七冊   ISBN：978-626-344-213-9

黃庭堅談書詩研究

作　　者　郭睿恩
主　　編　龔鵬程
總 編 輯　杜潔祥
副總編輯　楊嘉樂
編輯主任　許郁翎
編　　輯　張雅淋、潘玟靜　美術編輯　陳逸婷
出　　版　花木蘭文化事業有限公司
發 行 人　高小娟
聯絡地址　235 新北市中和區中安街七二號十三樓
　　　　　電話：02-2923-1455／傳真：02-2923-1452
網　　址　http://www.huamulan.tw 信箱 service@huamulans.com
印　　刷　普羅文化出版廣告事業
初　　版　2023 年 3 月
定　　價　第三三輯共 8 冊（精裝）新台幣 16,000 元

黃庭堅談書詩研究

郭睿恩 著

作者簡介

　　郭睿恩，臺南人。國立臺中教育大學語文教育學系學士，國立高雄師範大學國文學系碩士。現為桃園市國民小學教師。

　　幼時承繼書法家學，父親言傳身教，兄長相濡薰陶，於墨香之中飛文染翰，卷盈緗帙。

　　青少年時，承蒙上天厚愛，榮膺南市國語文競賽高中組寫字冠軍，於選手集訓時，觀摩各方好手之佳作以及師長指點，自始書學愈發躍進。

　　大學及研究所時，於國立臺中教育大學（原「臺中師院」）攻讀語文教育學系並修習國民小學教育學程；畢業後，應屆考取國立高雄師範大學國文學系碩士班，同時，修習中等學校教育學程。其後，順利通過教師資格考試檢定，亦取得（國民小學、國中國文、高中國文）教師證，三項教育專長之任教資格，悠游徜徉於十二年國教之巍巍杏壇。

　　疫情嚴峻之際，因緣際會考取桃園市之正式國民小學教師，期許自身能戮力貢獻所學，與莘莘學子共讀、共學、共榮、共好！

提　　要

　　宋代文化特色之一，為打破科際分界、跨域共構，交涉互補以集文藝之大成；宋代的詩歌創作，體現宋代文學所追求「破體為文」、「藝術換位」、「出位之思」的文藝思潮，亦奠定談書詩創發之舞台。有宋一代，黃庭堅（1045～1105）為當世文壇鉅子，其所創作的談書詩，不僅是其書學觀的重要載體，更舉足輕重於宋代詩壇。黃庭堅的書學淵源和創作方式溯尋內在神韻，並主張書家積習學識修養，以昇華書藝境界。

　　黃庭堅談書詩之創作發展，依據其年齡階段可分為四期：（一）青少年至青年時期（1061～1077）、（二）青年至壯年時期（1078～1085）、（三）壯年至老年時期（1086～1094）、（四）老年時期（1094～1105）。從這四個時期，管窺黃庭堅談書詩之詩歌特色及風格轉變。

　　黃庭堅談書詩之內涵對其書論及書史之考據，乃至於審美思維之思辨，均是極佳的後設考察素材。黃庭堅談書詩之審美思維，涵蓋其書學觀及審美意趣。黃庭堅之談書詩、書論相關題跋，交互論證，可知其「崇尚晉韻，尊推王書」、「思辨古法，臨池〈瘞鶴銘〉與顏書」兩大書學思維。此外，黃庭堅亦以奇趣巧思來創作，甚至偶爾雜揉游戲之筆法作詩，戲語出「奇」，增添審美之「趣」。不僅游戲之筆法，黃庭堅談書詩所含攝之宗教之底蘊，以禪論書，亦體現其對於書法的審美之「意」。

　　本研究試圖從談書詩之創作年齡、風格轉變、書學觀以及審美意趣的視角，梳理黃庭堅學古通變，自成一家之歷程。

感謝我的父親

謝　誌

　　抱著對中國文學的喜愛，我踏上了研究之路……。

　　在工作與疫情交織激盪，我完成了論文撰寫……。

　　這場「疫情」，在我的人生劃下一道深深的烙痕，伴隨著成長的腳步——「一步一腳印」。二〇二〇年一月疫情開始，我完成教育實習，毅然而然決定專心投入教甄的準備，邊防疫邊讀書。二〇二〇年七月，感謝上蒼的眷顧，是幸運，也是實力，讓我考上教甄，到桃園擔任教職。二〇二一年七月疫情激盪變化，一波未平，一波又起，風起雲湧中，我的論文終能付梓成冊，心中的激動與歡喜實非三言兩語可道盡！這趟碩士學歷，這場嚴峻疫情，印象鮮明，特此誌念！

　　《三國演義》一部中國著名的章回小說，也是我從小的最愛。依稀記得，小學五年級時，父親載我到總統府領「優秀小作家」獎，一路上，我抱著一本厚厚的《三國演義》，深受她的著迷……。父親說：「一個小學生，看文言文的，不錯喔！」我回答說：「文言文版本，看得才刺激帶勁！」有了父親的啟蒙引導，加之自己醉心濡染，「中國文學」不僅僅是一門學問，更悄然融入於自身生活之中！

　　回首風雨來時路，從國立臺中教育大學（以下簡稱「中師」）至國立高雄師範大學（以下簡稱「高師」），在學習途中若遭遇瓶頸與難題時，總因諸多師長、同儕及家人的幫忙與鼓勵，而終能在學問的瀚海中，悠游徜徉，安然登岸！這一路上，求學至論文撰寫完竣之期

間，曾幫助過自己的師長、摯友，於斯，睿恩欲藉此良機，娓娓道出心中所感謝之情意！

（一）師長方面

首先，我要特別感謝自己在高師的碩論指導教授——蘇珊玉老師。碩班求學階段先後修習珊玉老師「中國美學研究」、「文藝美學」。課堂中，珊玉老師以「詩人之眼」詮釋、抉微古典詩歌之意象層疊，心物交感，為我奠下精實的學養基礎。在論文撰寫期間，珊玉老師給予明確方向和寶貴建議，讓我提綱挈領，立論分明。此外，我要深深感謝國立臺南大學國語文學系系主任——蔡玲婉老師、國立屏東大學中國語文學系教授——黃惠菁老師，承蒙二位師長不辭辛勞，於此疫情嚴峻之際指教拙作，令睿恩醍醐灌頂，精益求精。同時，我也要特別感謝當年在中師語教求學的系主任——楊裕貿老師（時任中師圖書館館長），裕貿老師亦師亦友的教誨、指導，使得我可以完成國民小學教育學程，更獲得許多為人與處世之道。隨後，我要感謝當年在中師語教求學的教授——劉家華老師，家華老師是父親就讀中師時期的同窗好友，自己在中師求學時有幸得老師指點行、草書，書法造詣大為精進，亦感謝家華老師對我視如己出的關愛。繼而，我要感謝高師文學院院長——林晉士老師，承蒙晉士老師於「專家文研究」的指點與提攜，讓我領略唐代韓愈、柳宗元「文窮而後工」之壯美。另外，我要感謝高雄醫學大學語言與文化中心教授——蓋琦紓老師，因緣際會有幸擔任琦紓老師科技部計畫的研究助理，琦紓老師治學之嚴謹，開拓我對於宋代題跋審美、詩文評點之眼界。接著，我要感謝高師國文系系主任——杜明德老師，明德老師在我碩二時任職於師就處檢定實習組組長，當時我有幸修習明德老師所開設之「荀子學研究」，下課之餘，明德老師都會細心提醒我們師培的即時資訊，備戰教檢。最後，我要感謝高師國文系教授——陳宏銘老師，幸承宏銘老師關照，撥冗擔任我的實習指導教師，讓我在高雄市立新興高中半年實習期間，習得宏銘老師所授之教材教法。

（二）同儕方面

1. 博班學長、學姐

首先，我要感謝同門的蔡富澧學長、陳宜政學姐。遙想當初，富澧學長得知我要撰寫有關宋詩主題的碩論，便立刻將蘇軾、黃庭堅等作家評傳之古籍無私分享，令我感到十分窩心。高雄市音樂館旋律悠揚，在宜政學姐盛情邀約之下，讓我陶醉在美聲的薰習。接著，我要感謝博士班的吳晉安學長、李佩圜學姐。時光倒流至碩一，我初讀碩班尚未知曉學術論文撰寫的規範，是晉安學長用心提點，讓我在龐雜的論文註腳中，釐清箇中思緒。碩二承辦某次研討會，在筋疲力竭之際，貼心又可愛的佩圜學姐帶著熱桔茶跟蛋糕前來探班，吃在嘴裡，暖在心裡！

2. 碩班學長、學姐

首先，我要感謝就讀中師時期的呂韋杭學長。大四那年，適逢畢業退租賃居之際，韋杭老哥當時就讀碩班，一聽到我有搬遷的困難，立即前來鼎力相助，更讓我借宿幾宿，幫我度過在臺中無房居住的空窗期。接著，我要感謝就讀高師時期的吳炤霆學長、王于瑄學姐。碩一某次發燒，獨自臥床在五樓租屋處，窗外滂沱大雨，四肢愈發無力。此時，炤霆學長、于瑄學姐不畏風雨險阻，準備便當和熱湯爬上五樓舊公寓，為我補充元氣，讓我銘感於心！

3. 碩班同儕

銘仁、智鈞，兩位從中師一同來到高師打拼的好兄弟們，未來再繼續一起揮灑青春！政鑫，從中師音樂系到中山音樂所，只要有音樂演奏發表就會邀請我前去欣賞，真的非常謝謝你的心意！志玹，文翔，兩位好弟弟！尤其是志玹，在準備教甄那年，我們幾乎每天駐足於圖書館，一步一腳印地汲取知識！文翔，感謝你時常分享自家製作的美味堅果和餅乾，每次收到你的點心，都是吃到滿滿的溫馨！

余執以至誠，謹將此誌獻予自己與所有關心我、我最愛的家人與摯友們！

中華民國一一〇年七月　郭睿恩　謹誌於高雄愛河

目次

第壹章　緒　論

第一節　研究動機

　　宋代文化特色之一，為打破科際分界、跨域共構，以相異的專業元素交相關涉互補。張高評《宋詩之新變與代雄》道：

　　　宋代文化的特色之一，為集大成；集大成的文化崇尚不同學科間的整合融會，殊異技巧之借鏡運用，所以宋代文學創作追求「破體為文」、「藝術換位」、「出位之思」的現象，相當普遍。〔註1〕

宋代的詩歌創作，體現宋代文學所追求「破體為文」、「藝術換位」、「出位之思」的文藝思潮，此概念正可詮釋「談論與書法相關詩歌」（以下本文簡稱「談書詩」）之創發。談書詩是聚焦於書法藝術之審美、鑑賞及探究相關書學理論的詩歌作品，其概念義近於「論書詩」。蔡顯良《宋代論書詩研究》云：

　　　論書詩就像一座橋樑，連接著書法和詩歌這兩座看似遙遙相望的山峰，使兩種藝術境界圓融無礙、相通互補。書法家的睿智與審美，為詩人開拓了描寫範疇；詩人們又把觀賞書法的感受吟而為詩，共同促進了文學藝術的發展。而有些論

〔註1〕張高評：《宋詩之新變與代雄》（臺北：洪葉文化，1995年9月初版一刷），頁168。

　　　　書詩的作者本身就是一流的書法家，這就使論書詩中闡釋
　　　　的許多書法理念多來自於書家的切身感受，讓人閱讀與理
　　　　解均不會覺得有隔靴搔癢之感。〔註2〕
論書詩將書法「形而上」的藝術概念，轉化為「形而下」的語言文字，
盡善構築讀者閱讀理解與審美心理的雙向認知。論書詩如此，談書詩
亦然。

　　　　時至宋代，文學家創作談書詩相關作品，其數量蔚為大觀。〔註3〕
有宋一代，蘇軾（1037～1101）和黃庭堅（1045～1105）為當時文壇
雙葩，其所創作的談書詩，不僅是二人書學觀的重要載體，更舉足輕
重於宋代詩壇。蘇軾談書崇尚「意」〔註4〕，黃庭堅談書則力求「韻」。
〔註5〕黃庭堅的書學淵源和創作方式上雖不盡相同，卻異曲同工地溯
尋內在神韻，並主張書家積習學識修養，以昇華書藝境界。此亦即
「尚意」書學觀的重要精神內涵，不但反映宋代書法的藝術風貌和

〔註2〕蔡顯良：《宋代論書詩研究》（南京：南京藝術學院美術學博士論文，
　　　　2007年5月），頁1。
〔註3〕由興波：「論書詩這一題材在宋代達到了高峰，已經由唐詩的感悟式
　　　　發展到宋詩的理性思考，對於書法這一藝術形式也由感性的品評轉
　　　　為學理的探求。據統計，兩宋所存論書詩約八百餘首，其中南宋時期
　　　　略多北宋，但學術價值方面則北大於南。兩宋時期，書法脫離了文字
　　　　的附屬地位，開始具有獨立的審美特性。」詳參由興波：〈唐宋論書
　　　　詩的文化特質〉，收錄於《華夏文化論壇》第九輯第1期（長春：吉
　　　　林大學中國文化研究所、吉林大學東北文化與社會發展研究中心主
　　　　辦；吉林文史出版社發行，2013年），頁44。
〔註4〕由興波：「宋代『書法四大家』中蘇、黃、米均有數量可觀的論書詩
　　　　存世，且在書學思想上創立了與唐代不同的理論體系，用宋『意』來
　　　　與唐『法』相領抗。尤以蘇軾成就最為卓著。蘇軾不單是用詩的形式
　　　　來描述書法作品，而且充分表達了以『意』為主的書學觀，要求作書
　　　　要任性而為，貴在『自然』，即個人情感的真實表達。」詳參由興波：
　　　　〈唐宋論書詩的文化特質〉，頁44～45。
〔註5〕蔡顯良：「黃庭堅的論書詩當中，對王羲之及〈蘭亭序〉的一種崇敬稱
　　　　落之情溢於言表，甚至已到了深入骨髓的地步。真正將王書當作一種
　　　　包治書法之病的靈丹妙藥，唯學王書傳統方能『超俗出群』」詳參蔡顯
　　　　良：〈黃庭堅論書詩研究〉收錄於《書畫世界》第2期（合肥：安徽美
　　　　術出版社主辦；中國國家新聞出版總署收錄，2006年），頁70。

審美意趣，更具承先啟後的重要價值。

歷來學者們對於宋代文學史、宋代文化史研究中，泰半以宋代詩歌和宋代書法為研究對象，學術成果斐然；然而，單就談書詩之相關研究寥寥無幾；再將論趨限縮至黃庭堅談書詩相關之學位論文更是屈指可數，著實為「黃庭堅」詩歌專題研究紅海中的嶄新藍海。〔註6〕本文即以黃庭堅談書詩為主要研究對象，量化統計黃庭堅談書詩之具體數量，並在文本內容基礎上，再深化論析黃庭堅談書詩之創作分期、內容特色、審美思維。

第二節　文獻探討

黃庭堅為宋代文壇鉅子，今人對其詩歌、文論的研究成果頗為豐碩，大致分為兩大研究面向：（一）以作者（黃庭堅）為研究主體，探討其文藝觀點及創作風格；（二）以詩歌作品為研究對象，將黃庭堅之詩歌作品分門別類，藉不同視域逐一作「專題式」細究。〔註7〕

一、專書

1. 蘇珊玉：《人間詞話之審美觀》〔註8〕

此專書悠游於古典才情見識與現代審美精神，以宏觀之視角將王國維（1877～1927）《人間詞話》細分為四：（一）赤子游戲觀、（二）

〔註6〕目前在臺灣方面，僅一本靜宜大學林瑪琍《黃庭堅論書詩探微》分析、探述黃庭堅論書詩之書學觀及書法技巧，系統性地考察詩歌體裁、數量，更近一步分析其詩歌所述書法運筆相關之技巧，如何轉化、呈現於書法作品之中，內容精鍊而博雅；而中國方面，研究黃庭堅談書詩之學位論文，更是一無所有。更詳細的文獻考述、評析，可詳參本章第四節「文獻探討」。

〔註7〕蓋琦紓：「黃庭堅為宋代的一流詩人，其詩歌、文論的研究成果也最為豐碩，或全面論述山谷文藝觀及創作風格，或分論山谷題畫詩、詠物詩、詠茶詩、唱和詩、詩體等等，或以文學流派、文化視域」詳參蓋琦紓：《黃庭堅的散文藝術》，收錄於《古典文學研究輯刊》第21冊（臺北：木蘭文化出版社，2010年初編（精裝）），頁3。

〔註8〕蘇珊玉：《人間詞話之審美觀》（臺北：里仁書局，2009年9月）。

不隔修辭觀、(三)文藝越界審美觀、(四)「三境界」人生觀。從王國維《人間詞話》之相關論述,由宏觀擘劃微觀,積微觀臻至宏觀,細究詩、詞「境界」之審美特質,既可融會互通又區別明辨,抉微論析王國維《人間詞話》評點詩、詞之審美視野。此專書對於本研究第四章「黃庭堅談書詩之審美思維」之闡發影響甚鉅。

2. 張高評:《宋詩之新變與代雄》〔註9〕

此專書在「宋詩」學術發展理論上,從五個專題七個章節來說明宋詩特色:第壹、貳章論及「宋詩『自覺與形成』與『自成一家』特色」,橫向開展六節,分別就「宋詩定位問題、唐宋詩殊異論、破體為詩、推陳出新、活法妙悟、自成一家」以「詩分唐宋」之視域論述宋詩之新變;第參、肆、伍章聚焦「破體與宋詩特色之形成」,分別細究「以文為詩」、「以議論為詩」、「以賦為詩」;第陸、柒、捌章則深究「化俗為雅」、「雜劇藝術」、「不犯正位」,以「儒道禪、書道、雜劇、史家筆法」喻詩歌語言闡述之,而以「會通化成與宋詩之文學史地位」作為單元之歸結。

此書涉及之學術領域從文學跨入哲學、美學、史學、倫理學、邏輯學及語言學;涉及之文本資料涵蓋面既廣且遠,縱向方面,上由《詩》、《騷》,下至唐、宋詩文;橫向方面,從宋代文化整體著眼,會通於詩話、筆記、書畫、雜劇以及儒、道、禪等,經由交叉縱橫比較方式,與詩歌進行多方面之分析研究。而且除了古代典籍外,還廣泛採錄現代中外著作及兩岸三地之學界專著和期刊論文,立論可謂研精覃思,給予兩岸學界重要啟發。

3. 謝佩芬:《北宋詩學中「寫意」課題研究》〔註10〕

此專書本為該作者之博士論文,後出版為專書,明確點出唐、宋

〔註 9〕張高評:《宋詩之新變與代雄》(臺北:洪葉文化,1995 年 9 月初版一刷),全一冊。
〔註10〕謝佩芬:《北宋詩學中「寫意」課題研究》(臺北:臺大文學院發行,1988 年),全一冊。

詩代表兩種不同風格的典型，一般研究者認為「唐詩以『情』、『韻』取勝，宋詩則以『意』、『氣』見長」，範圍再縮小，可「明確指出唐、宋詩之分根本源頭在於『情』、『意』之別」。「宋人不僅以『意』論詩，更將他們對『意』的重視貫徹到實際創作之中，從而形成『以文字為詩，以才學為詩，以議論為詩』的特色。」此書將宋代文人「意」的意涵加以析辨，特別是〈第五章：寫意詩觀的建立（上）──蘇軾對寫意課題的推衍〉、〈第六章：寫意詩觀的建立（下）──黃庭堅對寫意課題的深入〉，針對蘇、黃「言」、「意」、「語」、「法」深化研析，助本文構築蘇、黃「尚意」之底蘊。

4　蓋琦紓：《黃庭堅的散文藝術》〔註11〕

此專書以「文體」、「美學」、「文學史」為主軸，系統性論述黃庭堅的散文藝術，以專題研究方式呈現山谷散文的整體面貌，發掘其文學意義與價值。分別撰寫〈緒論〉、〈黃庭堅散文之文體考察（上）〉、〈黃庭堅散文之文體考察（下）〉、〈黃庭堅「尺牘」書寫的美學意義〉、〈黃庭堅「字說」書寫的文化新意〉、〈黃庭堅「古文」的文體轉變〉、〈黃山谷散文的「小品」特質〉七篇論文；另附錄〈傷逝、追憶與不朽──蘇軾、黃庭堅題跋文的時間意識〉、〈蘇門文人私人建物記之美學意涵〉兩篇蘇黃、蘇門論文，合計九篇。首先，全面考察黃庭堅散文的各文體特色與創新之處；其次，深入探討山谷散文中數量最多、推崇甚高的「尺牘」作品，超越前人的「字說」書寫，具有文體革新意義的「雜著」篇章，最後綜論山谷散文的「小品」特質，確立其在文學史上的地位。附錄兩篇文章，則補充黃庭堅散文與蘇軾、蘇門文人的關係。

二、學位論文

以下，為目前臺灣對於黃庭堅的研究現況，予以說明。從「國家圖書館──全國博碩士論文資訊網」檢索，以「黃庭堅」或「黃山谷」

〔註11〕蓋琦紓：《黃庭堅的散文藝術》，收錄於《古典文學研究輯刊》第 21 冊（臺北：木蘭文化出版社，2010 年初編（精裝））。

為題的博碩士學位論文共四十六篇〔註12〕，依畢業學年度由遠至近，以畢業學年度、著者、論文名稱、學校名稱排列如下表 1-2-1：

表 1-2-1　臺灣以「黃庭堅」或「黃山谷」為題之博碩士學位論文一覽表

編號	學年度	著　者	論文名稱 / 學位類別	學校名稱
1	59	李元貞	《黃山谷的詩與詩論》／碩士	國立臺灣大學
2	71	王源娥	《黃庭堅詩論探微》／碩士	東吳大學
3	74	徐裕源	《黃山谷詩研究》／碩士	國立政治大學
4	76	金炳基	《黃山谷詩與書法之研究》／博士	中國文化大學
5	82	林錦婷	《蘇軾與黃庭堅詩論異同之比較》／碩士	國立中央大學
6	84	吳幸樺	《黃庭堅律詩的語言風格研究——以詞彙的運用現象為例》／碩士	國立成功大學
7	85	杜卉仙	《蘇黃唱和詩研究》／碩士	東吳大學
8	88	蔡雅霓	《黃山谷贈物詩研究》／碩士	輔仁大學
9	89	劉雅芳	《蘇軾黃庭堅之交游及其唱和詩研究》／碩士	國立臺灣師範大學
10	90	余純卿	《黃山谷詩論與詩的教學》／碩士	國立高雄師範大學
11	90	李英華	《黃庭堅詠物詩研究》／碩士	國立高雄師範大學
12	91	黃泓智	《山谷及其詩歌教學研究》／碩士	國立屏東師範學院
13	92	張輝誠	《黃庭堅詩美學研究》／碩士	國立臺灣師範大學
14	92	廖鳳君	《蘇軾與黃庭堅詩論及其比較》／碩士	東海大學

〔註12〕「國家圖書館——全國博碩士論文資訊網」網址：http://etds.ncl.edu.tw/theabs/index.html，全國博碩士學位論文資料庫的資料內容時間（學位論文發表之年度、日期），是以學校之「學年度」為主，起迄時間為 45 學年度至目前。筆者所統計之數量，截至 108 學年度為止。（檢索日期：2021 年 7 月 2 日）

15	92	陳裕美	《宋代對黃庭堅詩法之接受研究》／碩士	南華大學
16	93	陳雋弘	《黃庭堅論詩意見之研究》／碩士	國立高雄師範大學
17	94	鍾美玲	《黃庭堅遷謫時期之生死智慧研究》／碩士	南華大學
18	94	馬君怡	《黃庭堅題畫文學研究》／碩士	國立清華大學
19	94	黃銘鈺	《黃庭堅晚期詩歌研究》／碩士	國立雲林科技大學
20	95	黎采綝	《黃庭堅七言律詩音韻風格研究》／碩士	國立政治大學
21	95	廖羽屏	《黃山谷詠茶詩探析》／碩士	國立彰化師範大學
22	97	張家馨	《黃山谷與祝枝山草書比較研究》／碩士	國立中興大學
23	97	李燿騰	《黃庭堅草書研究》／碩士	國立臺灣藝術大學
24	97	曾暖惠	《黃山谷行草書及其教學研究》／碩士	國立高雄師範大學
25	97	薛惠齡	《《山谷題跋》中的書學研究》／碩士	國立高雄師範大學
26	98	王秀如	《黃庭堅讀書詩研究》／碩士	國立彰化師範大學
27	98	林秀玲	《黃庭堅詩之「奇」——以現象學美學為進路》／博士	國立中山大學
28	99	林瑪琍	《黃庭堅論書詩探微》／碩士	靜宜大學
29	100	陳淑卿	《蘇軾、黃庭堅豪放詞之比較研究——以生命意識為考察核心》／碩士	國立臺灣師範大學
30	100	杜建忠	《黃庭堅草書藝術研究》／碩士	國立臺南大學
31	100	陳瑋馨	《黃庭堅館閣期詩歌之研究》／碩士	國立高雄師範大學
32	101	楊秀絨	《黃庭堅行書研究》／碩士	國立高雄師範大學

33	102	江心蓮	《蘇軾、黃庭堅題畫詩比較研究》／碩士	國立臺灣師範大學
34	102	黃志正	《隱君子——黃山谷的人格與詩風之定位》／碩士	國立中興大學
35	102	鄭君波	《黃庭堅尺牘書法研究》／碩士	國立高雄師範大學
36	102	鄭雅文	《黃庭堅散文及其文藝理論研究》／博士	國立中正大學
37	102	顏毓君	《黃庭堅記遊詩研究》／碩士	國立清華大學
38	103	沈秀蓉	《黃庭堅古文風格特質與體類新異研究》／博士	國立政治大學
39	104	林思齊	《論《瀛奎律髓》與《瀛奎律髓刊誤》對宋詩之批評——以蘇軾、黃庭堅、朱熹為例》／碩士	靜宜大學
40	104	林執中	《黃庭堅的飲食生活》／碩士	東吳大學
41	105	游采瑜	《中國書法結合 Motion Graphics——以黃庭堅《花氣薰人帖》動畫創作為例》／碩士	銘傳大學
42	106	王瑞益	《黃山谷詩中茶文化與禪理之研究》／碩士	國立嘉義大學
43	106	謝光輝	《蘇、黃戲題詩研究》／博士	國立高雄師範大學
44	107	鍾美玲	《黃庭堅詩歌與意新語工》／博士	國立成功大學
45	108	顏毓廷	《黃庭堅《諸上座帖》研究》／碩士	國立臺灣藝術大學
46	108	陳昱廷	《黃庭堅生死哲學及其養生禪觀研究》／博士	佛光大學

（製表人：郭睿恩）

　　由上述可知，（本文考察的學位論文）以往對於黃庭堅詩歌的研究，誠如本節開頭所述，大致分為兩類：（一）以作者（黃庭堅）為研究主體，考據其生平傳記，探討其文藝觀點及創作風格；（二）以詩歌作品為研究對象，將其「創作題材」及「歌詠類型」分門別類，藉「意象、修辭」等文學技巧，逐一作「專題式」詩歌分析的研究方法。

（一）博士論文

1. 陳志平：《黃庭堅書學研究》〔註13〕

陳志平旨在對黃庭堅的書學歷程，展開跨學科的研究，揭示黃庭堅「書學與禪學」的關係，並於此基礎將研究視角延伸至其書藝思想層面。其中，禪學對黃庭堅藝術的影響主要表現為「文字禪」。「文字禪」成為研究黃庭堅書學的重要切入點和融會其詩、書創作的學理依據。本文分為三個章節：第壹章是黃庭堅書論研究，重點是梳理黃庭堅與「文字禪」的關系，同時詳細論述了黃庭堅書論中「韻」、「俗」、「意」三個概念的禪學意蘊和文化內涵；第貳章是黃庭堅書法創作研究，這一部分對黃庭堅把握筆墨的特殊方式及其書風的形成與演變展開論述，同時對黃庭堅「字中有筆」的創作方式和他的詩、書　體問題進行了專題研討；第參章是黃庭堅書事和作品考證，這一部分主要是增補前面兩個章節的相關問題，就書學、美學問題意識作文末的詳考細繹。

此論文後為北京中華書局所出版、發行，成為專書。〔註14〕全書史料考證十分詳實，義理分析亦極為細緻，探討黃庭堅之詩歌與書法內在一致性；對於黃庭堅詩歌與草書相融互通之剖析尤為具體。全書所援引之十餘首詩歌，雖與書法表現形態有關，然因並未以談論書法相關之詩歌為研究主軸，故無法全面檢視黃庭堅涉及書學觀念之詩歌，就素材完整性而言，難免有所闕漏。不過，此書對黃庭堅書學之研究提供珍貴之線索，極具學術價值。

2. 由興波：《詩法與書法——宋代「書法四大家」詩學思想與書法理論比較研究》〔註15〕

由興波對宋代「書法四大家」——蘇軾、黃庭堅、米芾（1051～

〔註13〕陳志平：《黃庭堅書學研究》（北京：首都師範大學美術學博士論文，2004年）。

〔註14〕陳志平：《黃庭堅書學研究》（北京：中華書局，2006年）。

〔註15〕由興波：《詩法與書法——宋代「書法四大家」詩學思想與書法理論比較研究》（上海：復旦大學中國古代文學博士論文，2006年）。

1107)、蔡襄（1012～1067），此四人詩學思想和書法理論的一致性與矛盾性作以論述，以求得對他們整體文藝思想的把握。此外，更進一步點明詩歌以語言為工具創造意境，書法則用線條為手段營造筆墨意趣，二者雖是不同文藝部類，卻蘊含「異質同構」內在統一性，皆同一創作主體精神的外在展示。

值得注意的是，此論文點出蘇軾注重創作過程中心靈的感悟，追求文藝創作的「自然」表現，使線條與語言具有了流動性；黃庭堅注重詩學思想與書法理論的精神互通，「免俗」是其文學、藝術觀中一貫主張和核心思想，並以重「韻」作為品評文藝作品的標準。通過對宋代「書法四大家」文藝思想的比較研究，更深入地探得「蘇、黃、米、蔡」的個別氣質與宋代文藝特色。

3. 蔡顯良：《宋代論書詩研究》〔註16〕

蔡顯良《宋代論書詩研究》是中國首篇以宋代論書詩為研究對象之博士學位論文，其宗旨即完整搜集《全宋詩》後，對宋代論書詩之發生、發展與影響作系統性研究，除了深入探究宋代論書詩中蘊含的書法觀念與思想內涵外，並期望對宋代書法史和書論史研究有所裨益。

《宋代論書詩研究》對宋代書法史之補正，尤令人矚目。論書詩創作群中以蘇軾、黃庭堅、米芾三家為最；從時代背景觀之，右文政策、儒學振興、理學生成，詩文革新等，皆為宋代論書詩之形成及發展提供了肥沃土壤；再從宋代書法字體觀之，宋初篆書熱潮、北宋中期書法復古運動、南宋「蘇、黃、米」書風流變情況、南宋末書法「復古」傾向等，歸納出一脈相傳之軌跡。

蔡氏提出宋代論書詩是宋代「尚意」書法旗幟性觀點之發源地，而崇古尚晉則是宋代論書詩中體現之宋代書法思想母題。其中「以人

〔註16〕蔡顯良：《宋代論書詩研究》（南京：南京藝術學院博士學位論文，2007 年 5 月）。

論書、以禪喻書、覓韻反俗、遺貌取神、藉古開新」等審美思想,均能在論書詩中得到不同程度的昇華。

此論文後為北京人民書局所出版、發行,成為專書。〔註17〕全書以系統研究方式,分析宋代論書詩之題材、體裁、用典技巧、象徵式批評方法及反映之書學觀念,肯定了宋代論書詩對後世深遠之影響。然全文偏重於宋代論書詩整體性、綜合性研究,因體大枝繁,未能對書家個別性表現與特色進行更深入之探究,不過就「宋詩」專題研究而言,具突破、創新的學術價值。

（二）碩士論文

1. 林瑪琍:《黃庭堅論書詩探微》〔註18〕

林瑪琍《黃庭堅論書詩探微》是臺灣首篇以「宋代專家」論書詩為研究對象之碩士學位論文。此論文採用表列法、分析法、歸納法及圖示法等科學方式進行研究,發現黃庭堅論書詩之體裁以七言古體詩最多;書寫題材以「抒發與書法藝術有關之美感思維」之「評書家」類詩歌為主;內容特色有四,分別為「推尊王羲之」、「以『驚蛇』、『龍蛇』之意象形容草書整體風格」、「以『銀鉤』、『蠆尾』形容草書筆畫姿態」及「以東坡入詩」,綜上考察、論證的歷程,為本文提供紮實的黃庭堅談書詩的研究基礎。

2. 凌麗萍:《宋代論書詩研究》〔註19〕

凌麗萍《宋代論書詩研究》是中國第一位以宋代論書詩為研究對象的碩士學位論文。凌氏將宋代論書詩歌為主要研究對象,從歷史分期、思想內蘊、藝術理論價值等方面對宋代論書詩進行概覽與分析。據凌氏之統計數目,在龐大之宋代詩歌體系中,近九百首論書詩,所

〔註17〕蔡顯良:《宋代論書詩研究》(北京:人民書局,2013 年 3 月第 1 版)。
〔註18〕林瑪琍:《黃庭堅論書詩探微》(臺中:靜宜大學中國文學研究所碩士論文,2011 年)。
〔註19〕凌麗萍:《宋代論書詩研究》(杭州:浙江大學美術學碩士學位論文,2007 年 5 月)。

占比例雖然不大，但卻有其不可忽視之歷史、文化與審美價值。

全文共分四個部分：第一部分對宋代論書詩歌整體性概覽，其中包括對論書詩之產生與發展作簡要追溯回顧，並對宋代論書詩進行分類；第二部分是分析宋代論書詩發展之歷史文化背景和社會原因，說明宋代雖是一個貧弱王朝，卻有它自身之特質，統治者尊重文士，成就了論書詩之發展；第三部分是對宋代論書詩各個時期發展狀況之分析，北宋、南宋兩朝都有論書詩存世，其中北宋在蘇、黃、米出現時，達到頂峰，而南宋岳珂（1183～1243）則是留下論書詩最多之詩人，那些多重身份集於一身之士大夫們，造就了宋代論書詩自身之繁榮；第四部分是論述宋代論書詩之價值和意義，歸結出論書詩具有指導書法學習與鑒賞之功能，對書法發展之推動亦有重要作用，同時又為書法史、書法理論和書法批評研究提供了重要文獻，所以同時具有文學、審美方面之價值。

3. 郭志霄：《蘇軾黃庭堅論書詩比較研究》[註20]

此論文即以黃庭堅論書詩為主要研究對象，為目前兩岸三地唯一以「黃庭堅」並題，且以專題研究的方式整體性分析其二人之「論書詩」。郭氏在解讀文本的基礎上，探究蘇、黃二人主要書學觀，並進一步理解和把握其核心文藝思想。文中提到「蘇、黃、米」等人一出，以他們為代表的尚「意」新書風亦迅速崛起，並成為中國書法史發展的重要書學思想。蘇、黃論書詩是二人書學觀的重要載體；蘇軾論書崇尚精神意蘊，黃庭堅則力求「俗」。二人文藝思想雖存在分歧，但卻在「不隨人後、推陳出新」這一點上不謀而合，並通過自身創作實踐達到了這一目標，成為後世之楷模。詩、文、書、畫等文藝創作共同構成了蘇、黃二人的文藝思想體系，作為文學和藝術相連接的蘇黃論書詩，不僅體現了二人的主要書學思想，並且在很大程度上也反映了其核心文藝觀。

[註20] 郭志霄：《蘇軾黃庭堅論書詩比較研究》（長春：吉林大學中國古代文學碩士論文，2015 年）。

　　此論文研究大抵著墨於蘇、黃論書詩的文藝思想，在蘇、黃論書詩檢索範圍、考察底本，諸如質性、量化的科學方法並無完整交代讀者。這樣一來，使讀者閱讀時，會對所採錄、援引之詩句產生不知其版本出處的疑慮，故本文將會在此不足的基礎上，選取學界權威的研究底本，針對黃庭堅談論書法相關之詩歌進行完善的查核、考證與文獻分析。

三、期刊論文

（一）黃庭堅書學相關主題研究

1. 蔡顯良：〈黃庭堅論書詩研究〉〔註21〕

　　此論文針對論書詩及書史方面之研究均有極好之延伸與補充。〔註22〕該論文以黃庭堅論書詩為專題，歸納出「崇晉尚韻」和「尚意反俗」是黃庭堅書學觀兩個最根本的核心概念。「崇晉尚韻」是手段和方法，闡述黃庭堅論書詩之法古理論，以王羲之為法，對王書及〈蘭亭序〉推崇至極，甚至將王書當作一種包治書法雜症之靈丹妙藥，唯學王書方能「超俗出群」。「尚意反俗」是目的，說明黃庭堅雖然十分崇拜古人，鼓吹「師古」，卻也是具有強烈創新精神，「師古」只是為了掌握文藝創作的基本技能，而「創新」才是文藝創作最後也是最根本之真正目的。「師古」與「創新」兩者在黃庭堅身上得到有機

〔註21〕蔡顯良：〈黃庭堅論書詩研究〉，收錄於《書畫世界》第 2 期（合肥：安徽美術出版社，2006 年），頁 70～72。

〔註22〕蔡顯良：「宋四家之論書詩乃唐代李白、杜甫論書詩之餘響；亦即論書詩自唐代開創以後，李白、杜甫為第一個高峰，而宋四家論書詩出，又掀起了歷史上第二個高峰。其中，只有北宋，在論書詩中能闡明時代書學審美觀，並影響深遠。蘇軾『我書意造本無法，點畫信手煩推求。』及米芾『意足我自足，放筆一戲空。』同黃庭堅『隨人作計終後人，自成一家始逼真。』一樣，都是膾炙人口、耳熟能詳之詩句，為後世論書詩樹立了難以逾越之榜樣。詳參蔡顯良：〈黃庭堅論書詩研究〉，收錄於《書畫世界》第 2 期（合肥：安徽美術出版社，2006 年），頁 70～72。

的統一。

此論文援引黃庭堅二十六首論書詩歌為例證，所論頗有創意，然或限於篇幅，未能擴及黃庭堅論書詩其他重要主題，只能成為作者《宋代論書詩研究》學位論文之梗要。

2. 王水照、由興波：〈論黃庭堅詩學思想和書法理論的互通與互補〉〔註23〕

此論文認為文學與書法因各自表現載體不同，在表達創作主體精神氣質、情感等方面各有優長，文學借助語言載體，表現內容較直接，書法則更自由，不受社會政治，倫理道德等約束，表情達意更具隱蔽性。黃庭堅是北宋著名詩人與書法家，其詩學思想與書法理論聯繫緊密，因為詩歌以語言為工具創造意境，書法則用線條為手段營造筆墨意趣，二者雖屬不同文藝部類，卻應存在深刻之內在統一性，所謂異質同構，都是同一創作主體精神之外在展示。

此論文經由藝術方面幾個關鍵詞語，乃至美學範疇之梳理出發，列舉實證，指出黃庭堅通過詩句之推敲，及書法創作之點化模擬，來實現精神上之相似相通，進而歸納出「免俗」是黃庭堅文學、藝術觀中一貫的主張和核心思想；「求拙」是藝術表現形式上之重要特點；「重韻」是品評文藝作品之標準；「自成一家」則是其一生對詩、書成就之追求。觀其一生，無論是詩歌或書作，皆造就了黃庭堅沉著痛快、激情昂揚之獨特風格，詩、書創作形成了文藝本質和作品數量上的互補，亦成為黃庭堅情感表達之雙重載體。

最終，此論文之結語對黃庭堅詩學思想和書法理論之一致性和矛盾性論述精闢，大抵掌握黃庭堅整體文藝思想之軸線，然全文所舉詩歌僅有〈次韻高子勉十首〉其六、〈再次韻兼簡履中南玉三首〉其一、〈戲效禪月作遠公詠〉等六首，與文中各段所列舉之散文類篇數

〔註23〕王水照、由興波：〈論黃庭堅詩學思想和書法理論的互通與互補〉，收錄於《南昌大學學報》第 37 卷第 2 期（南昌：南昌大學，2006 年 3 月），頁 86～97。

相互對照，內容質地和作品數量方面明顯偏少，較無法完整呈現研究主題所標示之「詩學思想」。

（二）「宋代論書詩」相關主題研究

1. 由興波：〈唐宋論書詩的文化特質〉〔註24〕

此論文主要探述唐代論書詩中多為詩人對書家、書法作品的主觀感悟，宋代論書詩中融入對書法藝術的理論思考，使詩歌更具藝術氣息。此論文通過考察唐、宋論書詩之全貌，透視出由唐及宋趨向「理性化」的思想脈絡，亦昭示出兩個時代文藝風尚的嬗變過程。

2. 由興波：〈唐宋論書詩中的比況手法〉〔註25〕

此論文聚焦唐宋論書詩中的比況手法，用以品鑒書法作品、書家氣質等。唐宋論書詩中使用的比況物較豐富，既有動物，也有植物、器物、景物等，詩人採用不同的比況方法，尋找比況物與書法作品或書家之間的相通之處，架構溝通文學與藝術的橋梁。取「比況物」外形與「被比況物」之間的相似性，是唐宋論書詩中常用手法之一。此論文指出書法中的點畫所具有的形態，被詩人形象化、想象化，具有了與比況物外形的相似性，是以找到了書法作品與比況物的契合點。

第三節　研究範圍與義界

一、研究範圍

本文所考察、爬梳之研究範圍，大抵分為兩種：（一）黃庭堅人物傳記研究底本、（二）「宋詩」之原典材料。其主要考察之古籍、原典如下：

〔註24〕由興波：〈唐宋論書詩的文化特質〉，收錄於《華夏文化論壇》第九輯（2013 年第 1 期），頁 42～48。

〔註25〕由興波：〈唐宋論書詩中的比況手法〉，收錄於《中國書法》第 2 期（長春：吉林大學文學院，2015 年 2 月），頁 193～194。

（一）黃庭堅人物傳記研究底本

1. 黃㽮：《黃山谷年譜》〔註26〕

黃㽮（1150～1212）〔註27〕此版本《黃山谷年譜》前26頁分別收錄〈豫章先生傳〉、〈新增太常寺議諡〉、〈考功郎覆議〉、〈山谷祠記〉、〈山谷黃先生別傳〉，第27頁始以「編年」方式記載黃庭堅之宦遊生涯、創作歷程、文學作品（略文存題），概略性記敘黃庭堅生平事蹟及後人對其身後的評議，能助本文大方向掌握黃庭堅的詩文創作年代。

2.〔宋〕黃庭堅著，劉琳、李勇先、王蓉貴校點：《黃庭堅全集》〔註28〕

此版本《黃庭堅全集》是以光緒（1871～1908）義寧州署刻本《宋黃文節公全集》（又名《山谷全書》，簡稱光緒本）為核心底本。凡此本《正集》、《外集》、《別集》、《續集》之總題、門類、編序、偏題等一仍其舊，正文文字一般也以底本為主。〔註29〕本書輯錄黃庭堅相關資料作為「附錄」，包含以下八個部分：（一）傳記；（二）年譜；（三）歷代序跋；（四）歷代詔敕、謚議、祠記；（五）歷代評黃（含總文、評文、評詩、評詞）；（六）黃庭堅著作歷代敘錄（附《注輯前獻》）；（七）本書主要參考書目；（八）黃庭堅研究論著目錄。另附《黃庭堅全集》人名索引。此版本《黃庭堅全集》可謂是極盡黃庭堅生平、

〔註26〕黃㽮：《黃山谷年譜》（臺北：學海出版社，1979年10月初版），共424頁。

〔註27〕黃㽮（1150～1212），字子耕，號復齋，為黃庭堅表弟黃叔敖之孫，亦是《山谷別集》的編者。《年譜》、《別集》之外，尚編撰有《黃文纂異》一卷。黃㽮編《山谷年譜》成書於慶元五年（1199）詳參淺見洋二：〈黃庭堅詩注的形成與黃㽮《山谷年譜》——以真跡及石刻的利用為中心〉，收錄於《中山大學學報》（社會科學版）第51卷第2期（廣州：中山大學學報編輯部，2011年3月15日），頁25。

〔註28〕劉琳、李勇先、王蓉貴校點：《黃庭堅全集》（成都：四川大學出版社，2001年5月第1版），全三冊。

〔註29〕劉琳、李勇先、王蓉貴校點：《黃庭堅全集》，頁16。

創作之大成，可助本文鉅細靡遺檢索、爬梳黃庭堅的談書詩。

（二）「宋詩」之原典材料

　　傅璇琮、倪其心等主編之《全宋詩》〔註30〕是北京大學古文獻研究所彙編的宋朝詩歌總集，1986 年開始出版，1998 年全部出版完畢，全 72 冊，共計 3785 卷。〔註31〕此版本《全宋詩》（1993 年第一版）將黃庭堅之詩歌收錄於第 17 冊。〔註32〕

　　本研究亦以北京大學所出版，傅璇琮、倪其心等主編之《全宋詩》〔註33〕為主要研究底本，盡善蒐羅黃庭堅談書詩之具體數量。

二、談書詩之義界

　　本文談書詩之義界，其概念源自於「論書詩」。漢末魏晉的典籍中「論」、「談」、「辯」、「議」含義相近，但各有所指，獨立使用。現代漢語習慣將這些字組合起來，形成「辯論」、「談論」、「議論」等詞語，使其區別變得更為模糊。〔註34〕

　　以現代漢語的語用習慣，常見「談論」一辭，然而「談」、「論」二字之字義仍有細節上的差異。從「談」字觀之，東漢許慎（30～124）《說文解字》云：「談，語也。」段玉裁（1735～1815）注云：「談者，

〔註30〕傅璇琮、倪其心等主編：《全宋詩》（北京：北京大學出版社，1993 年9 月第一版），全三十三冊。《全宋詩》最終於 1998 年全部出版，全72 冊，3785 卷。

〔註31〕讀者可至「國家圖書館」網站，點選「資源查詢」之「館藏目錄查詢系統」，於「查詢字詞」欄位輸入「全宋詩」即可得《全宋詩》全72 冊之數據。「國家圖書館」網址如下：http://aleweb.ncl.edu.tw/F/F15LFCD1BUMJIIM4Q73MIAK5LFP33GK22APBSBAAJKS7114HKG-99726?func=find-acc&acc_sequence=021132903（瀏覽日期：2019 年6 月 23 日）

〔註32〕黃庭堅詩歌於《全宋詩》之收錄總量，詳參傅璇琮、倪其心等主編：《全宋詩》，頁 11329～11745。

〔註33〕傅璇琮、倪其心等主編：《全宋詩》（北京：北京大學出版社，1993 年9 月第一版）。

〔註34〕任子田：《漢末魏晉談論及說理散文研究》（成都：四川師範大學文學院中國古代文學碩士論文，2011 年 5 月），頁 4。

淡也。平淡之語。」〔註35〕。再從「論」字理之，許慎《說文解字》
云：「論，議也。」段玉裁注云：「凡言語循其理，得其宜，謂之論。
故孔門師弟子之言謂之論語。」〔註36〕由此可見，「談」之言語，平
凡淡泊，蕭散簡遠；「論」之議辭，因循思理，務得事宜。本文談書詩
立基於「論書詩」之視域，其涵義為「談論書法相關之詩歌」，故而亦
須了解近代各家學者對於「論書詩」之義界。

　　「論書詩」一辭，古無其名。因隨近代研究「宋詩」者眾，而以
宋代書法為研究主題者日益增多；其中，宋詩與書法藝術創作有關之
題材亦逐漸受到重視，但對於「論書詩」意義之界定略有差異。蔡顯
良《宋代論書詩研究》對「論書詩」的定義：

> 論書詩泛指能夠反映同時代之書法審美觀念、折射書法創
> 作思潮、透露書壇活動資訊、以歌詠書法作為創作主題之詩
> 歌。其中，包括純粹評論書法之詩，亦包括雖為歌詠書家和
> 文房四寶、內容卻能涉及書法審美思想之詩歌。〔註37〕

蔡顯良以「書法創作」、「書法審美思想」為主軸；但是，若無涉及此
二個觀念的詩歌，蔡氏便不納入探討、研究之範圍：

> 但屏除雖以書家或書法用具為題，卻不涉及書法之觀念
> 者。〔註38〕

「書法家」、「書法用具」雖皆與書法相關；不過，蔡氏顯然認為，前
者的歌詠對象為人（書法家），應屬「詠人詩」；後者的歌詠對象為物
（書法用具），應屬「詠物詩」。因而理解蔡氏為何將「以書家或書法
用具為題，卻不涉及書法之觀念」的詩歌，不列入「論書詩」的研究
範圍。凌麗萍《宋代論書詩研究》則將「論書詩」定義稍作調整：

> 論書詩乃指以書家及其書法藝術為主要表現對象之詩歌，

〔註35〕〔東漢〕許慎，〔清〕段玉裁注：《說文解字注》（上海：上海古籍出
　　　　版社，1981 年 10 月第 1 版），頁 89。
〔註36〕〔東漢〕許慎，〔清〕段玉裁注：《說文解字注》，頁 91。
〔註37〕蔡顯良：《宋代論書詩研究》，頁 2。
〔註38〕蔡顯良：《宋代論書詩研究》，頁 4。

包括書家書藝、書法作品意象、書法審美觀念、書法創作思
潮、具體創作活動、詩人書學思想等相關之詩篇。〔註39〕

由上文可知，凌氏對於「論書詩」定義與蔡氏大同小異；不過，凌氏
提出「書法本體」的概念，使義界趨於明確、嚴謹，聚焦論題：

> 無論是歌詠筆墨紙硯文房用具，或以文房用具為詩名者，
> 皆必須與書法本體思想有關，方得列入探討範圍內，亦即
> 部分詩歌雖然歌詠筆墨紙硯文房用具，但實際內容與書法
> 本體有距離者，必須摒除於外；有些詩雖僅以文房用具為
> 寫作之名，可是若包含了部分關涉書法本體思想，則併入
> 研究範圍內。〔註40〕

林瑪琍《黃庭堅論書詩探微》則以蔡氏、凌氏之觀點為立基，對「論
書詩」定義稍作展延：

> 舉凡能夠反映書法審美觀念及書法創作思潮、透露書壇創
> 作資訊及書家酬作概況、比較書家風格及書體表現、吟詠文
> 房四寶及碑帖名蹟等，與歌詠書法作創作主題有關之詩歌，
> 皆列入本文（《黃庭堅論書詩探微》）之研究範疇。〔註41〕

值得注意的是，林氏對蔡氏、凌氏所提之「不納書法用具為『論書
詩』」則持有相異觀點：

> 「工欲善其事，必先利其器」，文房四寶不僅為書家創作時
> 必備之器具，其形制、質感、來源亦為書家提供創作靈感，
> 甚或成為書家之間往來餽贈之物，有時更藉而成為酬唱應
> 和討論之題材，對書家生活及創作之影響不可小覷。〔註42〕

　　由上述可知，蔡氏、凌氏、林氏三家對論書詩之義界，大同小
異；但所採集之作品仍不盡相同，可見論書詩之定義至今仍無絕對標
準。不過，筆者於斯統整、歸納三位前輩所述論書詩之定義，大抵分
為兩大核心概念：（一）書法審美；（二）書法創作，其「『論書詩』定

〔註39〕凌麗萍：《宋代論書詩研究》，頁 4。
〔註40〕凌麗萍：《宋代論書詩研究》，頁 4。
〔註41〕林瑪琍：《黃庭堅論書詩探微》，頁 11。
〔註42〕林瑪琍：《黃庭堅論書詩探微》，頁 10。

義指標」之雙向細目表如下表 1-3-1 所示：

表 1-3-1　蔡氏、凌氏、林氏「論書詩」定義之「審美」與「創作」〔註43〕

蔡氏、凌氏、林氏三者之定義指標 「書法審美」與「書法創作」	蔡氏、凌氏、林氏「論書詩」定義之指標		
1. 書法審美	書學觀念	作品意象	作品評論、鑑賞
2. 書法創作	創作者思潮 （創作當下）	具體活動 （運筆、技法）	書寫用具 （文房四寶）

（製表人：郭睿恩）

　　本文將以上述三位學者研究，列入為談書詩義界之基礎，並為談書詩下其定義：言談之所向，議論之所及，舉凡書法相關之素材：

　　（一）詠懷古、今書家（歌詠晉、唐古人，懷想摯友時人）

　　（二）書法審美（書學觀念、作品意象、作品評論與鑑賞）

　　（三）書法創作（創作者當下思維、具體活動（運筆與技法）、書寫用具）

　　（四）風雅趣事（日常藝文、出外登覽，興致之感發略涉及書法思維之作）

　　上述四點，皆為本文談書詩之義界，以此為據進行黃庭堅談書詩之考察、探究。

三、黃庭堅談書詩之數量檢索

　　本文黃庭堅談書詩之檢索範圍，以北京大學出版《全宋詩》為考察主軸，筆者以詩歌文本為主要參考依據，在論及「書法相關主題」

〔註43〕筆者根據蔡顯良《宋代論書詩研究》、凌麗萍《宋代論書詩研究》、林瑪珝《黃庭堅論書詩探微》三位前輩學者，其對於「論書詩」定義之相似、共同之處，加以歸納、統整。

（評論書家、賞玩書房用具、應酬唱和、題書畫墨跡……等）之書學審美基礎上，對前輩及其他研究者之觀點加以精研、借鑒，統計、核算獲致現有數據。

　　本研究亦以北京大學所出版之《全宋詩》〔註44〕為主要研究底本，盡善蒐羅黃庭堅談書詩之具體數量，並依其創作時間之先後編序〔註45〕，其結果如下表 1-3-2：

表 1-3-2　黃庭堅之談書詩集錄

序號	詩　名
1	〈題蘇才翁草書壁後〉
2	〈奉和王世弼寄上七兄先生用其韻〉
3	〈庭誨惠鉅硯〉
4	〈觀王熙叔唐本草書歌〉
5	〈林為之送筆戲贈〉
6	〈書扇〉
7	〈以右軍書數種贈丘十四〉
8	〈李君貺借示其祖西臺學士草聖并書帖一編二軸以詩還之〉
9	〈發舒州向皖口道中作寄李德叟〉
10	〈題馬當山魯望亭四首〉之三〈顏魯公〉
11	〈姨母李夫人墨竹二首〉之一
12	〈姨母李夫人墨竹二首〉之二
13	〈蕭子雲宅〉
14	〈再次韻奉答子由〉
15	〈代書〉
16	〈送酒與周法曹用前韻〉

〔註44〕傅璇琮、倪其心等主編：《全宋詩》（北京：北京大學出版社，1993 年
　　　　9 月第一版）。
〔註45〕黃庭堅論書詩之創作時間先後，乃依據鄭永曉著《黃庭堅年譜新編》
　　　　所編序。詳參：鄭永曉著：《黃庭堅年譜新編》（北京：社會科學文獻
　　　　出版社，1997 年 8 月）。

17	〈長句謝陳適用惠送吳南雄所贈紙請續南華內外篇〉
18	〈奉答茂衡惠紙長句〉
19	〈次韻周法曹游青原山寺〉
20	〈寄上高李令懷道〉
21	〈吉老許惠李北海石室碑以詩促之〉
22	〈吉老兩和示戲答〉
23	〈次韻李之純少監惠硯〉
24	〈題王黃州墨跡後〉
25	〈奉和公擇舅氏送呂道人研長韻〉
26	〈觀秘閣蘇子美題壁及中人張侯家墨跡十九紙率同舍錢才翁學士賦之〉
27	〈和答錢穆父詠猩猩毛筆〉
28	〈戲詠猩猩毛筆二首〉之一
29	〈戲詠猩猩毛筆二首〉之二
30	〈和邢惇夫秋懷十首〉之七
31	〈次韻子瞻武昌西山〉
32	〈柳閎展如子瞻甥也其才德甚美有意於學故以桃李不言下自成蹊八字作詩贈之〉
33	〈劉晦叔許洮河綠石硯〉
34	〈謝王仲至惠洮州礪石黃玉印材〉
35	〈雙井茶送子瞻〉
36	〈題劉將軍鵝〉
37	〈題畫鵝鴈二首〉
38	〈題畫鵝鴈二首〉
39	〈答王道濟寺丞觀許道寧山水圖〉
40	〈謝景文惠浩然所作廷珪墨〉
41	〈次韻土炳之惠玉版紙〉
42	〈次韻錢穆錢穆父贈松扇〉
43	〈戲答趙伯充勸莫學書及為席子澤解嘲〉
44	〈題子瞻枯木〉
45	〈次韻子瞻書黃庭經尾付蹇道士〉
46	〈題子瞻書詩後〉

47	〈戲贈高述六言〉	
48	〈謝送宣城筆〉	
49	〈王彥祖惠其祖黃州制草書其後〉	
50	〈效進士作觀成都石經〉	
51	〈用前韻謝子舟為予作風雨竹〉	
52	〈以虎臂杖送李任道二首〉之一	
53	〈戲贈米元章二首〉之一	
54	〈戲贈米元章二首〉之二	
55	〈題徐氏書院〉	
56	〈題君子泉〉	
57	〈吳執中有兩鵝為余烹之戲贈〉	
58	〈文安國挽詞二首〉之一	
59	〈文安國挽詞二首〉之二	
60	〈花光仲仁出秦蘇詩卷思二國士不可復見開卷絕嘆因花光為我作梅數枝及畫煙外遠山追少游韻記卷末〉	
61	〈書摩崖碑後〉	
62	〈墨蛇頌〉	
63	〈楊凝式行書〉	
	黃庭堅談書詩之採集總數	63

（製表人：郭睿恩）

第四節　研究方法

一、歷史研究法

　　歷史研究法歸屬於文獻研究，而其著重對歷史文獻進行蒐集、整理、歸納、比較、綜合與分析，從而為相關歷史研究的展開與立論，提供重要的前提和厚實的基礎。〔註46〕文學家的創作不僅是個人性格、生活經歷的寫照，更是一時一代人文化成之結晶。換言之，文學

〔註46〕杜維運：《史學方法》（臺北：三民書局股份有限公司，1999 年增訂新版），頁 67～139。

家其作品所蘊含、體現的文化精神意識，可視為該時代文化意識的指標。故而，本研究注重「文本產生的歷史」〔註47〕，也就是作者的生活經驗、生涯轉捩點。黃庭堅仕宦歷程起伏跌宕，其中，新舊黨爭之宮闈角力使其反覆於入京與離京之多舛周折，發而為詩歌。本研究以元代脫脫（1314～1356）所編《宋史》以及清代黃以周（1828～1899）所編之《續資治通鑑長編拾補》〔註48〕為史學後設考察素材，梳理黃庭堅創作談書詩所處之時代背景，及其相關紀事。

二、文本分析法

1953 年西方浪漫主義理論批評家亞伯拉罕（M. H. Abrams，1912～2015）出版其理論著作《鏡與燈》，雖然當中著重討論西方浪漫主義文學理論與文學批評，同時亦對西方文藝理論進行總結性回溯，並從歷史角度闡述了「模仿說」、「實用說」、「表現說」、「客觀說」等理論，對於各種文藝形式之品評、鑑賞，提供了較具科學性的批判角度，並提出文藝批評之四大要素：「作品（亦說文本）」、「宇宙」、「作家」、「讀者」，進而探討四大要素在四大理論中各自所佔之比重。已故的美國史丹福大學比較文學教授劉若愚（James J. Y. Liu，1912～1986）便曾運用亞伯拉罕（M. H. Abrams）之四大要素闡述中國文學批評發展史，及其互為主體性之文學創作現象。劉若愚（James J. Y. Liu）《中國文學理論》〔註49〕提出藝術創造與審美的四個要素：「宇宙—作家—作品—讀者」。以下，試精要說明劉若愚（James J. Y. Liu）所提出的文藝批評理論。

劉若愚（James J. Y. Liu）將四要素：「宇宙—作家—作品—讀者」

〔註47〕批評家關注的層面多為「文本形式」、「文本經驗」、「文本產生的歷史」、「讀者反應」，詳參蔣原倫、潘凱雄：《歷史描述與邏輯演繹——文學批評文體論》（昆明：雲南人民出版社，1999 年），頁 27～36。

〔註48〕〔清〕黃以周：《續資治通鑑長編拾補》（臺北：世界書局，1974 年 6 月）。

〔註49〕劉若愚（James J. Y. Liu）：《中國文學理論》（臺北：聯經出版，1981 年）。

之關係重新編序成完整的迴圈，筆者便依此為立基，導入黃庭堅及其所創作之談書詩，以扣合本研究之文藝脈絡，見（圖 1-4-1）「黃庭堅談書詩之藝術四要素圖」：

圖 1-4-1　黃庭堅談書詩之藝術四要素圖

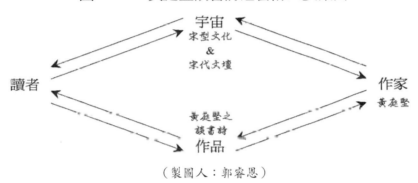

（製圖人：郭睿恩）

此圖主要突出藝術主體與客體互相影響，互相制約。劉若愚（James J. Y. Liu）認為如則此形成一個不斷循環的藝術創造過程：

> 不僅僅指作家的創造過程與讀者的審美經驗，而且也指創造之前的情形與審美經驗之後的情形。在第一階段，宇宙影響作家，作家反應宇宙。由於這種反應，作家創造作品：這是第二階段。當作品觸及讀者，它隨及影響讀者：這是第三階段。在最後一個階段，讀者對宇宙的反應，因他閱讀作品的經驗而改變。如此，整個過程形成一個圓圈。同時，由於讀者對作品的反應，受到宇宙影響的方式所左右，而且由於反應於作品，讀者與作家的心靈發生接觸，而再度捕捉作家對宇宙的反應，因此這個過程也能以相反的方向進行。〔註50〕

〔註50〕劉若愚（James J. Y. Liu）文中借用亞伯拉罕（M. H. Abrams）於《燈與鏡》書中所設計的藝術批評四要素，但經過重新安排，呈現雙向箭頭，由於劉若愚（James J. Y. Liu）所討論為文學理論，特別將亞伯拉罕（M. H. Abrams）四要素中的「藝術家」改為「作家」，將「觀眾」改為「讀者」。詳見劉若愚（James J. Y. Liu）:《中國文學理論》，頁13。

因此，沒有藝術家對宇宙的感受，作品不會存在，而藝術家與讀者必須透過作品才能溝通。

由於黃庭堅談書詩散見於其一生著作中，且其所提出的觀點相互影響，難以截然劃分，因此筆者試圖從上述之研究角度，以亞伯拉罕（M. H. Abrams）的藝術評論四角結構為全文基礎，藉亞伯拉罕四向度「世界」、「作者」、「作品」、「讀者」四位一體之文學審美視角，輔以劉若愚（James J. Y. Liu）藝術四要素之迴圈，多重雙向探討之結構，向外延伸黃庭堅談書詩三大架構：「形成背景」、「不同階段與特色」、「審美思維」，以臻全面探討黃庭堅之談書詩。

第貳章　黃庭堅談書詩之形成背景

　　劉勰（465－522）《文心雕龍·時序》云：「歌謠文理，與世推移。」〔註1〕又云：「文變染乎世情，興廢繫乎時序。」〔註2〕指出了詩歌風格與時代的文化背景、社會型態緊密聯結。文學家的創作不僅是個人性格、生活經歷的寫照，更是一時一代人文化成之結晶。換言之，文學家其作品所蘊含、體現的文化精神意識，可視為該時代文化意識的指標。

　　因此，探究黃庭堅談書詩，應將其置於宋型文化層面的綜合研究視域，亦即將宋代哲學、倫理、宗教、藝術乃至政治制度、社會風尚……等文化歷史因素與黃庭堅談書詩，視為一完整的有機體，進而交互關涉成為「具有共同生成機制與深層意義結構的文化符號」。〔註3〕美國人類學家潘乃德（R. Benedict, 1887～1948）在研究人類行為、人格特質與社會文化的關係時，提出了「文化模式」的說法：

　　　　個人一生的歷史，主要而言乃是對其社群代代相傳下來的
　　　　模式與標準進行適應的歷史。一個人自出生落地，社會的風
　　　　俗就開始塑造他的經歷和行為，到了能言之時，他已經是文

〔註1〕〔梁〕劉勰，王更生注釋：《文心雕龍讀本》（臺北：文史哲出版社，1991年9月），頁269。

〔註2〕〔梁〕劉勰，王更生注釋：《文心雕龍讀本》，頁273。

〔註3〕李春青：《宋學與宋代文學觀念》（北京：北京師範大學出版社，2001年10月），頁6。

化的小產品，更進而到成年而能參加社會活動時，社會的習
慣就是他的習慣，社會的信仰就是他的信仰，社會的盲點就
是他的盲點。〔註4〕

暢廣元《文學文化學》亦提出：

作家的文學創作不僅是審美創造與體驗的過程，也是對人
類歷史文化的認同和選擇的過程。〔註5〕

綜合潘乃德（R. Benedict）「文化模式」以及暢廣元「文學創作與歷史
文化」的說法，凸顯文學與文化間有著密不可分的關係，亦為本章探
討黃庭堅談書詩與宋型「文化」〔註6〕間的特殊聯繫，提供一立論依
據。故而，研究宋型文化環境和精神對於黃庭堅談書詩的影響，是必
須加以審視的。以下，本章將以兩大節分論：首節，以唐代至北宋談
書詩之沿革與發展，探討其外緣條件；其次，再以黃庭堅之「學養歷
程」及「師友互動」抉微其內在因素，力求以更立體的維度，細究黃
庭堅談書詩之形成背景。

第一節　外緣條件

中國歷史的發展上，「唐宋」一辭，並稱已久，然唐宋兩代非一
脈相承，其政治、經濟、文學、藝術等領域，著實有諸多差別。尤
其，以文化層次的意識形態而言，唐宋兩代各有其特質，二者截然
不同。以唐宋兩代作為中國歷史的變革時期，是日本學者內藤湖南

〔註4〕〔美〕潘乃德（R. Benedict）著、黃道琳譯：《文化模式》（Patterns of Culture）（臺北：巨流圖書有限公司，2001年5月），頁9。
〔註5〕暢廣元主編：《文學文化學》（瀋陽：遼寧人民出版社，2000年6月），頁124。
〔註6〕筆者：這裡的「文化」是指狹義的文化而言。文化的定義一般有廣、狹之分。「廣義的文化史，指人類物質文明與精神文明的發展史，實際上與社會發展史相近；狹義的文化史則指社會意識形成以及與之適應的制度的發展史，亦即精神文化以及精神文化的物化現象的發展史。」詳參姚瀛艇主編：《宋代文化史》（開封：河南大學出版社，1999年12月），頁1。本章節亦集中於精神文化層面，探討黃庭堅論書詩與「宋型」文化核心精神之間的關聯。

（1866～1934）發其緒端。〔註7〕內藤湖南「唐宋變革」提出了「宋代近世說」〔註8〕的看法。「宋代近世說」對20世紀的中國史研究影響甚鉅，內藤湖南認為在社會結構、文化……等各方面，由唐到宋之間發生了巨大變化。同時，在其《支那近世史》一書，以八個子目分論「宋代近世史」之意義觀點，對於中國歷史研究領域，產生鉅

〔註7〕　「宋代近世說」說最早公開發表於1914年3月出版的《支那論》中，更完備地表述於內藤湖南1922年5月發表的〈概括的唐宋時代觀〉。日本學者認為，正是內藤湖南的「宋代近世說」促成了宋史成為日本中國史研究中最為精密化的領域之一。在西方史學界，歐洲最早的宋史研究者白樂日（Etienne Balazs, 1905～1963）即深受內藤湖南學說影響，他視宋代為「近代之黎明」。在白樂日的倡議下，法國1953年建立了一個國際性的「宋史計劃」（Sung Project），大大推動了歐洲的宋史研究。美國方面，1955年日本學者宮川尚志以「內藤假說」為題，對該說的闡釋發佈於當年《遠東季刊》第14卷第4期，相當長一段時間內，內藤湖南學說成為美國史學界「最有影響的中國歷史分期論」。在內藤湖南之前，在中國史研究領域也無人以「唐宋變革」。中國的這股學術熱潮，明顯是受海外尤其是日本、美國學術研究的影響，而日本、美國的「唐宋變革論」則直接肇始於內藤湖南。有關「唐宋變革」的觀點，可參考內藤湖南：〈概括的唐宋時代觀〉，收錄於《歷史と地理》第9卷第5號（京都，1922年5月），頁1～11。該文中譯本載於劉俊文主編、黃約瑟譯：《日本學者研究中國史論著選譯》第一卷：通論（北京：中華書局，1992年），頁10～18。內藤湖南身處日本政局急劇變化的關鍵時代，現實政治如何影響到他的學術研究是一個值得關注的課題，這方面的研究可參考 Joshua A. Fogel, Politics and Sinology: The Case of Naitō Konan（1866～1934）（Cambridge, MA: Council on East Asian Studies, Harvard University, 1984）。中國史學界出版的內藤湖南研究專書，內容較為全面的是錢婉約：《內藤湖南研究》（北京：中華書局，2004年）。有關內藤湖南學說對於近代國際史學學術之影響力，詳參黃艷：《內藤湖南「宋代近世說」研究》（長春：東北師範大學中國史學史博士論文，2016年6月），頁1～3。

〔註8〕　對於內藤湖南「宋代近世說」，一般均以大正十一年（1922）為主，如王水照先生〈重提「內藤命題」〉一文，即採此說。但亦另有學者指出：內藤的「宋代近世說」實自明治四十二年（1909）內藤湖南撰寫《支那近世史》備課筆記時已告成立，亦即內藤「宋代近世說」早在1909年即已成形，問世已百年。參見年發松：〈「唐宋變革說」三題——值此說創立一百周年而作〉，《華東師範大學學報》（哲學社會科學版）第1期（上海：華東師範大學，2010年），頁1～3。

大深遠的影響，因此，後世學者們泰半透過文化學、歷史學的角度，
闡釋此兩代所出現的政治、社會、文化、經濟、文學……等諸多變革
現象。對於宋代（960～1279）士大夫文化的塑造、發展而言，唐代
（618～907）文化無疑是一個重要來源，對於黃庭堅談書詩之創發亦
影響深遠。

一、唐代談論書法相關詩歌之略述

　　唐代乃中世紀之完竣，而宋代則為近世之發端。傅樂成《漢唐史
論集》曾對唐宋文化提出概括性的論述：

> 大體說來，唐代文化以接受外來文化為主，其文化精神及動
> 態是複雜而進取的。唐代後期的儒學復興運動，只是開風
> 氣，在當時並沒有多大作用。到宋，各派思想主流如佛、道、
> 儒諸家，已趨融合，漸成一統之局，遂有民族本位文化的理
> 學的產生，其文化精神及動態亦轉趨單純與收斂。〔註9〕

當代文化精神與當代文學創作息息相關，清初大儒顧炎武（1613～
1682）曾云：「詩文之所以代變，有不得不變者。」文學的演變有其
「不得不變」的必然，否則無以開闢新境；唐宋兩代之詩風轉變，
亦可見一斑。錢鍾書（1910～1998）在《談藝錄》中對唐、宋詩的
特色，亦有精闢分析：

> 唐詩、宋詩亦非僅朝代之別，乃體格性分之殊。天下有兩種
> 人，斯分兩種詩。唐詩多以丰神情韻擅長，宋詩多以筋骨思
> 理見勝。〔註10〕

上述傅樂成「唐型、宋型文化特質」，錢鍾書「唐詩、宋詩之創作風
格」，其論點為後世學界梳理出核心的思考脈絡。總體而言，唐型文化
較「複雜而進取」；宋型文化則趨於「單純而收斂」。故而，可化繁為簡
得一精要概念：「唐型文化較屬於感性生命的展延，相對而言是外向而
奔騰；宋型文化屬理性生命的凝鍊，相對而言是內省而含蓄。」

〔註 9〕傅樂成：《漢唐史論集》（臺北：聯經出版事業公司，1977 年），頁 380。
〔註10〕錢鍾書：《談藝錄》（臺北：書林出版有限公司，1999 年 2 月），頁 2。

　　唐代詩歌古、近體皆臻致成熟，可謂中國詩歌史上空前之巔峰，而用詩歌詠讚、論述書法之相關文學作品亦日漸增多；故而，談書詩亦不外如是。談論書法之詩歌開創於唐代，其意義綿長且深遠，作品中呈現豐富之書法美學思想及內涵，對唐代書風流變及書論品鑑產生舉足輕重之影響，同時，亦開啟後世談書詩之創作風尚。

（一）初唐：尚存六朝詠書韻文之遺風

　　從嚴而論，唐代之前鮮少談論書法之詩歌。唐代以前之詩稱為「古詩」，亦稱「漢魏六朝詩」。王力（1900～1986）《古代漢語》於「詩律（上）」之「（一）詩體」云：

> 詩體的分類，是一個複雜的問題。現在，只就一般的看法，簡單地談談漢魏六朝和唐宋的詩體。漢魏六朝詩，一般稱為古詩，其中包括漢魏樂府古辭、南北朝樂府民歌，以及這個時期的文人詩。〔註11〕

然而，近代有些新銳學者將辭賦、頌讚、篇銘等歌詠書法的相關文學篇章，一併納入「詩」的範圍討論〔註12〕，筆者原先竊以為不妥，然

〔註11〕王力：《古代漢語》（臺北：藍燈文化，1989 年 1 月初版），頁 1503。
〔註12〕張克鋒：「唐前詠書文學以賦為主，詩、散文少許。凡標明『體』、
　　　　『勢』、『狀』的詠書文都是賦，『贊』和『銘』應為詩。」其立論依
　　　　據曰：「楊公驥先生在論中國故事畫圖、傳、贊結合的形式特點時說，
　　　　傳是散文體，贊是詩歌體，並引王回《列女傳序》云：『傳如太史公記
　　　　（即《史記》），贊如詩（即《詩經》之四言），而圖為屏風。』王伯
　　　　敏先生將李白、杜甫畫贊作為『論畫詩』收入所著《李白杜甫論畫詩
　　　　散記》；沈培方、洪丕謨《歷代論書詩選注》收入了鮑照的〈飛白書勢
　　　　銘〉；孔壽山《唐人題畫詩注》中收入李白、杜甫、盧綸、白居易畫
　　　　贊七篇；臺灣學者許麗玲《唐朝題畫詩研究》和李棲《兩宋題畫詩論》
　　　　將魏晉畫贊視為『題畫詩』的濫觴。香港中文大學的周錫䪖復先生在
　　　　此基礎上進一步認為：頌、贊乃詩之一體，故畫贊應屬題畫詩。他將
　　　　古代文體按體式特點分為詩歌、韻文、駢文、散文四大類，其中詩歌
　　　　類包括詩（詞）、騷、頌贊、箴銘等。周先生認為『畫贊』應屬『題畫
　　　　詩』的看法是在將畫贊與典型題畫詩作了內容與形式諸方面的仔細
　　　　比較後得出的，言而有據，可以信從。馬積高先生也將銘和贊的正格
　　　　為四言詩體，有些似賦的銘、贊，應是變格。筆者贊同上述觀點，將
　　　　康昕的〈右軍書贊〉，顧愷之的〈書贊〉、鮑照的〈飛白書勢銘〉視為

追溯其文學體裁之沿革後，深感情有可原，以六朝常見之「賦體」為例，王力《古代漢語》於「賦的構成」之「（二）賦體的演變」云：

> 六朝賦到了後期，有明顯詩歌化的趨勢，多夾用五七言詩句。例如庾信的〈春賦〉，前以七言詩起，後以七言詩結，中間也雜有七言詩句。這種賦到唐初更盛，可說是駢賦的變體。〔註13〕

由上述可知，賦與詩至六朝後期，文人書寫兩者之筆調相近，令讀者有「賞賦如詩，品詩如賦」之感，實則體裁分殊；此外，王力《古代漢語》於「詩律（上）」之「（二）漢魏六朝詩的語言特點」道：

> 就語言形式說，漢魏六朝詩和散文的區別並不很大。五言詩（或四言詩、七言詩）只有兩點不同於散文：（一）每句字數一定；（二）押韻。至於雜言詩就更和散文近似，因為除了有韻以外，和散文就沒有什麼顯著的差別了。當然，雜言詩的句子一般要比散文的句子短些，但是那很難說就是雜言詩的語言特點。〔註14〕

由此可推斷，漢魏六朝之詩歌、辭賦、散文、頌贊、篇銘等，諸多文體相互關涉，以致語言、章句形式之界限，日趨模糊。

然而，就文學研究視角觀之，體裁分類需務求明確。古人編纂典籍，泰半將贊、頌、銘、箴視為「韻文」皆被歸入「文」類，與「詩」殊途。從《文選》、《古文英華》、《藝文類聚》到《經史百家雜鈔》、《古文辭類纂》，大抵如此，別集亦幾致無異。近現代學者泰半亦承襲此一分類法；其中，逯欽立《先秦漢魏晉南北朝詩》書前的〈凡例〉對於文學體裁分類之表述，堪稱經典：

> 箴、頌、銘、贊以及誄、賦，皆各具體制，與詩不同，今皆不錄。〔註15〕

詠書詩。」詳參張克鋒：〈唐前詠書文學簡論〉，《蘭州交通大學學報》第28卷第5期（蘭州：蘭州交通大學，2009年10月），頁5、7。
〔註13〕王力：《古代漢語》（臺北：藍燈文化，1989年1月初版），頁1356。
〔註14〕王力：《古代漢語》（臺北：藍燈文化，1989年1月初版），頁1505。
〔註15〕逯欽立：《先秦漢魏晉南北朝詩》（北京：中華書局，1983年），頁3。

故筆者竊以為辭賦、頌贊、銘誄，皆不屬於「詩」之範疇，於斯不贅述。唐代之前與書法有關之詩作，以今人視角觀之，只能視為述而不論之詠書詩，而且為數不多，只有六篇，其篇目分別為：梁武帝[註16]（464～549）〈詠筆〉：

> 昔聞蘭蕙月，獨是桃李年。春心儻未寫，為君照情筵。

梁簡文帝[註17]（503～551）〈執筆戲書〉：

> 舞女及燕姬，倡樓復蕩婦。參差大庾發，搖曳小垂手。
> 釣竿蜀國彈，新城折楊柳。玉案西王桃，蠡杯石榴酒。
> 甲乙羅帳異，辛壬房戶暉。夜夜有明月，時時憐更衣。[註18]

此外，梁簡文帝亦有〈詠筆格〉：

> 英華表玉笈，佳麗稱蛛綱。無如茲制奇，雕飾雜眾象。
> 仰出寫含花，橫抽學仙掌。幸因提拾用，遂廁璇臺賞。[註19]

梁宣帝[註20]（519～562）〈詠紙〉：

[註16]〔梁〕梁武帝：名衍，字叔達。小字練兒。梁天監元年即帝位。太清三年，侯景攻陷宮城，以所求不供，憂憤寢疾崩。詳參楊家駱編：《全漢三國晉南北朝詩》，中冊（臺北：世界書局，1969年8月二版），頁851。

[註17]〔梁〕梁簡文帝：名綱，字世纘，小字六通。梁武帝第三子，昭明太子母弟。從小愛好寫作，自云：「七歲有詩癖，長而不倦。」明代張溥《漢魏六朝百三家集題辭》：「史言梁簡文帝集一百卷，雜著六百餘卷，自古皇家撰論，未有若是其多者。」明代王世貞《藝苑危言》慨然曰：「自三代而後，人主文章之美，無過於漢武帝、魏文帝者；其次則漢文、宣、光武、明、肅，魏高貴鄉公，晉簡文劉宋文帝、孝武、明帝，元魏孝文、孝靜，梁武、簡文、元帝……凡二十九主。而著作之盛，則無如蕭梁父子。」梁簡文帝寫作之勤奮，著述之豐碩，不僅於歷代帝王之中，即便放諸各朝文壇作家中相互比擬，可謂罕見。詳參〔唐〕姚思廉：《梁書‧簡文帝紀》，卷四（北京：中華書局，1973年），頁109；〔明〕張溥，殷孟倫注：《漢魏六朝百三家集題辭注‧梁簡文集》（北京：人民文學出版社，1960年），頁212；〔明〕王世貞著，羅仲鼎校注《藝苑危言校注》（濟南：齊魯書社，1992年），頁365。

[註18]〔梁〕蕭綱；楊家駱編：《全漢三國晉南北朝詩》，中冊，頁909。

[註19]〔梁〕蕭綱；楊家駱編：《全漢三國晉南北朝詩》，中冊，頁926。

[註20]〔梁〕梁宣帝：名詧，字理孫。昭明太子之第三子也。幼好學，善屬文，尤長佛義。普通中封岳陽王。後除西中郎將，雍州刺史。侯景作亂，詧及其兄河東王譽搆陳於元帝。元帝攻殺譽，詧遂臣於西魏，求

皎白猶霜雪，方正若布棋。宣情且記事，寧同魚網時。〔註21〕
梁代徐摛〔註22〕（474～551）〈詠筆〉：

　　本自靈山出，名因瑞草傳。纖端奉積潤，弱質散芳煙。

　　直寫飛蓬牒，橫承落絮篇。一逢提握重，寧憶仲升捐。〔註23〕
以及隋代薛道衡〔註24〕（540～609）〈詠苔紙〉：

　　昔時應春色，引淥泛清流。今來承玉管，布字改銀鉤。〔註25〕
從內容觀之，這些詩作之內容極其單純，皆為歌詠文房四寶之筆、
紙；然令人玩味之處在於：上述之詩盡為六朝之作，其詩風之華靡綺
麗，穠情豔語，可見一斑！不過，若再深入細究，可發覺其內容與書
法藝術之本體（線條筆畫、文字構型、行氣布局、墨色調配、文房四
寶……等。）略有悖離。

　　例如：梁武帝〈詠筆〉的「春心儻未寫，為君照情筵。」〔註26〕
以詩詠筆，但更宛若女子心繫情郎（春心未寫，照君情筵）；梁簡文
帝〈詠筆格〉的「仰出寫含花，橫抽學仙掌。幸因提拾用，遂廁璇臺
賞。」〔註27〕同為以詩詠筆，卻好似妃嬪獨守宮闈（遂廁璇臺賞），

　　　　援。時周文帝為相，遣兵平江陵，命詧主梁嗣，資以江陵之地。詧稱
　　　　帝於其國，年號大定，在位八年終。詳參楊家駱編：《全漢三國晉南
　　　　北朝詩》，中冊，頁966。
〔註21〕〔梁〕蕭詧；楊家駱：《全漢三國晉南北朝詩》，中冊，頁967。
〔註22〕〔梁〕徐摛：字士繢。東海郯人。初為晉安王侍讀，及為皇太子，轉
　　　　家令，出為新安太守，遷太子左衛率。簡文帝嗣位，進授左衛將軍，
　　　　固辭不拜。簡文被閉，摛不獲朝謁，感氣而卒。摛文體既別，春宮盡
　　　　學之，宮體之號，自斯而起。詳參楊家駱：《全漢三國晉南北朝詩》，
　　　　中冊，頁1241。
〔註23〕〔梁〕徐摛；楊家駱編：《全漢三國晉南北朝詩》，中冊，頁1241～
　　　　1242。
〔註24〕〔隋〕薛道衡：字玄卿，河東汾陰人。少孤，專精好學，甚著才名。
　　　　為齊尚書左外兵郎，齊亡。周武引用為御史二命士。隋高祖受禪，除
　　　　內史，累遷上儀同三司，出檢校襄州。煬帝嗣位，道衡上文皇帝頌。
　　　　帝覽之不悅，尋以論時政見害。有集三十卷。詳參楊家駱：《全漢三
　　　　國晉南北朝詩》，下冊，頁1662。
〔註25〕〔隋〕薛道衡；楊家駱：《全漢三國晉南北朝詩》，下冊，頁1667。
〔註26〕〔梁〕蕭衍；楊家駱編：《全漢三國晉南北朝詩》，中冊，頁869。
〔註27〕〔梁〕蕭綱；楊家駱編：《全漢三國晉南北朝詩》，中冊，頁926。

殷切企盼君王之寵幸（幸因提拾用）；徐摛〈詠筆〉的「纖端奉積潤，弱質散芳煙。直寫飛蓬牒，橫承落絮篇。」〔註28〕亦是以詩詠筆，然彷彿見一婀娜娉婷之女子（纖端奉積潤），身著一襲雪紗（橫承落絮篇）翩然婆娑於空中（直寫飛蓬牒）。雖有切合書法藝術之相關主題（文房四寶），其創作之筆法，更僅止於述之形貌而不與「論書」相侔；然其所比擬之意象，雖稍嫌柔豔，卻為唐宋以降之談書詩埋下象徵手法的創作伏筆，亦帶給黃庭堅「戲詠毛筆」之巧思，此處留至第四章細論。

　　時至唐代，因古、近體詩臻於成熟，用詩歌感悟書學、論述書法之現象愈發蓬勃。〔註29〕根據蔡顯良、凌麗萍、林瑪琍等諸多前輩、學者之研究，談論書法主題之詩歌開創應始於唐代。〔註30〕唐詩的發展一般可以分為初唐、盛唐、中唐、晚唐四個時期。《中國詩歌史》：

> 初唐指唐朝立國到玄宗即位（712 年）。這時期深受齊梁詩
> 風影響，其代表是虞世南、上官儀。稍後的沈佺期、宋之問
> 雖為宮廷詩人，卻對唐詩律絕的成熟做出了貢獻。〔註31〕

初唐精工「飛白書」且善文辭之岑文本〔註32〕（595～645），應是談

〔註28〕〔梁〕徐摛；楊家駱編：《全漢三國晉南北朝詩》，中冊，頁 1241～1242。

〔註29〕凌麗萍：「到唐代古近體詩臻於成熟，無體不備，詩歌取得了輝煌燦爛的成就，形成了空前的藝術高峰。以唐為界，唐及唐後用詩歌詠贊、論述書法的現象增多。唐前詠贊書法的主要為辭賦，而且在書論史上也頗有影響。」詳參凌麗萍：《宋代論書詩研究》（杭州：浙江大學美術學碩士學位論文，2007 年 5 月），頁 6。

〔註30〕蔡顯良：「唐代開創論書詩，意義深遠。其中書法美學思想蘊含豐富，對唐代書風及書論皆有影響並溝通其他領域文藝思想，共同構築唐代美學大廈又澆溉後學，影響被及宋、元、明、清各朝，功在千秋。後世論書詩的題材、體裁、語言風格及藝術手法，均受唐人沾溉，惟其中蘊藉的某些書學思想，隨時代變遷而『馳騖沿革』罷了。」蔡顯良：《宋代論書詩研究》（南京：南京藝術學院博士學位論文，2007 年 5 月），頁 4。

〔註31〕張建業：《中國詩歌史》（臺北：文津出版社，1995 年 6 月），頁 98。

〔註32〕〔唐〕岑文本：字景仁，鄧州人。沈敏有姿儀。博綜經史，美談論，善屬文。貞觀初，除秘書郎，上籍田、三元二頌。辭甚工，擢中書舍

論書法相關之詩歌的開創者之一，其五律〈奉述飛白書勢〉可視為唐代談書詩之濫觴：

　　　　六文開玉篆，八體曜銀書。下毫列錦繡，拂素起龍魚。

　　　　鳳舉崩雲絕，鸞驚遊霧疏。別有臨池草，恩沾垂露餘。〔註33〕

從現存文本觀之，岑文本這篇保存於《全唐詩》之詩作，乃為現存最早之歌詠唐代書法之詩。首聯主要描寫書法字體，「六文開玉篆」之「六文」〔註34〕意為六書（象形、指事、會意、形聲、轉注、假借）開闢篆字之生成，篆字筆畫圓滑溫潤，故以玉喻篆；「八體曜銀書」意為「秦書八體」如鐵器之剛勁，如銀光之耀眼，故以銀器喻書。領聯敘寫執筆靈動之姿，「下毫列錦繡」指筆桿下的毫毛羅列有致，如錦繡般之細柔；「拂素起龍魚」將手腕輕巧拂起，將筆鋒與宣紙相舞，好似鯉魚（龍魚）躍然於紙上。頸聯為此詩之最，描摹飛白書之形貌、態勢，「鳳舉崩雲絕」飛白書之形貌有如鳳鳥振翅橫越大江，掀起滔天之巨浪，宛若崩裂之雲彩；「鸞驚遊霧疏」飛白書之姿態、氣勢宛若鸞鳥猝然而驚，騰遊於薄霧之中，使之氣韻通暢。尾聯意指其他書體之風貌，亦受唐太宗李世民（598～649）的賞識。「別有臨池草」學習書法謂之「臨池」，此處之「草」，須駐足留心！「飛白書」乃「草篆」書體，以「草」指涉其草書書勢；「恩沾垂露餘」之「垂露」

――――――――――

人，所草詔誥或繁湊，即命書僮六七人，隨口並寫，須臾悉成。時中書侍郎顏師古以譴罷。太宗曰：「朕自舉一人，乃以授文本。」儷語令狐德棻撰周史，史論多出文本，及史成，封江陵縣子。後拜中書令。集六十卷，今存詩四首。詳參〔清〕清聖祖敕編：《全唐詩》（臺南：平平出版社，1974年12月再版），頁451。

〔註33〕〔唐〕岑文本；〔清〕清聖祖敕編：《全唐詩》，第二冊，卷33，頁451。

〔註34〕針對「六文」而言，應為「造字六書」。唐代張懷瓘（？～？）〈六體書論〉另有一說為「大篆、小篆、八分、隸書、行書、草書」。而就岑文本〈奉述飛白書勢〉之文義脈絡，「六文開玉篆」之「六文」下開秦篆溫潤如玉之姿，就中國書法史觀之，「造字六書」先於篆書之發展，故而筆者竊以為「六文」以「造字六書」解讀更為適切。詳參〔唐〕張懷瓘；華正人編：《歷代書法論文選》（臺北：華正書局，1984年9月初版），頁193～196。

亦有諧義雙關！「垂露」為書法豎畫的一種，以「垂露」雙關其豎畫收筆處如露珠下垂，垂而不落，與上句之「草」（草篆）遙相呼應詩歌語境。

　　岑文本〈奉述飛白書勢〉刻畫飛白書外在形貌、態勢，大量運用對仗、象徵和誇飾等修辭；此外，其聲律和諧與六朝詠書韻文頗為相似，辭藻極盡華麗，其創作技法亦尚存六朝詠書韻文之遺風。然而，後人值得留意之處在於，此詩首次突破傳統，跳脫往昔題材範疇，詩題與內容皆明顯與書法藝術有關，可謂另闢蹊徑，開「以詩論書」風氣之先聲，堪稱為唐代談論書法相關之詩歌的創篇之作。

（二）初唐後期：始以標舉書學之審美

　　岑文本〈奉述飛白書勢〉儘管其語言修辭和創作技法，尚存六朝詠書韻文之遺風；然其主題順應時代潮流，首次以詩歌品味、談論書法本體而非其他，引領後學之功不可沒。故而，稍晚的李嶠〔註35〕（644～713）亦乘勢而起，創作出五首書法相關之詩作：〈筆〉、〈墨〉、〈紙〉、〈硯〉、〈書〉。李嶠〈筆〉：

　　　握管門庭側，含毫山水隈。霜輝簡上發，錦字夢中開。

　　　鸚鵡摘文至，麒麟絕句來。何當遇良史，左右振奇才。〔註36〕

次觀李嶠〈墨〉：

　　　長安分石炭，上黨結鬆心。繞畫蠅初落，含滋綬更深。

　　　悲絲光易染，疊素彩還沉。別有張芝學，書池幸見臨。〔註37〕

續觀李嶠〈紙〉：

〔註35〕〔唐〕李嶠：字巨山，趙州贊皇人。兒時夢人遺雙筆，由是有文辭。弱冠擢進士第，始調安定尉，舉制策甲科。武后時，官鳳閣舍人，每有大手筆，皆特命嶠為之。累遷鑾臺侍郎，知政事，封趙國公。景龍中，以特進守兵部尚書同中書門下三品。睿宗立，出刺懷州。明皇貶為滁州別駕，改廬州。嶠富於才思，初與王、楊接踵，中與崔、蘇齊名。晚諸人沒，獨為文章宿老，一時學者取法焉，集五十卷。今編詩五卷。詳參〔清〕清聖祖敕編：《全唐詩》，第三冊，卷57，頁686。

〔註36〕〔唐〕李嶠；〔清〕清聖祖敕編：《全唐詩》，第三冊，卷59，頁706。

〔註37〕〔唐〕李嶠；〔清〕清聖祖敕編：《全唐詩》，第三冊，卷59，頁707。

妙跡蔡侯施，芳名左伯馳。雲飛錦綺落，花發縹紅披。

舒捲隨幽顯，廉方合軌儀。莫驚反掌字，當取葛洪規。〔註38〕

再觀李嶠〈硯〉：

左思裁賦日，王充作論年。光隨錦文發，形帶石巖圓。

積潤循毫裏，開池小學前。君苗徒見爇，誰詠士衡篇。〔註39〕

綜上〈筆〉、〈墨〉、〈紙〉、〈硯〉四首大多對仗工整，用典繁多，其典故多出自魏晉才俊之士，可見其亦深受六朝詠書韻文之風。然而，李嶠之詩風於此際悄然質變生新。首篇深究書法根底，論及書法觀念之詩作〈書〉，亦隨之問世：

削簡龍文見，臨池鳥跡舒，河圖八卦出，洛范九疇初。

垂露春光滿，崩雲骨氣餘，請君看入木，一寸乃非虛。〔註40〕

此詩之首聯、頷聯仍因襲六朝辭賦之風，以河圖洛書述說文字起源；但從頸聯起則引人玩味。「垂露春光滿」意指書法豎畫藏鋒處飽滿之形貌，「崩雲骨氣餘」則以「骨氣」深入書法內在之質性，探究書學內涵與審美觀。雖李嶠將「骨氣」一辭並稱，然探本溯源，「骨」與「氣」有所各異。最早將「骨」或「氣」引入書論者，分別為西晉衛瓘〔註41〕（220～291）和東晉王羲之（303～361）唐代張懷瓘（？～？）《書斷》載衛瓘曰：「瓘嘗云：『我得伯英之筋，恒得其骨。』」〔註42〕王羲之《記白雲先生書訣》云：「書之氣，必達乎道，同混元之理。」〔註43〕。時至南朝，梁武帝蕭衍〈古今書人優劣評〉最早以「骨氣」

〔註38〕 〔唐〕李嶠；〔清〕清聖祖敕編：《全唐詩》，第三冊，卷59，頁706。

〔註39〕 〔唐〕李嶠；〔清〕清聖祖敕編：《全唐詩》，第三冊，卷59，頁707。

〔註40〕 〔唐〕李嶠；〔清〕清聖祖敕編：《全唐詩》，第三冊，卷59，頁706。

〔註41〕 〔西晉〕衛瓘：字伯玉，衛覬長子。《三國志‧魏書》卷二十一《衛覬傳》：「瓘字伯玉。清貞有名理，少為傅嘏所知。弱冠為尚書郎，遂歷位內外，為晉尚書令、司空、太保。惠帝初輔政，為楚王瑋所害。世語曰：『瓘與扶風內史燉煌索靖，並善草書。』」詳參〔西晉〕陳壽：《三國志》，卷二十一，《衛覬傳》（北京：中華書局，1971年），頁621。

〔註42〕 〔唐〕張懷瓘；華正人編：《歷代書法論文選》，頁169。

〔註43〕 〔東晉〕王羲之；華正人編：《歷代書法論文選》，頁34～35。

一辭並稱，行文表達書法洞達、有神，峭拔、英挺之氣勢；其曰：「蔡邕書骨氣洞達，爽爽如有神力。爽爽如有神力。」〔註44〕。迄唐，孫過庭〔註45〕（648～703）、李嗣真〔註46〕（？～696）亦標舉「骨氣」的命題。孫過庭《書譜》之「骨氣」論曰：

> 假令眾妙攸歸，務存骨氣；骨既存矣，而遒潤加之。亦猶枝幹扶疏，凌霜雪而彌勁；花葉鮮茂，與雲日而相暉。如其骨力偏多，遒麗蓋少，則若枯槎架險，巨石當路，雖妍媚雲闕，而體質存焉。若遒麗居優，骨氣將劣，譬夫芳林落蕊，空照灼而無依；蘭沼漂萍，徒青翠而奚托。是知偏工易就，盡善難求。雖學宗一家，而變成多體，莫不隨其性欲，便以為姿。〔註47〕

李嗣真《書後品》之「骨氣」曰：

> 右文舒〈西嶽碑〉但覺妍冶，殊無骨氣，庾公置之七品。……至於衛、杜之筆，流傳多矣，縱任輕巧，流轉風媚。剛健有餘，便娟詳雅，諒少儔匹，書實與王庾相抒。……阮漢王作獻之氣勢或如劍舞往往勝幾。〔註48〕

孫、李二人將「骨氣」一辭與「遒潤」、「妍冶」對照析論，讓書法剛猛、遒勁之態勢，更加鮮明且具體。本節前述所提之唐代李嶠，則首次將「骨氣」引入談論書法，凝鍊於詩歌。李嶠此一巧思，令原有的談論書法相關之詩歌別開生面，開闢嶄新格局。從之美學史、思想史、文獻史意義而言，李嶠此首〈書〉詩雜揉「骨氣」之內涵，當為首篇

〔註44〕〔梁〕蕭衍；華正人編：《歷代書法論文選》，頁76。

〔註45〕〔唐〕孫過庭：字虔禮，吳郡（今江蘇蘇州一帶）人，或謂富陽人，或謂陳留人。唐垂拱年間書法家、書學理論家。官率府錄事參軍，生平事蹟不詳。工行草書，得王羲之體。北宋米芾評謂：「唐草得二王法，無出其右。」著有《書譜》。詳參華正人編：《歷代書法論文選》，頁111。

〔註46〕〔唐〕李嗣真：字承胄，一說趙州柏（今屬河北）人，一說滑州匡城（今屬河南）人。唐代書畫家。則天永昌中，官御史中丞、知大夫事，被酷吏來俊臣所陷。詳參華正人編：《歷代書法論文選》，頁121。

〔註47〕〔唐〕孫過庭；華正人編：《歷代書法論文選》，頁117。

〔註48〕〔唐〕李嗣真；華正人編：《歷代書法論文選》，頁126。

標舉書法思想之談論書法之詩歌。因此，中國文學史上談論書法相關之詩歌之開創時期應在初唐，開創者當為岑文本和李嶠，二人可謂一時雙璧。〔註49〕

（三）盛唐至晚唐：以詩論書之風，積漸成形

初唐以後，大唐帝國歷經盛唐之國勢巔峰，中唐之藩鎮戰禍乃至晚唐衰敗傾頹。《中國詩歌史》：

> 盛唐指玄宗開元、天寶年間，到代宗大曆以前。盛唐是唐詩發展的頂峯期……。中唐指大曆年間到文宗太和時期……。從文宗太和年間到唐代滅亡為晚唐時期。這時期唐代統治者日益腐朽，宦官擅權，藩鎮跋扈，朋黨傾軋，社會矛盾激化，生產遭到破壞，人民更加困苦。〔註50〕

唐詩之發展伴隨著大唐王朝國力之盛衰而起伏跌宕，盛唐為國力之巔，唐詩絢麗璀璨，卷帙浩繁；晚唐風雨飄搖，唐詩感慨寂寥，悲風蕭蕭，想當然爾，唐代談論書法相關之詩歌之發展趨勢亦如是。據《全唐詩》所收錄之作品詳加統計，唐代談論書法相關之詩歌約有一百餘首，其創作時期大約集中在盛唐和中唐，體裁以五、七言為主〔註51〕，雖然數量不多，但題材多元、駁雜；其中，亦不乏當世詩壇鉅子致身談論書法相關之詩歌的創作行列。如高適（704～765）、杜

〔註49〕蔡顯良：「按照傳統的唐代歷史分期法，李嶠的卒年（713 年）正好是初、盛唐的分界，於是可以這樣論定：我國歷史上論書詩的開創時間是在初唐，開創者當為岑文本和李嶠二位詩人。」凌麗萍：「岑文本（595～645）的〈奉述飛白書勢〉已在描摹書法情狀，李嶠（644～713）的〈書〉更是深入書法內質，講書法的內在審美。由此可見，論書詩的開創者當為岑文本、李嶠兩位詩人。」詳參蔡顯良：《宋代論書詩研究》，頁 3；凌麗萍：《宋代論書詩研究》，頁 7。

〔註50〕張建業：《中國詩歌史》，頁 99。

〔註51〕蔡顯良：「在體裁方面，唐代論書詩多為五言詩與七言詩。」林瑪琍：「唐代論書詩約有一百餘首，集中在盛唐和中唐，體裁以五、七言為主，雖然數量不多，但題材相當廣泛。」詳參蔡顯良：《宋代論書詩研究》，頁 5；林瑪琍：《黃庭堅論書詩探微》（臺中：靜宜大學中國文學研究所碩士論文，2011 年），頁 16。

甫（712～770）、韋應物（737～792）、韓愈（768～864）、劉禹錫（772～842）、柳宗元（773～819）等。從創作數量觀之，他們皆是唐代談論書法相關之詩歌創作，頗有貢獻的主要作者，亦是值得讀者留心之處。以韓愈〈石鼓歌〉為例：

> 辭嚴義密讀難曉，字體不類隸與蝌。
> 年深豈免有缺畫，快劍砍斷生蛟鼉。
> 鸞翔鳳翥眾仙下，珊瑚碧樹交枝柯。
> 金繩鐵索鎖鈕壯，古鼎躍水龍騰梭。〔註52〕

初唐時，石鼓出土於鳳翔府天興縣（今陝西寶雞）三畤原，韓愈〈石鼓歌〉道出石鼓文彌足珍貴之文化價值，其中，有不少詩句論及石鼓文書法之美。「年深豈免有缺畫，快劍砍斷生蛟鼉」石鼓年代深遠，石面筆畫難免損毀殘缺，仍像利劍斬斷靈活生動之蛟鼉。「鸞翔鳳翥眾仙下，珊瑚碧樹交枝柯」石鼓文字跡有如鸞鳳翱翔騰飛於眾仙之中，俊逸飄然，筆畫恰似珊瑚碧樹枝椏交錯，宛如絲條相問。「金繩鐵索鎖鈕壯，古鼎躍水龍騰梭」筆力雄健，蒼勁鉤畫如金繩鐵索的勁挺；筆勢飛動，好比禹鼎之水龍梭離壁面。韓愈將原本沉靜古樸的石鼓書跡轉化成飄逸靈動之形象。

此外，杜甫〈李潮八分小篆歌〉中「苦縣光和尚骨立，書貴瘦硬方通神」〔註53〕提出「書貴硬瘦」書風審美的反思。

由此可見，唐代無疑是談論書法相關之詩歌的第一座高峰。唐賢撰立談論書法相關之詩歌，引領唐人創作之思潮，催化唐代談論書法相關文學之發展；同時，亦為宋代詩人樹立典範。宋人生唐後，更是繼唐代之後又一詩歌之鼎盛時期。宋代諸多騷人墨客，宗法唐賢，以詩歌談論書法，投身談書詩之創作行列，唐賢功不可沒。唐代談論書法相關之詩歌之興起，積累深細而豐富的書寫素材；同時，亦提供深厚的文化底蘊，對宋代書風以及黃庭堅談書詩創作之影響深遠而綿長。

〔註52〕〔唐〕韓愈；〔清〕清聖祖敕編：《全唐詩》，頁1727。
〔註53〕〔唐〕杜甫；〔清〕清聖祖敕編：《全唐詩》，第七冊，卷222，頁2360。

二、北宋談論書法相關詩歌之略述

　　清人蔣士銓（1725～1785）〈詩辨〉：「宋人生唐後，開闢真難為。」
〔註54〕宋詩承襲於唐之後，面對「菁華極盛，體制大備」〔註55〕立於
詩歌峰頂的唐詩，在一切好詩已被唐人作盡、道盡之處境下，如何自
成一家，別生眼目？誠如陸機（261～303）〈文賦〉：「或襲故而彌新，
或沿濁而更清」〔註56〕劉勰《文心雕龍・通變》：「夫設文之體有常，
變文之數無方」、「參伍因革，通變之數」〔註57〕兩者皆提及了文學發
展上繼承與創新的課題。所以宋人無不學唐，希望能從唐詩中抉發其
菁華；但又不甘屈居唐後，拾人牙慧。如何從唐詩中去蕪存菁，推陳
出新，使作品不減唐人之精妙，又能獨樹「宋型」風格之詩歌創作，
成了宋詩亟欲突破的問題。故而，宋代談論書法相關之詩歌與其時代
性有關，面臨繼承唐音與創新宋調的挑戰。談論書法相關之詩歌與其
他古典詩題（戲題詩、題畫詩、詠物詩……等）中慣有的次韻、和答、
送、贈、謝、遊的主題類似；不過，相較於唐代，北宋談論書法相關
之詩歌的書寫面向更為多元。它可能是作者為排解愁緒，帶點嬉鬧、
揶揄的戲謔、諧趣；或者抒發日常生活的某種閒情、諷喻怪誕之人
事、品藻名流鴻儒；亦或是品鑑書學技法之高下、闡發書法哲思之境
界、細究書藝美學之感悟等。由興波〈唐宋論書詩的文化特質〉：

> 論書詩這一題材在宋代達到了高峰，已經由唐詩的感悟式
> 發展到宋詩的理性思考，對於書法這一藝術形式也由感性
> 的品評轉為學理的探求。據統計，兩宋所存論書詩約八百

〔註54〕〔清〕蔣士銓；邵海清、李夢生校箋：《忠雅堂集校箋》，卷一三（上
　　　　海：上海古籍出版社，1993年），頁278。
〔註55〕〔清〕沈德潛：《唐詩別裁・凡例》（臺北：臺灣商務印書館，1956
　　　　年），頁1。
〔註56〕楊牧：《陸機文賦校釋》，（臺北：洪範書店，1985年），頁92～93。
〔註57〕「夫設文之體有常，變文之數無方。何以明其然耶？凡詩賦書記，名
　　　　理相因，此有常之體也；文辭氣力，通變則久，此無方之數也。名理
　　　　有常，體必資於故實；通變無方，數必酌於新聲，故能騁無窮之路，
　　　　飲不竭之源……參伍因革，通變之數也」。〔梁〕劉勰，王更生注釋：
　　　　《文心雕龍讀本》，頁262～267。

餘首，其中南宋時期略多北宋，但學術價值方面則北大於
南。兩宋時期，書法脫離了文字的附屬地位，開始具有獨立
的審美特性。〔註58〕

由此可知，時至宋代，談論書法相關之詩歌其創作數量蔚為大觀；其
中，北宋談論書法相關之詩歌之作品數量雖不及南宋般豐碩斐然；
然其抉微究理之細緻、精闢，可謂量寡質精。本節北宋初期、中期、
晚期之劃分，以《新編中國文學史》所提及的宋代「詩文革新運動」
為依據：

詩文革新是指對宋初以來以至十一世紀下半期的浪靡文風
的革新。……這一運動可劃分為三個階段：第一個階段從十
世紀七十年代至十一世紀初，是運動的開始發動階段。柳
開、石介等人，在理論上給西崑體以猛烈的打擊，王禹偁以
自己的現實主義詩篇，成為詩文革新運動初期的有力歌手。
第二個階段從一○二○年至一○五○年左右，以歐陽脩為領
導的詩文革新運動深入發展，理論與創作同時並舉，嚴重地
打擊了西崑體，取得了這一運動的基本勝利。在創作實踐上
取得較高成就的詩人，除歐陽脩以外，還有梅堯臣、蘇舜欽
等人。第三階段從一○五○年左右年至十一世紀末，經過王
安石、王令特別是著名詩人蘇軾的努力，詩文創作碩果纍
纍，達到北宋文學的頂峰，從而徹底掃清西崑體餘孽，取得
運動的最後的徹底勝利。〔註59〕

從宋初以來的詩文革新，大抵分為「初期（一）、中期（二）、晚期（三）」
共三個階段，歷經歐陽脩（1007～1072）、梅堯臣（1002～1060）、蘇
舜欽（1008～1048）、王安石（1021～1086）、蘇軾、黃庭堅等當代大
家戮力齊心，力矯唐末至五代西崑體文風華靡之流弊，轉而重視詩歌
之思想內涵、審美精神乃至人生哲思之感悟與創發，本文借鑑宋代詩

〔註58〕由興波：〈唐宋論書詩的文化特質〉，收錄於《華夏文化論壇》第九輯
　　　　第1期（長春：吉林大學中國文化研究所、吉林大學東北文化與社會
　　　　發展研究中心主辦；吉林文史出版社發行，2013年），頁44。
〔註59〕中國文學史編輯小組：《新編中國文學史（二）》（高雄：復文圖書出
　　　　版社，2000年），頁413。

文革新運動之各期階段，探析北宋談論書法相關之詩歌之發展歷程。

（一）北宋初期：追紹唐法書學，晉韻巧構以入詩

宋人生於唐代之後，在唐楷「尚法」以追求理性客觀與規律之美感後，宋人欲由此積澱豐厚的書學成就中突破與超越，正如同宋詩處於登峰造極的唐詩之後的困境一般，必須思索如何跳脫藩籬窠臼，以自成一家詩風，誠然有其難度。無怪乎歐陽脩亦無奈地發出「書之盛莫盛於唐，書之廢莫廢於今」〔註60〕之感嘆。北宋開國之初，河清海晏，四海承平。宋太祖趙匡胤（927～976）之書法造詣尚佳，然其對於書藝著墨不深，將書法視為純屬「遊戲翰墨」。蔡條（1096～1162）《鐵圍山叢談》有載：

> 太祖書箚有類顏字，多帶晚唐氣味。時時作數行經子語，又間有小詩三四章，皆雄類豪傑，動人耳目，宛見萬乘氣度。
> 往往跋云：「鐵衣士書。」似仄微時遊戲翰墨也。〔註61〕

「似仄微時遊戲翰墨」闡明宋太祖並未對書法十分重視，僅僅是政務閒暇之餘，供排遣娛樂矣。繼宋太祖之後，宋太宗趙光義（939～997）更為尚儒好學，崇文抑武，宋代書學有了較為顯著的發展。《宋史·太宗本紀一》記載：

> 太宗神功聖德文武皇帝諱炅，初名匡义，改賜光義，即位之二年改今諱，宣祖第三子也，母曰昭憲皇后杜氏。……性嗜學，宣祖總兵淮南，破州縣，財物悉不取，第求古書遺帝，恆飭屬之，帝由是工文業，多藝能。〔註62〕

宋太宗天性好學，文藝修養極高，其中，書法亦為宋太宗所長，其書法諸體兼善，唯草書冠絕，書學造詣得到廣泛認可。朱長文〔註63〕

〔註60〕〔宋〕歐陽脩：〈唐安公美政頌〉，《集古錄跋尾》，收入《石刻史料新編》，卷六（臺北：新文豐出版社，1977年），頁17888。

〔註61〕〔宋〕蔡條：《鐵圍山叢談》，卷一（北京：中華書局，1983年），頁15～16。

〔註62〕〔元〕脫脫：《宋史》（北京：中華書局，1977年），頁53。

〔註63〕〔宋〕朱長文：字伯原，自號潛溪隱夫。吳縣（今屬江蘇）人。宋代書法家。未冠舉進士，著書不仕，名動京師。元祐中召為太學博士，遷秘

（1039～1098）〈宸翰述〉贊其曰：

> 太宗方在躍淵，留神墨妙，斷行片簡，已為時人所寶。及既
> 即位，區內砥平，朝廷燕寧，萬機之暇，手不釋卷，學書至
> 於夜分，而夙興如常。以生知之敏識，而繼博學之不倦，巧
> 倍前古，體兼數妙，英氣奇采，飛動超舉，聖神絕藝，無得
> 而名焉。〔註64〕

宋太宗能文、能詩、能書，其學識積澱之深厚與文化修養之精深，有
著典型的文人氣質。故而，宋太宗主政對於宋代而言，可謂落實文治
之推行。《宋史·文苑傳序》：

> 自古創業垂統之君，即其一時之好尚，而一代之規橅，可以
> 豫知矣。藝祖革命，首用文吏而奪武臣之權，宋之尚文，端
> 本乎此。太宗、真宗其在藩邸，已有好學之名，及其即位，
> 彌文日增。自時厥後，子孫相承，上之為人君者，無不典學；
> 下之為人臣者，自宰相以至令錄，無不擢科，海內文士，彬
> 彬輩出焉。〔註65〕

自宋太宗伊始，「崇文抑武」的治國分針確立，宋儒、宋文、宋詩、宋
書等，相繼躍上歷史舞台。不過，宋初書風並無明顯進展，肇因於北
宋前期詩人書法創作，大抵承續唐末五代流風，多習唐代歐陽詢（557
～641）、虞世南（558～638）、顏真卿（709～785）、柳公權（778～
865）之體，整體而論，乏善可陳。宋高宗趙構（1107～1187）《翰墨
志》有云：

> 本朝士人自國初至今，殊乏以字畫名世，縱有，不過一、二
> 數，誠非有唐之比。然一祖八宗皆喜翰墨，特書大書，飛白
> 分隸，加賜臣下多矣。餘四十年間，每作字，因欲鼓動士類，
> 為一代操觚之盛。以六朝居江左皆南中士夫，而書名顯著非
> 一。豈謂今非若比，視書漠然，略不為意？果時移事異，習

省正字。元符初卒。詳參華正人編：《歷代書法論文選》，頁291。

〔註64〕 〔宋〕朱長文：《墨池編》（臺北：國立中央圖書館出版，1970年7月
初版），頁429。

〔註65〕 〔元〕脫脫：《宋史》，頁12997。

尚亦與之污隆，不可力回也。〔註66〕

宋初幾十餘年間，獨擅書名者寡，其中，以「才多藝，篆隸楷行草，無所不能」〔註67〕之高僧釋夢英〔註68〕（945～1004）為最。然而，釋夢英延續了晚唐善書之潮流，卻未繼承唐人創作草書之傳統，其所擅名之書體非歐、顏楷體，亦非魏晉行草，而是魏晉以後極少人習寫之「玉箸篆」，且以此篆書稱名於當世。楊昭儉（902～977）〈贈夢英大師〉云：「紀贈歌詩數百人，序詩多藝各求新。……英公所學還如此，不錯承恩近發宸。」〔註69〕當時有諸多名流顯貴，競相作詩稱頌其人其書。〔註70〕根據凌麗萍之研究，第一首稱頌釋夢英書法之詩歌為李頌（929～1009）所作之〈贈英公大師〉：

篆高神品，秀爽天骨。敏攝機先，談深理窟。

濬極蒼源，玄臻籀閩。玉無疵瑕，車有軏軏。

達識圓明，靈襟洞豁。粹裏飛星，胸掛流月。

〔註66〕〔宋〕趙構：《翰墨志》，詳參華正人編：《歷代書法論文選》，頁338～339。

〔註67〕陳志平：〈千古名高一夢英〉，收錄於《文史知識》（北京：中華書局，2007年第三期），頁149～153。

〔註68〕〔宋〕釋夢英：師號宣義，別號臥雲叟，世人皆稱之為宣義大師。南嶽衡州人氏，乃五代末、北宋初高僧。在現有的相關古籍資料中，《墨池編》載：「宋釋夢英，衡州人，效十八體書，尤工玉箸。嘗至大梁，太宗召之，簾前易紫服。去，遊中（應作「終」）南山。當世名士如郭恕先、陳希夷、宋翰林白、賈大參黃中之儔，皆以詩稱述之。師號宣義。其後盧山僧顯彬學王，關右僧夢正學柳，浙東僧宛基學顏，亦為時人所稱。」詳參〔宋〕朱長文：《墨池編》，頁489。

〔註69〕〔宋〕楊昭儉；傅璇琮、倪其心等主編：《全宋詩》，卷1（北京：北京大學出版社，1993年9月第一版），頁14～15。〈贈夢英大師〉七律。

〔註70〕於斯時，釋夢英受宋太宗賜紫服之嘉勉，後往遊終南山。與他同期之巨貴顯耀、名流墨客皆贈詩於他。這些贈詩分別刊刻在《十八體篆書碑》的碑額之下與《贈夢英詩碑》。前者收錄贈詩29人33首，後者收錄贈詩32人33首，共計61人66首，其中趙文度、師頑、李若拙、宋溫舒、楊徽之、李鑄、韓溥、郭忠恕、穎贊、賈黃中、呂端等十一人重複刊刻，贈詩內容也相應重複，實際上一共39人55首贈詩。詳參賈楠：《釋夢英篆書研究》（太原：山西大學碩士學位論文，2019年6月），頁6。

　　大飲陶陶，閑遊兀兀。肯如常人，名利乾沒。〔註71〕
這首詩不僅高度評價釋夢英之人品修養，最主要的是從書法審美角
度，以「秀爽天骨」、「神品」等美學命題，形容釋夢英篆書書法之清
新、俊逸。其他如郭從義（909～971）「雲水僧來說我師，換鵝書札轉
高奇」〔註72〕、釋永牙（？～？）「王右軍書傳智永，李陽冰篆付英
公」〔註73〕、師頏（936～1002）「禪得玄機筆得精，孤雲光彩甚分
明。……何妨換取群鵝了，卻與迷徒指化城。」〔註74〕等舉目皆是頌
揚釋夢英之詩辭。縈繞於高僧耳畔之讚美佳音，宋代談論書法相關之
詩歌，亦翩然拉起序幕。

　　以中國書法史鉅觀角度視之，釋夢英之書法成就，雖未及其後輩
蘇軾、黃庭堅等書壇大家那般享有盛名；但是，釋夢英在禪境之表達
與境界之追求，與後來黃庭堅所謂之「以禪論詩」、「以禪喻書」之詩
書理論，具高度關連性。

　　此外，與釋夢英同期之林逋（968～1028），其詩作亦須留心品
察。林逋有談論書法相關之詩歌六首，乃北宋初期創作談論書法相關
之詩歌為數最多者〔註75〕，其詩句蘊含濃厚之崇尚魏晉觀，如：「清
絕門牆冷似冰，野人懷刺昔曾登。……開元文學鍾王筆，惆悵臨風
一燈盡。」〔註76〕「江南秋兔老毫踈，數字鍾王尚賈餘。」〔註77〕

〔註71〕〔宋〕李頌；傅璇琮、倪其心等主編：《全宋詩》，卷21，頁295～
　　　　296。〈贈英公大師〉四古。
〔註72〕〔宋〕郭從義；傅璇琮、倪其心等主編：《全宋詩》，卷3，頁36～
　　　　37。〈贈英公大師〉七律。
〔註73〕〔宋〕釋永牙；傅璇琮、倪其心等主編：《全宋詩》，卷19，頁271。
　　　　〈贈英公大師〉七律。
〔註74〕〔宋〕師頏；傅璇琮、倪其心等主編：《全宋詩》，卷19，頁275。〈贈
　　　　英公大師〉七律。
〔註75〕詳參蔡顯良：《宋代論書詩研究》，頁16；凌麗萍：《宋代論書詩研究》，
　　　　頁11。
〔註76〕〔宋〕林逋；傅璇琮、倪其心等主編：《全宋詩》，卷107，頁1227。
　　　　〈集賢李建中工部嘗以七言長韻見寄感存懷沒因用追和〉，七古。
〔註77〕〔宋〕林逋；傅璇琮、倪其心等主編：《全宋詩》，卷108，頁1235。
　　　　〈予頃得宛陵葛生所茹筆十餘箇其中複得精妙者二三焉每用之如麾

此類談論書法相關之詩歌對二王、鍾繇〔註78〕（151～230）等魏晉名
流雅士之書法，極為推崇。再觀其〈贈中師草聖〉：「行草得三昧，
林間嘗與語。秋風忽捲衣，別我之何所。」〔註79〕頗得禪宗悟道之
神韻。此外，林逋亦書寫悠然雅士之讀書生活。如：「犀利鋒鋩敵五
兵，夢中青鏤未為靈。空山日午南窗暖，擬寫黃庭內景經。」〔註80〕
更有：「青暈時磨半硯雲，更將書帖拂秋塵。衰羸自顧空多感，不是
臨池苦學人。」〔註81〕詩句流露臨池學書，習寫名家書帖之閒適與
雅逸。

　　綜上，後世以稱頌釋夢英之名流顯耀和林逋所創作談論書法相關
之詩歌觀之，北宋初期「崇文抑武」，軍備武力的削減，亦連帶影響文
學的思維與風格。吳功正《宋代美學史》：

　　　　宋代就缺少了盛唐雄氣四溢的氣象，文人知識分子的理想
　　　　和功名追求不是在大漠、邊關，而是在齋內，甚至是閨中。
　　　〔註82〕

宋人把更多的注意力轉移到評書題畫、玩碑弄帖、吟詩作對、談禪論
道的精神文化之欣賞與創造，人文活動佔據宋代士人泰半之日常。而

百勝之師橫行於紙墨間所向無不如意借其日久且弊作詩二篇以錄其
功〉，七絕。

〔註78〕〔東漢〕鍾繇：字元常。潁川長社人。唐代張懷瓘《書斷》記載：「祖
　　　　皓，至德高世，父迪，黨錮不仕。元常才思通敏，舉孝廉、尚書郎，
　　　　累遷尚書僕射、東武亭侯。魏國建，遷相國。明帝即為，遷太傅。繇
　　　　善書，師曹喜、蔡邕、劉德升。真書絕世，剛柔備焉，點畫之間，多
　　　　有異趣，可謂幽深無際，古雅有餘。秦漢以來，一人而已。……其行
　　　　書則羲之、獻之之亞，草書則衛、索之下，八分則有《魏受禪碑》，
　　　　稱此為最。」鍾繇是中國書體演變史上舉足輕重之書法大家。詳參
　　　　〔唐〕張懷瓘作；華正人編：《歷代書法論文選》，頁162～163。
〔註79〕〔宋〕林逋；傅璇琮、倪其心等主編：《全宋詩》，卷108，頁1232。
　　　　〈贈中師草聖〉，五絕。
〔註80〕〔宋〕林逋；傅璇琮、倪其心等主編：《全宋詩》，卷108，頁1241。
　　　　〈監郡吳殿丞惠以筆墨建茶各吟一絕謝之〉之〈筆〉，七絕。
〔註81〕〔宋〕林逋；傅璇琮、倪其心等主編：《全宋詩》，卷108，頁1241。
　　　　〈監郡吳殿丞惠以筆墨建茶各吟一絕謝之〉之〈墨〉，七絕。
〔註82〕吳功正：《宋代美學史》（南京：江蘇教育出版社，2007年），頁29。

此時代風尚，奠定整個宋代書學追紹唐法，談論書法相關之詩歌崇尚晉韻之基調；尤其是以學書為樂之創作意境及書法美學觀，更有篳路藍縷之功，於蘇、黃、米等後人，啟迪深遠。

（二）北宋中期：率性自適，詩以兼論人、書

曹寶麟《中國書法史・宋遼金卷》云：

> 如果說北宋前期的書法總體表現為放任自流和隨波逐流的話，那麼發展到中期已出現藝術自覺的萌芽。〔註83〕

北宋中期談論書法相關之詩歌受北宋初期的林逋所影響，大步邁向自覺與成熟。張星星《林逋書法風格研究》：

> 關於林逋概念的文學性的寫作是由宋代梅堯臣完成的，歷史性的寫作是由宋代的曾鞏等歷史寫作者完成的，關於他的藝術成就的寫作則是有宋代的大文人蘇軾、黃庭堅等完成的。……真正使林逋概念產生決定性作用的是梅堯臣、蘇軾和黃庭堅。他們的影響力分別是通過流傳廣泛的著作《宛陵集》、《東坡全集》和《山谷集》實施的。〔註84〕

此階段是談論書法相關之詩歌的發展階段。首先，是詩作數量增加甚多。根據蔡顯良之研究，從早期的五十八首增為一百零三首，數量多近一倍〔註85〕；同一作者之談論書法相關之詩歌數量亦倍數增加。比如北宋初期談論書法相關之詩歌最多的林逋只有六首，此時期卻已有七人詩作數量在五首以上；其中，梅堯臣（1002～1060）最多，有十八首。〔註86〕其他如：歐陽脩（1007～1072）六首，韓琦（1008～

〔註83〕曹寶麟：《中國書法史・宋遼金卷》（南京：江蘇教育出版社，1999年10月第一版），頁45。

〔註84〕張星星：《林逋書法風格研究》（南京：南京航空航天大學美術學碩士學位論文，2009年3月），頁3。

〔註85〕蔡顯良：《宋代論書詩研究》，頁28。

〔註86〕梅堯臣之論書詩數量，學者尚有紛紜。根據凌麗萍之研究結果，梅堯臣之論書詩共有三十六首，與蔡顯良研究梅堯臣十八首論書詩之數量，略有分歧。詳參蔡顯良：《宋代論書詩研究》，頁28；凌麗萍：《宋代論書詩研究》，頁12。

1075）九首，邵雍（1012～1077）六首，劉敞（1019～1068）六首，強至（1022～1076）六首。〔註87〕這六人所作談論書法相關之詩歌數量，共有五十六首，占總數近半，詩作相對集中在少數作者身上；不過，亦集中體現此時期的書法思想。

　　北宋中期伊始，文人所作談論書法相關之詩歌承沿宋初崇尚晉唐古韻之核心。如：梅堯臣「樣傳孔子留廟堂，用稱右軍書棐幾。」〔註88〕另云「唐氏能書十載聞，誰教驚絕向紅裙。百金買書蒲葵扇，不必更求王右軍。」〔註89〕王安石：「羲獻墨跡十一卷，水玉作軸光疏疏。最奇小楷樂毅論，永和題尾付官奴。」〔註90〕韓琦：「須知體法多奇處，深造鍾王奧妙墟。」〔註91〕均表達出對魏晉書法之仰慕，尤其更是崇尚王羲之。可見在北宋中期，文士名流已經共同體會晉、唐古韻之重要性，書法作品之良窳、藝術層次之遐邇，皆以鍾、王書法為之品鑑準則。

　　同時，北宋中期談論書法相關之詩歌的內容，已經非常普遍出現書法審美概念。如梅堯臣「筆掃數千行，瘦蛇起驚雷。……智永與懷素，其名久崔嵬。師今繼此學，入神在徘徊。」〔註92〕以「筆掃數千行」形容草書筆勢流利酣暢，「瘦蛇起驚雷」表述草書線條如瘦蛇靈動而起，似平地一聲雷般挺拔、遒勁。歐陽脩「景山筆力若牛弩，句

〔註87〕歐陽脩、韓琦、邵雍、劉敞、強至，其五人論書詩之數量，筆者採用蔡顯良之研究成果。詳參蔡顯良：《宋代論書詩研究》，頁28。

〔註88〕〔宋〕梅堯臣；傅璇琮、倪其心等主編：《全宋詩》，卷253，頁3029。〈正月二十二日江淮發運馬察院督河事於國門之外予訪之蔡君謨亦來蔡為真草數幅馬以所用歙硯贈予〉，七古。

〔註89〕〔宋〕梅堯臣；傅璇琮、倪其心等主編：《全宋詩》，卷257，頁3176。〈泗州觀唐氏書〉，七絕。

〔註90〕〔宋〕王安石；傅璇琮、倪其心等主編：《全宋詩》，卷576，頁6775。〈江鄰幾邀觀三館書畫〉，七古。

〔註91〕〔宋〕韓琦；傅璇琮、倪其心等主編：《全宋詩》，卷327，頁4048。〈次韻和崔公孺國博觀君謨所書孝親崇福院牌〉，七律。

〔註92〕〔宋〕梅堯臣；傅璇琮、倪其心等主編：《全宋詩》，卷255，頁3107～3108。〈答沖雅上人遺草書並詩〉，五古。

逌語老能揮毫。」〔註93〕韓琦「張旭雖顛懷素逸，較以年力非公徒。公今眉壽俯八十，老筆勁健自古無。」〔註94〕文同（1018～1079）「宣王石鼓文，氣韻殊飄零。始皇峰山碑，骨骼何玲竮。」〔註95〕可見唐及宋初時期以晉韻巧構之書法美學命題「入神」、「老筆」、「勁健」、「氣韻」等，於此時期均被詩家以精密、圓活之筆調，運用得十分自然。

　　如此詩風，皆為追尋率性自適的書法創作觀。韓琦「經史日與聖賢遇，參以吟詠為自娛。興來弄翰尤得意，真楷之外精草書。」〔註96〕邵雍「詩成大字書，意快有誰如。巨浪銀山立，風檣百尺餘。」、「詩成半醉正陶陶，更用如椽大筆抄。盡得意時仍放手，到凝情處略濡豪。」〔註97〕此類以作書為樂之詩句，頗有宋太祖趙匡胤「遊戲翰墨」之雅趣；然細品之，更流露一股自娛娛人，怡然瀟灑之意趣。談論書法相關之詩歌逐漸展露率性自適之興味，愈發蓬勃興盛之榮景。

　　北宋中期談論書法相關之詩歌率性自適之風，潛移默化使當代詩家向魏晉時期之「個體自覺」〔註98〕看齊。精神超然，意識獨立，詩風自然論理以思辨；其後，「以人論書」和「以議論為詩」之時代思潮，隨之而起。「以人論書」方面，例如唐代秉性正直，篤實純厚，忠義愛國，最終死於淮西叛賊之手之顏真卿（709～785），梅堯臣贊云：

〔註93〕〔宋〕歐陽脩；傅璇琮、倪其心等主編：《全宋詩》，卷297，頁3741。〈答謝景山遺古瓦硯歌〉，七古。

〔註94〕〔宋〕韓琦；傅璇琮、倪其心等主編：《全宋詩》，卷319，頁3973。〈謝宮師杜公寄惠草書〉，七古。

〔註95〕〔宋〕文同；傅璇琮、倪其心等主編：《全宋詩》，卷448，頁5438。〈晉銘〉，五古。

〔註96〕〔宋〕韓琦；傅璇琮、倪其心等主編：《全宋詩》，卷319，頁3973。〈謝宮師杜公寄惠草書〉，七古。

〔註97〕〔宋〕邵雍；傅璇琮、倪其心等主編：《全宋詩》，卷371，頁4572。〈大筆吟〉二首，五絕。

〔註98〕余英時：「自覺為具有獨立精神之個體，而不與其他個體相同，並處處表現其一己獨特之所在，以期為人所認識之意也。」余英時：《中國知識階層史論——古代篇》（臺北：聯經出版社，2006年），頁231。

「顏公忠血化為碧，顏公奇筆留在石。」〔註99〕蘇洵（1009～1066）亦有「魯公實豪傑，慷慨忠義姿。……點畫乃應和，關連不相違。有如一人身，鼻口耳目眉。彼此異狀貌，各自相維。……想其始下筆，莊重不自卑。……因此數幅紙，使我重嘆嘻。」〔註100〕曾鞏（1019～1083）則有「碑文老勢信可愛，碑意少缺誰能鐫。已推心膽破奸宄，安用筆墨傳神仙。」〔註101〕皆以長詩篇幅細論顏真卿的書品和人品，真摯流露對顏公的敬佩、景仰之情。由此可證北宋中期「以人論書」十分成熟且蔚為流行。

至於「以議論為詩」之創作手法，尤為此期令人目光為之一亮之重要發展，因為詩家們不再侷限於晉、唐、宋初所常用之象徵、比喻、誇張、排比等修辭技法，而是具體而清晰闡述審美觀點。例如梅堯臣〈偶書寄蘇子美〉：「詩壯且奇，君筆工復妙。二者世共寶，一得亦難料。」〔註102〕另有「奇哉王右軍，下筆若神聖。長戈與伏弩，無不從號令。賢豪雖林立，帖斂孰敢競。師徒氣揚揚，龍虎旗正正。勝聲塞宇宙，自昔無此盛。……」〔註103〕以議論晉唐及象徵意象手法，具體而微地表達書法觀念。

北宋中期伊始承沿宋初崇尚晉唐古韻之核心，將書法美學命題以精密、圓活之筆調，十分嫻熟地融進詩歌創作，追尋率性自適的書法創作觀。詩家「個體自覺」詩風論理以思辨；繼之，「以人論書」、「以議論為詩」之特點形成，故而率性自適，詩以兼論人、書；同時，

〔註99〕 〔宋〕梅堯臣；傅璇琮、倪其心等主編：《全宋詩》，卷255，頁3117。〈涇尉徐絳於其廨得魯公破碑二十六字近又於碑陰得二十八字寄予及吳正仲正仲有詩答亦答之〉，七古。

〔註100〕 〔宋〕蘇洵；傅璇琮、倪其心等主編：《全宋詩》，卷351，頁4359。〈顏書〉，五古。

〔註101〕 〔宋〕曾鞏；傅璇琮、倪其心等主編：《全宋詩》，卷456，頁5534。〈顏碑〉，七絕。

〔註102〕 〔宋〕梅堯臣；傅璇琮、倪其心等主編：《全宋詩》，卷245，頁2840。〈偶書寄蘇子美〉，五古。

〔註103〕 〔宋〕梅堯臣；傅璇琮、倪其心等主編：《全宋詩》，卷245，頁3075。〈依韻吳沖卿秘閣觀逸少墨蹟〉，五古。

亦為後來蘇、黃、米尚意書風之立基。

（三）北宋晚期：詩作薈萃，尚意以新變

　　北宋晚期無論是詩歌創作或書法審美觀，於宋代文學史、書法史大綻異彩。宋神宗、宋哲宗二朝，蘇軾、黃庭堅和米芾（1051～1107）相繼步入個別生涯創作的黃金時期，崢嶸於藝壇，煥然「宋型」之浩輝。

　　此時期創作談論書法相關詩歌之詩人輩出，當代文壇鉅子亦多有著墨，以蘇軾、黃庭堅、米芾為引領風騷之主流。蔡顯良《宋代論書詩研究》：

> 「詩就金聲玉振，書成蠆尾銀鉤。」黃庭堅的這句詩用來形容北宋後期論書詩的繁榮盛況可謂再精確不過了。這一時期的宋代書法在蘇、黃、米等一代大家的引領和實踐下，演出了宋代書法史上最絢爛的華章。他們在崇尚古法尤其是魏晉古法的基礎上，銳意變革創新，進一步提出了全新的「尚意」書學思想。這是他們論書詩中張揚的一面旗幟。他們重視書法創作中「意」的主觀能動作用，重視作品的風神趣味，重視書家通過學養道義之橋去體悟和品賞真情雅趣的書藝風光，而不是狂於點畫規矩，囿於形式結構。這種「尚意」的書法創作主張，給北宋書壇注入了鮮活的血液，形成了宋代書法高峰，從而奠定了宋代書法在書法史上的地位。……論書詩作為書論的一個特殊組成部分，自唐代開創以後，對書法創作和書論發展都作出了很大的貢獻。這在北宋更為突出，其中又以蘇、黃、米三家為最。只有北宋，一個時代的書學審美思想，能於論書詩中闡明旨意，並影響整個書壇。〔註104〕

當世文豪引領之下，重視作品風神趣味的「尚意」書風之發展蔚然，對北宋晚期談論書法相關詩歌之發展影響甚深。

　　蘇軾、黃庭堅和米芾等書家，在「晉韻」、「唐法」之基礎上求新

〔註104〕蔡顯良：《宋代論書詩研究》，頁31。

求變，提出了前所未有之「尚意」書學思想，所重視者不再著眼於點畫規矩或形式結構，而是書家通過學養與情性展現之風神骨氣，別開「唐法」之生面。唐代書家尚法，此「法」有「筆法」、「法度」之意。熊秉明謂此唐「法」即「客觀的造形規律」〔註105〕，故唐代詩歌形式最為規律而整齊，而楷書之法度嚴謹亦莫甚於此。是故，蘇軾嘗於〈書吳道子畫後〉題跋：

> 君子之于學，百工之於技，自三代歷漢至唐而備矣。故詩至於杜子美，文至於韓退之，書至於顏魯公，畫至於吳道子，而古今之變，天下之能事畢矣。道子畫人物，……得自然之數，不差毫末，出新意於法度之中，寄妙理於豪放之外，所謂「遊刃餘地，運斤成風」，蓋古今一人而已。〔註106〕

自初唐的歐、虞、褚三家努力追求客觀規律之法度開始，尤其歐陽詢〈九成宮醴泉銘〉，後人號稱其為「楷書極則」，至顏真卿已臻雄強而均衡的正楷典範，但同時亦形成過於理性而缺乏個性與情感的創作約束。乃致宋代書家在學習「唐法」的同時，又極思擺脫「唐法」之束縛，企圖尋求另一種自由而有個性之自我表現。〔註107〕最具代表如蘇軾〈石蒼舒醉墨堂〉：

> ……興來一揮百紙盡，駿馬倏忽踏九州。
> 我書意造本無法，點畫信手煩推求。
> 胡為議論獨見假，隻字片紙皆藏收。
> 不減鍾張君自足，下方羅趙我亦優。
> 不須臨池更苦學，完取絹素充衾裯。〔註108〕

〔註105〕熊秉明：《中國書法理論體系》（臺北：谷風出版社，1987 年），頁28。

〔註106〕〔宋〕蘇軾；〔明〕毛晉訂：《東坡題跋》（臺北：廣文書局，1971年），卷五，頁 2～3。

〔註107〕賴文隆：〈蘇軾〈石蒼舒醉墨堂〉詩中「我書意造本無法」之書學觀析探〉，收錄於《高雄師大國文學報》，第二十八期（高雄：國立高雄師範大學國文學系，2019 年），頁 158。

〔註108〕〔清〕王文誥輯註、孔凡禮點校：《蘇軾詩集》，卷六（北京：中華書局，1982 年），頁 236。

蘇軾強調「我書意造本無法」之「意造」思維，其後黃庭堅「老夫之書
本無法」〔註109〕，米芾「意足我自足，放筆一戲空」，並非代表北宋諸
家皆重個人抒情而全無古法。故而，蘇軾於〈書唐氏六家書後〉云：

　　永禪師書，骨氣深穩，體兼眾妙，精能之至，返造疎淡。……
　　顏魯公書雄秀獨出，一變古法，……柳少師書，本處於顏，
　　而能自出新意，一字百金，非虛言也。〔註110〕

蘇軾評智永禪師（？～？）「體兼眾妙」、「返造疎淡」，是博涉眾妙、
融會各家之「精能」表現；評論顏真卿、柳公權（778～865），雖以
「一變古法」、「自出新意」為其品鑑標準，然其背後更蘊含會通求變
與「自出新意」前的「古法」融入。相對於全無古法，「意造無法」並
非興到筆至、無所依傍之「臆造」，而是強調「能入而後出」，「一變古
法」；最終，達到「自出新意」之創作精神。

　　北宋晚期的「尚意」審美思潮，便在此意圖創變、另闢蹊徑之文
化氛圍下逐漸形成；於書法審美觀之議論上，更是爭芳綻豔！蘇、
黃、米等當世書家之詩作薈萃，透過集體式創作，崇尚魏晉古韻，更
對唐朝書法重新審視、定位，體現渴望創新之強烈企圖；而黃庭堅談
書詩之審美思維，亦是力求尚意以新變之「宋型」氣象！

第二節　內在因素

　　黃庭堅，字魯直，自號山谷道人，晚號涪翁，宋豫章洪州分寧
（今江西修水）人，生於宋仁宗慶曆五年（1045），卒於宋徽宗崇寧四
年（1105）。治平四年（1067）登進士第。歷任汝州葉縣尉、北京國子
監教授、知吉州太和縣。哲宗時召為校書郎，《神宗實錄》檢討官，遷
著作佐郎，集賢校理；紹聖初被劾修《神宗實錄》誣枉，責授涪州別

〔註109〕〔宋〕黃庭堅；〔明〕毛晉訂：《山谷題跋》（臺北：廣文書局，1971
　　　　年），卷五，頁21。
〔註110〕〔宋〕蘇軾，孔凡禮點校：《蘇軾文集》（北京：中華書局，1990年
　　　　4月1版2刷），頁2206。

駕黔州安置。〔註 111〕有關黃庭堅之個人生平以下，已有諸多學界前輩抉微精深，更甚者為其作傳，故而，本節所論之內在因素，不鉅細靡遺贅述黃庭堅之個人生平，而是聚焦於其積學詩、書之學養歷程，以及師友交遊之人際關係。藉由關鍵事略之梳理，方能予黃庭堅談書詩完整的研究視角，審視其中之脈絡發展。

一、詩、書學養

黃庭堅之詩學祖述杜甫，習取杜詩。鄭永曉《黃庭堅年譜新編》云：

> 其詩學杜甫而自成一家，尤為當世及後代所重。與蘇軾齊名，並稱「蘇、黃」。後呂本中作《江西詩社宗派圖》，奉其為宗主，影響深遠，後世幾無可匹敵者。〔註 112〕

言明黃庭堅「尤為當世及後代所重」，又與蘇軾齊名，其詩學涵養無庸置疑。

此外，中國書法史上，黃庭堅學書如作詩，是一位極富創新思維、求變精神之書法家，無論行書、草書、楷書，均造詣極高。觀其學書之路，不僅師法古人，從古碑古帖中，吸納前人精華，上溯魏晉鍾繇、二王，更取法唐代顏真卿、褚遂良（596～658）、張旭（675～750）、懷素（725～785）、高閑（？～？）；同時亦汲取當世周越（970～1028）、蘇軾之書風，力求突破，挑戰自我；進而樹立獨特風格，自成一家。

（一）學詩杜、韓，造語生新

黃庭堅幼年時，便博覽群書，好學不倦。龍榆生〈豫章先生傳〉：

> 公幼警悟，讀書五行俱下，數過輒憶。康州奇之。既孤，從舅尚書李公公擇學，公擇嘗過家塾，見其書帙紛錯，因亂抽架上書問之，無不通，大驚，以為一日千里也。〔註 113〕

〔註 111〕詳見黃㽔：《黃山谷年譜》（臺北：學海出版社，1979 年）；鄭永曉：
　　　　　《黃庭堅年譜新編》（北京：社會科學文獻出版社，1997 年）。
〔註 112〕鄭永曉：《黃庭堅年譜新編》，頁 14。
〔註 113〕收錄於鄭永曉：《黃庭堅年譜新編》，頁 431。

自幼警覺聰敏，善悟好學的資質，成為日後作詩能旁徵博引之才能。
受其舅舅李常（1027～1090）啟發於蒙學時期；稍長，受父親黃庶
（1019～1058）及第二任岳父謝師厚（？～？）〔註114〕之影響亦頗為
深刻。

1. 祖述杜甫，宗法韓愈

宋代陳帥道（1053～1101）《後山詩話》：

> 唐人不學杜詩，惟唐彥謙與今黃亞夫庶、謝師厚景初學之。
> 魯直，黃之子、謝之婿也。其于二父，猶子美之于審言也。
> 然過于出奇，不如杜之遇物而奇也。三江五湖，平漫千里，
> 因風石而奇爾。〔註115〕

陳師道認為黃庶與謝師厚對黃庭堅的詩學影響，止如杜審言（645～
708）之於杜甫。因父親及謝師厚學習杜甫之詩風，也使黃庭堅詩歌
受杜甫影響頗深。日籍學者吉川幸次郎（よしかわ　こうじろう，1904
～1098）認為：「（黃庭堅）尊敬揄揚杜甫的程度，較之王安石與蘇軾，
有過之而無不及。」〔註116〕黃庭堅謫居黔州時，曾盡刻子美巴蜀詩，
其〈刻杜子美巴蜀詩序〉：

> 自予謫居黔州，欲屬一奇士而有力者，盡刻杜子美東西川及
> 夔州詩，使大雅之音久湮沒而復盈三巴之耳。……丹稜楊素
> 翁挐扁舟，蹴犍為，略陵雲……訪余於戎州，聞之欣然，請
> 攻堅石，摹善工，約以丹稜之麥三食新而畢，作堂以宇之。
> 予因名其堂曰大雅，而悉書遺之。此西州之盛事，亦使來世
> 知素翁真磊落人也。〔註117〕

〔註114〕黃庭堅二十六歲時，元配妻子孫蘭溪歿於葉縣官所，孫蘭溪之父孫
　　　　覺（孫莘老）為黃庭堅第一任岳父；三十五歲時，繼室謝休介又歿
　　　　於北京官所，謝休介之父謝師厚為黃庭堅第二任岳父。

〔註115〕詳參〔宋〕陳師道；收錄於〔清〕何文煥、丁福保編：《歷代詩話統
　　　　編・壹》（北京：北京圖書館出版社，2003 年），頁 186。

〔註116〕〔日〕吉川幸次郎：《宋詩概說》（臺北：聯經出版社，1977 年），頁
　　　　175。

〔註117〕〔宋〕黃庭堅；劉琳、李勇先、王蓉貴校點：《黃庭堅全集》，補遺
　　　　卷第九（成都：四川大學出版社，2001 年 5 月第 1 版），頁 2290。

其「盡刻杜子美東西川及夔州詩，使大雅之音久湮沒而復盈三巴之耳。」認為，杜甫行至兩川夔峽（西川、東川、夔州）後之詩作是為「大雅之音」，蘊含《詩經·大雅》宏遠雅正之風，力圖革新；繼而將杜詩刻碑，發揚光大。此外，另有諸多詩文對杜詩的崇仰：

> 所寄詩多佳句，猶恨雕琢功多耳。但熟觀杜子美到夔州後古律詩，便得句法。簡易而大巧出焉，平淡而山高水深，似欲不可企及，文章成就，更無斧鑿痕，乃為佳作耳。[註118]（〈與王觀復書〉）

> 少時常記百十聯，思其的切。如此作詩句，要須詳略用事精切，更無虛字也。如老杜詩，字字有出處，熟讀三五十遍，尋其用意處，則所得多矣。[註119]（〈論作詩文〉）

> 老夫今年四十五，不復能作詩，它文亦懶下筆，欲學詩，老杜足矣。[註120]（〈跋老杜詩〉）

「文章成就，更無斧鑿痕，乃為佳作耳」、「如老杜詩，字字有出處……尋其用意處，則所得多矣」、「欲學詩，老杜足矣」皆可見黃庭堅推崇杜甫之至。[註121] 除了杜甫，黃庭堅亦宗法韓愈：

> 吏部文章萬世，吾求善本編窺。[註122]（〈從丘十四借韓文二首〉）

[註118]〔宋〕黃庭堅；劉琳、李勇先、王蓉貴校點：《黃庭堅全集》，正集卷第十八，頁 471。

[註119]〔宋〕黃庭堅；劉琳、李勇先、王蓉貴校點：《黃庭堅全集》，別集卷第十一，頁 1685。

[註120]〔宋〕黃庭堅；劉琳、李勇先、王蓉貴校點：《黃庭堅全集》，補遺卷第九，頁 2298。

[註121]吉川幸次郎認為：「宋人心中的模範詩人以杜甫為第一，北宋中期以後，大詩人如王安石、蘇軾、黃庭堅、陸游等，相繼從批評家的觀點大加推崇，又在各自的實際創作中，刻意加以仿傚追隨，才終於在中國文學史上，鞏固了詩聖杜甫的崇高地位，以至今日，因此在某種意義上，宋詩的發展是一部認識杜甫、追隨杜甫的歷史。」詳參〔日〕吉川幸次郎：《宋詩概說》，頁 55。

[註122]〔宋〕黃庭堅；〔宋〕任淵、史容、史季溫注，黃寶華點校：《山谷詩集注》（上海：上海古籍出版社，2008 年），頁 745。

韓退之作此詩與〈華山女〉、〈桃源圖〉，三篇同體，古詩未有此作。雖杜子美兼備眾體，亦無此作，可謂能詩人中千人之英也。〔註123〕（〈書韓文公岣嶁山詩後〉）

文章蓋自建安以來，好作奇語，故其氣象衰薾，其病至今猶在。唯陳伯玉、韓退之、李習之、近世歐陽永叔、王介甫、蘇子瞻、秦少游乃無此病耳。公所論杜子美詩，亦未極其趣，試更深思之。〔註124〕（〈與王觀復書〉）

文章戢戢而得韓退之，詩道敝而得杜子美。〔註125〕（〈跋翟公巽所藏石刻〉）

黃庭堅學習杜甫、韓愈，力矯自建安以來氣象衰薾之病。黃庭堅學習兩人，開拓了詩歌創作的新境。因杜甫與韓愈的詩歌是唐代詩歌轉型的先聲，杜甫的詩逐漸與唐詩高華奼麗風格、著重情景交融之于疏離，從而較多運用鋪陳、敘事、說理、議論等手法，風格轉為蒼老瘦勁；韓愈繼續突出主體的心性、意氣在創作中的主導作用，以求奇創新的手法造成奇險拗崛的風格，力矯唐詩成熟期所形成的熟滑之病。〔註126〕「杜、韓」之變古為宋人開闢新路，黃庭堅即祖述杜甫，宗法韓愈，繼承其變革而開拓出嶄新的詩境。

2. 點鐵成金，江西詩派之宗匠

黃庭堅詩歌中祖述杜甫、宗法韓愈，在其詩文中留下許多著名的創作論點，亦為作詩之法則：

蓋以俗為雅，以故為新，百戰百勝……此詩人之奇也。〔註127〕

〔註123〕〔宋〕黃庭堅；劉琳、李勇先、王蓉貴校點：《黃庭堅全集》，別集卷第六，頁1562。

〔註124〕〔宋〕黃庭堅；劉琳、李勇先、王蓉貴校點：《黃庭堅全集》，正集卷第十八，頁470～471。

〔註125〕〔宋〕黃庭堅；劉琳、李勇先、王蓉貴校點：《黃庭堅全集》，正集卷第二十八，頁767。

〔註126〕鍾美玲：《黃庭堅詩歌與意新語工》（臺南：國立成功大學中國文學研究所博士論文，2019年1月），頁9。

〔註127〕〔宋〕黃庭堅；劉琳、李勇先、王蓉貴校點：《黃庭堅全集》，正集卷第二十七，頁126。

（〈再次韻楊明叔〉）

　　自作語最難，老杜作詩，退之作文，無一字無來處。蓋後人
　　讀書少，故謂韓、杜自作此語耳。古之能為文章者，真能陶
　　冶萬物，雖取古人之陳言，入於翰墨，如靈丹一粒，點鐵成
　　金也。〔註128〕（〈答洪駒父書〉）

受杜、韓詩風濡染之故，黃庭堅講究「以俗為雅」、「以故為新」、「點
鐵成金」的謀篇布局、造語煉字等，皆有自己獨特的創作思維。以上
述所舉例之詩文而論，如「蓋後人讀書少，故謂韓、杜自作此語耳」
之句，是否用典，還牽涉讀者的學問，倘若讀者熟讀詩書，便自發用
典，因為文字有「取意」；再如「取古人陳言入於翰墨」雖為陳言，但
於詩歌語境翻轉層面而言，也確實做到「新奇」，屬於一種「再詮釋」、
「再創作」，此皆為「以才學為詩」。

　　誠如錢鍾書所言，黃庭堅詩不同於李商隱（813～858）、西崑體
詩給人一種「華而不實」、「文浮於意」的印象；反之，他喜歡說教發
議論，不管意思如何平凡、議論怎樣迂腐，只要讀者瞭解他用的那些
古典成語，就會確切知道他的心思，所以他的詩給人的印象是生硬晦
澀，但詩歌內容本身「繁富」、有「著著實實」的意思，並非僅是將古
典成語鑲嵌繡織到詩中而已。〔註129〕上述「點鐵成金」與之並論的詩
學理論，便是「奪胎換骨」。釋惠洪（1071～1128）《冷齋夜話》：

　　山谷言：詩意無窮而人才有限；以有限之才追無窮之思，雖
　　淵明、少陵不得工也。不易其意而造其語，謂之換骨法；規
　　摹其意而形容之，謂之奪胎法。〔註130〕

黃啟方〈黃庭堅詩的三個問題〉云：

　　庭堅論詩之語，多為教誨後學而發，示後學以入門途徑，
　　由「讀書精博」以求「體格不俗」，用字造詞「清新而不務

〔註128〕〔宋〕黃庭堅；劉琳、李勇先、王蓉貴校點：《黃庭堅全集》，正集
　　　　卷第二十七，頁475。
〔註129〕錢鍾書：《宋詩選註》（北京：三聯書店，2001年），頁162～163。
〔註130〕〔宋〕釋惠洪，李保民校點：《冷齋夜話》，卷1（上海：上海古籍出
　　　　版社，2012年），頁12。

奇」,「與寄高遠」而「出以自然」,實無玄奧誇張之論,乃
洪覺範造為「奪胎換骨」之語於前,王若虛又牽合「點鐵成
金」於後,世人不加明察,訛傳至今,誠可嘆也!〔註131〕
「點鐵成金」和「奪胎換骨」兩種技法,總是被相提並論,彼此不可
拆解。事實上,考黃庭堅所存詩文,並沒有直言「奪胎換骨」,而「點
鐵成金」確有此說。今所見「奪脫換骨」,為釋惠洪《冷齋夜話》轉
述,並牽合以附會,可視為北宋時人對黃庭堅「點鐵成金」另行創作
觀點的詮釋。莫礪鋒認為黃庭堅的「奪胎換骨」之說乃放諸當時的歷
史條件下可行的繼承,進而發展前人文學底蘊(主要是五七言詩的語
言技巧)的方法」〔註132〕「奪胎換骨」、「點鐵成金」的前提是承襲前
人詩歌語言與辭意後,要有所發展變化,「以故」只是手段,「為新」
才是目的。羅大經(1196~1252)《鶴林玉露》評曰:

> 江西自歐陽子以古文起於廬陵,遂為一代冠冕,後來者莫能
> 與之抗。其次莫如曾子固(曾鞏)、王介甫,皆出歐門,亦
> 皆江西人。老蘇所謂執事之文,非孟子之文,而歐陽子之文
> 也。朱文公謂江西文章如歐陽永叔、王介甫、曾子固,做得
> 如此好,亦知其翩翩不可尚已。至於詩,則山谷倡之,自為
> 一家,並不蹈古人町畦。象山云:豫章之詩,包含欲無外,
> 搜抉欲無祕。體製通古今,思致極幽眇。貫穿馳騁,工夫精
> 到。雖未極古之源委,而其植立不凡,斯亦宇宙之奇詭也。
> 開闢以來,能自表見於世若此者,如優鉢曇華,時一現耳。
> 楊東山嘗謂余云:丈夫自有衝天志,莫向如來行處行。豈惟
> 制行,作文亦然。如歐公之文,山谷之詩,皆所謂不向如來
> 行處行者也。〔註133〕

羅大經評宋人詩文,除提出了以歐陽脩為首的古文運動;同時,也論
及黃庭堅詩歌之革新,亦是江西詩人的創作依歸。嚴羽(?~1245)

〔註131〕黃啟方:《宋代詩文縱橫》(臺北:商務印書館,1997 年),頁 69。
〔註132〕莫礪鋒:《江西詩派研究》(濟南:齊魯書社,1986 年),頁 285。
〔註133〕〔宋〕羅大經:《鶴林玉露》,卷三(北京:中華書局,1985 年),
　　　　頁 25。

《滄浪詩話‧詩辨》說：

> 至東坡、山谷始自出己意以為詩，唐人之風變矣。山谷用工
> 尤為深刻，其後法席盛行，海內稱為江西宗派。〔註134〕

黃庭堅取古人前人，用古人事語，重新融鑄為自身所用之詩歌革新精
神，即是創造性模仿，是文學創作面對盛極難繼的困境，處窮必變的
因應措施。張高評認為其特色為追求改良，提升層次，進行加工、點
化、陶鑄、轉型、改造，往往有「意新語工」的效益。「奪胎換骨」、
「點鐵成金」跟「以故為新」、「化俗為雅」，融會而相通，都是針對詩
歌語言的固化、老化、熟化、俗化，進行改造、加工、活化、潤色，
使之去腐生新，雅俗相濟〔註135〕，獨樹宋詩一幟之典型；故而，黃庭
堅遂成為江西詩派之開山宗匠。

（二）學書晉、唐，融會古今

　　黃庭堅書學歷程、書法藝術創作確有其階段性，但各階段如何區
分，學者們見解略有紛歧。如陳志平配合黃庭堅參禪學佛之歷程，將
其書風形成以三階段區分：少年至元祐末、元祐末至元符二年及元符
末至去世，〔註136〕楊頻則依據蘇、黃往來狀況，將黃庭堅藝術創作分
為四期，分別是元豐元年之前「前交游期」、元豐元年至元祐六年「交
游期」、元祐七年至建中靖國元年「後交游期」及崇寧元年後「深入變
法期」。〔註137〕林瑪琍則以黃庭堅於元祐元年（1086）初首次拜謁蘇
軾，紹聖元年（1094）蘇軾被貶英州，黃庭堅移涪州別駕，蘇、黃未
再聚首；亦即據蘇、黃仕宦交遊之歷程，將黃庭堅書風發展以元祐元
年及紹聖元年為界，大致分為三期，分別是元祐初年（1086）約四十

〔註134〕〔宋〕嚴羽，郭紹虞校釋：《滄浪詩話校釋》（臺北：里仁書局，1983
　　　　年），頁26。
〔註135〕張高評：《創意造語與宋詩特色》，（臺北：新文豐出版社，2008年），
　　　　頁66～85。
〔註136〕陳志平：《黃庭堅書學研究》（北京：中華書局，2006年），頁121。
〔註137〕楊頻：〈黃庭堅書法藝術創作分期初論〉，收錄於《刑台職業技術學院
　　　　學報》第25卷第2期（刑台：刑台職業技術學院，2008年4月）。

歲之前，以王羲之（303～361）為師，鍾情於蘭亭序；元祐期間（1086
～1093）追隨蘇軾後，轉益多師，兼學古今；紹聖元年（1094）後「自
成一家」。本研究綜合各家之考述，汰蕪存菁，精要地將黃庭堅之書
學涵養以「習古納今」別之，分為以下兩個重要節點，分別為積學晉、
唐古韻，崇尚右軍之〈蘭亭〉以及博採眾門，兼納古今。

1. 積學晉、唐古韻，崇尚右軍之〈蘭亭〉

　　黃庭堅早年以鍾繇（151～230）、二王為基礎，兼納諸唐名家；其
中，黃庭堅受顏真卿書藝之啟發尤為深刻。〈觀王熙叔唐本草書歌〉：

　　　　少時草聖學鍾王，意氣欲齊韋與張。……
　　　　自非高閑懷素不能此，何必更辨當年誰。〔註138〕

少年時期即學習鍾、王草書，末句則透露高閑、懷素於其心中之崇高
地位。另外對王羲之、顏真卿之行楷筆法，亦有一番見解。〈書扇〉：

　　　　魯公筆法屋漏雨，未減右軍錐畫沙。
　　　　可惜團團新月面，故教雲亂黑雲遮。〔註139〕

黃庭堅分析顏真卿「屋漏痕」其行筆遒勁，落筆疾緩滑澀配合墨色乾
濕得當，線條風格深沉醇厚，似有立體之感。黃庭堅似乎只是客觀地
評述晉、唐兩位大書家之筆法風格，認為二者不分軒輊，各有千秋；
其次，卻含蓄地表達顏真卿「屋漏痕」不亞於王羲之「錐畫沙」的審
美效果，隱約體現自己對於行楷筆法的審美思維。此時期的黃庭堅偏
好顏書，直至再次重新臨摹王羲之〈蘭亭〉愈發感悟行書之精奧。《黃
文節公正集・跋蘭亭》中對王羲之的書法評論如下：

　　　　〈蘭亭序〉草，王右軍平生得意書也。反復觀之，略無一字
　　　　一筆不可人意。摹寫或失之肥瘦，亦自成妍。要各存之以心，
　　　　會其妙處爾。〔註140〕

〔註138〕〔宋〕黃庭堅；傅璇琮、倪其心等主編：《全宋詩》，卷1019，頁11633。
　　　　〈觀王熙叔唐本草書歌〉，七古。
〔註139〕〔宋〕黃庭堅；傅璇琮、倪其心等主編：《全宋詩》，卷1005，頁11499。
　　　　〈書扇〉，七絕。
〔註140〕〔宋〕黃庭堅；劉琳、李勇先、王蓉貴校點：《黃文節公正集》，收
　　　　入《黃庭堅全集》，頁709。

〈蘭亭敘〉草，王右軍平生得意書也，反覆觀之，略無一字一筆不可人意，摹寫或失之肥瘦，亦自成妍，要各存之，以心會其妙處爾。〈蘭亭〉雖是真行書之宗，然不必一筆一畫以為準。譬如周公、孔子不能無小過，過而不害其聰明睿聖，所以為聖人。不善學者，即聖人之過處而學之，故蔽於一曲，今世學〈蘭亭〉者多此也。魯之閉門者曰：吾將以吾之不可，學柳下惠之可。可以學書矣。〔註141〕

另於《評書》云：

今時學〈蘭亭〉者，不師其筆意，便作行勢。正如美西子捧心，而不自窺其醜也。余嘗觀漢時石刻篆隸，頗得楷法，後生若以余說學〈蘭亭〉，當得之。元祐六年十月丙子，阻風於蕪湖縣，後經行於吉祥寺，魯直題。〔註142〕

黃庭堅學書力求「要各存之以心，會其妙處爾」，取其意韻神會，得於意而忘於形，不必一筆一畫以為準。卓國浚〈黃山谷書學理論體系〉：

藝術所重在神而非形，惟虛靜自處，澄懷味象，心齋坐忘之際，使能得意忘象，沉潛入所臨摹書家之心靈而有所得於心。〔註143〕

黃庭堅感慨時人學〈蘭亭〉只臨摹其形而未得其精神；同時，惕勵自身書學過程尤重修養，以晉、唐古韻為師，加之以右軍〈蘭亭〉為範帖，真積力久則入，書風自當質厚醇美。

2. 博採眾門，兼納古今

　　黃庭堅學書上溯晉、唐古韻，亦汲取當世書家所長為自身書學養分。少時曾拜於周越門下，學習草書。〈書草老杜詩後與黃斌老〉談及

〔註141〕〔宋〕黃庭堅；劉琳、李勇先、王蓉貴校點：《黃文節公正集》，收入《黃庭堅全集》，頁709。

〔註142〕〔宋〕黃庭堅；劉琳、李勇先、王蓉貴校點：《黃文節公外集》，收入《黃庭堅全集》，頁1402。

〔註143〕卓國浚：〈黃山谷書學理論體系〉，收錄於《藝術評論》，第十七期（臺北：國立臺北藝術大學，2007年），頁15。

拜周越學書經過：

> 予學草書三十餘年，初以周越為師，故二十年抖擻，俗氣不
> 脫。晚得蘇才翁、子美書觀之，乃得古人筆意。其後又得張
> 長史、僧懷素、高閑墨跡，乃窺筆法之妙。今來年老懶，作
> 此書，如老病人扶杖，隨意傾倒，不復能工。顧異於今人書
> 者，不紐提容止強作態度耳。〔註144〕

以此觀之，周越可謂黃庭堅學書之啟蒙恩師，經周越之言傳身教，黃
庭堅書風染上「俗氣」，於其他題跋亦有類似之感嘆：

> 少時喜作草書，初不師承古人，但管中窺豹，稍稍推類為
> 之。方事急時，便以意成，久之或不自識也。比來更自如所
> 作韻俗，下筆不瀏灕，如禪家「黏皮帶骨」語，因此不復作。
> 〔註145〕（〈鍾離跋尾〉）

> 錢穆父、蘇子瞻皆病予草書多俗筆，蓋予少時學周膳部書，
> 初不自窹，以故久不作草。數年來猶覺湔祓塵埃氣未盡，故
> 不欲為人書。德修來乞草書至十數請而無倦色慍語，今日試
> 為之，亦自未滿意也。〔註146〕（〈跋與徐德修草書後〉）

「俗氣」即「塵埃氣」，「抖擻」則是「滌除宿垢」，黃庭堅自覺早年草
書無法滌除學習周越所染上之俗氣。「晚得蘇才翁、子美書，乃得古
人筆意。」敘述山谷漸知轉益多師，幸得蘇軾指點，用筆逐漸擺脫俗
氣，書學造詣更上層樓：

> 東坡簡札，字形溫潤，無一點俗氣。今世號能書者數家，雖
> 規摹古人，自有長處。至於天然自工，筆圓而韻勝，所謂兼
> 四子之有以易之，不與也。〔註147〕（〈跋東坡字後〉）

〔註144〕〔宋〕黃庭堅；劉琳、李勇先、王蓉貴校點：《黃文節公外集》，收
　　　　入《黃庭堅全集》，頁1406。

〔註145〕〔宋〕黃庭堅；劉琳、李勇先、王蓉貴校點：《黃文節公別集》，收
　　　　入《黃庭堅全集》，頁1603。

〔註146〕〔宋〕黃庭堅；劉琳、李勇先、王蓉貴校點：《黃文節公正集》，收
　　　　入《黃庭堅全集》，頁676。

〔註147〕〔宋〕黃庭堅；劉琳、李勇先、王蓉貴校點：《黃文節公正集》，收
　　　　入《黃庭堅全集》，頁771。

> 東坡嘗自評作大字不若小字，以余觀之，誠然。然大字多得
> 顏魯公〈東方先生畫贊〉筆意，雖時有遣筆不工處，要是無
> 秋毫流俗。〔註148〕（〈題東坡大字〉）

> 東坡道人少日學蘭亭……至於筆圓而韻勝，挾以文章妙天
> 下，忠義貫日月之氣，本朝善書自當推為第一。數百年後，
> 必有知余此論者。〔註149〕（〈跋與徐德修草書後〉）

「（蘇軾）大字多得顏魯公〈東方先生畫贊〉筆意」、「東坡道人少日
學蘭亭」可知蘇軾亦為積學晉、唐古韻，書學造詣古奧之輩；黃庭堅
對蘇軾書學之敬慕，並從蘇軾天工清新、高雅脫俗之書風，獲致深刻
啟發。

　　黃庭堅之書學涵養精深，於古，積學晉、唐古韻，崇尚右軍之
〈蘭亭〉；於今，先後師承周越、蘇軾等當世書家，誠可謂博採眾門，
兼納古今。

二、師友交遊

　　黃庭堅之師友交遊極備受矚目，早年仕宦時期，敬慕蘇軾，與之
書信往復以論交，投身蘇門恭執弟子之禮；其後仕途坎坷，多舛之際
遇使其中歲頗好佛，廣結黃龍派諸多高僧為摯友，細論佛禪義理，以
臻澄澈妙悟。故而，黃庭堅之師友交遊，亦是歷來研究宋代文史學者
必然關注的重要課題之一。

（一）師從蘇軾，躋身蘇門學士

　　蘇軾生於宋仁宗景祐三年（1036），黃庭堅生於宋仁宗慶曆五年
（1045），兩人年紀相差僅九歲。蘇、黃二人之相知始於熙寧五年
（1072）黃庭堅第一位岳父孫覺（1028～1090）之介紹。孫覺因建造
墨妙亭，欲蒐羅秦漢以來古文遺刻以藏於亭，邀其摯友蘇軾作〈孫莘

〔註148〕〔宋〕黃庭堅；劉琳、李勇先、王蓉貴校點：《黃文節公別集》，收
　　　　入《黃庭堅全集》，頁 1595。
〔註149〕〔宋〕黃庭堅；劉琳、李勇先、王蓉貴校點：《黃文節公正集》，收
　　　　入《黃庭堅全集》，頁 676。

老求墨妙亭詩〉，並於酒宴時取出女婿黃庭堅之詩文請蘇軾品評，蘇軾雖未識黃庭堅，然閱畢「聳然異之」。蘇軾〈答黃魯直書〉云：

> 軾始見足下詩文於孫莘老之坐上，聳然異之，以為非今世之人也。莘老言：「此人，人知之者尚少，子可為稱揚其名。」軾笑曰：「此人如精金美玉，不即人而人即之，將逃名而不可得，何以我稱揚為？」然觀其文以求其為人，必輕外物而自重者，今之君子莫能用也。〔註150〕

孫覺之將黃庭堅所作大量詩詞示於蘇軾，使其佳作見知於世，為日後蘇、黃兩人之相識埋下一線契機。續有熙寧十年（1077）李常（1027～1090）舉薦。李常為黃庭堅舅父，本與王安石交好，後因極力反對王安石新政被貶謫出京，時任齊州知州。〔註151〕李常與蘇軾交好，對黃庭堅極為照顧，蘇軾在齊州李常處欣賞、品讀黃庭堅多篇詩文，對其才性有了進一步的認識，其〈答黃魯直〉回憶說：

> 其後，過李公擇於濟南，則見足下之詩文愈多，而得其為人益詳，意其超逸絕塵，獨立萬物之表，馭風騎氣，以與造物者遊，非獨今世之君子所不能用，雖如軾之放浪自棄，與世闊疏者，亦莫得而友也。〔註152〕

大量閱讀黃庭堅詩文，對其人其文益加了解、稱美，只可惜蘇、黃兩人此時仍緣慳一面。元豐元年（1078）二月，蘇軾在徐州知州任，黃庭堅從北京國子監教授任所上書、獻詩蘇軾。〈上蘇子瞻書〉云：

> 庭堅齒少且賤，又不肖，無一可以事君子，故嘗望見眉宇於眾人之中，而終不得備使令於前後。伏惟閣下學問文章度越前輩，大雅愷弟約博後來。立朝以直言見排退，補郡輒上課最，可謂聲實相當，內外稱職。凡此數者，在人為難兼，而

〔註150〕〔宋〕蘇軾：《蘇東坡全集》，上冊，第 29 卷（臺北：河洛圖書出版社，1975 年 9 月），頁 363。

〔註151〕參見〔宋〕秦觀，徐培均箋注：《淮海集箋注・故龍圖閣直學士中大夫知成都軍府事管內勸農使充成都府利州路兵馬鈐轄上護軍隴西郡開國侯食邑一千一百戶食實封三百戶賜紫金魚袋李公行狀》（上海：上海古籍出版社，1994 年 10 月 1 版 1 刷），冊下，頁 1548。

〔註152〕〔宋〕蘇軾，孔凡禮點校：《蘇軾文集》，冊 4，頁 1522。

閣下所蘊，海涵地負，特所見於一州一國者耳。惟閣下之淵
源如此，而晚學之士，不願親炙光烈，以增益其所不能，則
非人之情也。使有之，彼非用心於富貴榮辱，顧日暮計功，
道不同不相為謀，則淺陋自是，已無好學之志，「訑訑予既
已知之」者耳。……蓋心親則千里晤對，情異則連屋不相往
來，是理之必然者也，故敢坐通書於下執事。夫以少事長，
士交於大夫，不肖承賢，禮故有數，似不當如此。恭惟古之
賢者，有以國士期人，略去勢位，許通草書，故竊取焉。……
仰冀知察，故又作古風詩二章，賦諸從者。《詩》云：「我思
古人，實獲我心。」心之所期，可為知者道，難為俗人言。
不得於今人，故求之古人中耳。與我並時而能獲我心，思見
之心宜如何哉！《詩》云：「既見君子，我心寫兮。」今則
未見，而寫我心矣。氣候暄冷失宜，不審何如，伏祈為道自
重。〔註153〕

黃庭堅此信語氣恭謹，態度誠懇，對蘇軾充滿崇敬之情，其中包含三
個重點：推崇蘇軾之氣節、事功、學問、文章，一身而兼數難；感謝
蘇軾之稱揚，使自己聲譽鵲起，為士人所看重；表達追隨蘇軾，向蘇
軾學習的心願。〔註154〕除了〈上蘇子瞻書〉之外，黃庭堅同時又作
〈古詩二首上蘇子瞻〉表達自己的傾慕、追隨之心，其一云：

江梅有佳實，託根桃李場。桃李終不言，朝露借恩光。
孤芳忌皎潔，冰雪空自香。古來和鼎實，此物升廟廊。
歲月坐成晚，煙雨青已黃。得升桃李盤，以遠初見嘗。
終然不可口，擲置官道旁。但使本根在，棄捐果何傷。〔註155〕

此詩專寫蘇軾，起筆以欺霜傲雪、孤芳自賞、有華有實的江梅喻指
蘇軾，以凡俗的桃李喻新黨政敵，反襯蘇軾之傲岸不屈，才學精深。

〔註153〕〔宋〕黃庭堅；劉琳、李勇先、王蓉貴校點：《黃庭堅全集》，頁457
　　　　　～458。
〔註154〕劉昭明、黃子馨：〈蘇、黃訂交考〉，收錄於《文與哲》第十一期（高
　　　　　雄：國立中山大學中國文學系，2007年12月），頁263～288。
〔註155〕〔宋〕黃庭堅；傅璇琮、倪其心等主編：《全宋詩》，卷979，頁11330。
　　　　　〈古詩二首上蘇子瞻〉其一，五古。

其後「託根桃李場」，雖指蘇軾之出仕，然黃庭堅作意不僅如此，與首句「江梅有佳實」之語境脈絡相互扣合，不能個別賞析。宋代任淵註曰：

> 《漢書‧李廣傳‧贊》曰：「桃李不言，下自成蹊。」此借用，言江梅為桃李所忌。《文選‧樂府》曰：「入門各自媚，誰肯相為言？」此用其意。白樂天〈有木〉詩曰：「風煙借顏色，雨露助華滋。」《文選》江淹〈上書〉曰：「大王惠以恩光，顧以顏色。」此用其字。下皆傚此。詩意謂：東坡見嫉於當世，獨為人主所知耳。〔註156〕

「江梅」孤高瘦脊之姿，不與「桃李」妖嬈之媚態雜處於芳塵，故可知「江梅有佳實，託根桃李場」須上下合觀始得其詩境、詩情。隨後，黃庭堅筆鋒一轉，「桃李終不言，朝露借恩光。」政敵誣告橫陷，無人肯為蘇軾向聖上美言，無法在朝廷安身，幸有宋神宗恩遇保全，感歎蘇軾遭以王安石為首的新黨政敵忌妒排擠。其後，黃庭堅於〈古詩二首上蘇子瞻〉其一云：

> 長松出澗壑，十里聞風聲。上有百尺絲，下有千歲苓。
> 自性得久要，為人制頹齡。小草有遠志，相依在平生。
> 醫和不病世，深根且固蒂。人言可醫國，何用大早計。
> 小大材則殊，氣味固相似。〔註157〕

黃庭堅此詩先稱美蘇軾，再反觀自身。此詩開頭以生長於澗谷中的鬱鬱巨松譬喻蘇軾之人品與聲譽。隨後謙稱自己才疏學淺，有如菟絲草般卑微，無法與巨松般之蘇軾比肩，然小草志向宏遠，不依附權貴，不繞附凡木，不汲汲於功名利祿，只求攀附鬱鬱巨松，更願終生追隨氣性相近的蘇軾，進德修業，厚植根基。此二詩引物連類，託物言志，詩義古奧，藝術技巧極為絕妙。黃庭堅作〈古詩二首上蘇子瞻〉，落筆擲地有聲，令蘇軾驚豔不已，謙稱愧不敢當，遂作〈答黃

〔註156〕〔宋〕黃庭堅；任淵等注，劉尚榮點校：《黃庭堅詩集注》（北京：中華書局，2007年），第1冊，內集卷1，頁7。

〔註157〕〔宋〕黃庭堅；傅璇琮、倪其心等主編：《全宋詩》，卷979，頁11330。〈古詩二首上蘇子瞻〉其二，五古。

魯直〉譽其說：

> 〈古風〉二首，託物引類，真得古詩人之風，而軾非其人
> 也。〔註158〕

蘇、黃從此論交，故黃庭堅〈古詩二首上蘇子瞻〉具有特殊意義，後
人對黃庭堅〈古詩二首上蘇子瞻〉亦給予很高的評價，如清代康熙年
間吳喬（1610～1694）《圍爐詩話》譽曰：

> 山谷古詩，若盡如〈上子瞻〉二篇，將以漢人待之，其他只是
> 唐人之殘山剩水耳。留意鍛煉，與不留意直出不同也。〔註159〕

吳喬將此作喻之為黃庭堅古詩壓卷之作，評價可謂至高。清代光緒年
間陳衍（1856～1937）《宋詩精華錄》亦譽曰：

> 兩首轉處皆心苦分明，餘則比體老法也。〔註160〕

黃庭堅〈古詩二首上蘇子瞻〉託物言志，傾述敬慕、追隨之心，情意
真摯，自然流露，轉承有序，文辭巧構而質樸，故獲得泰半詩家之讚
譽。雖然黃庭堅謙稱自己乃蘇軾門下弟子，躋身蘇門四學士之列，不
敢與蘇軾相提並論，其後人卻以「蘇黃」並稱為榮，明載於家傳，〈豫
章先生傳〉載：

> 元祐中，眉山蘇公號文章伯，當是時，公與高郵秦少游、宛
> 丘張文潛、濟源晁無咎皆遊其門，以文相高，號四學士。一
> 文一詩出，人爭傳誦之，紙價為高。而公之文尤絕出高妙，
> 追古冠今，燭後輝前。晚節位益黜，名益高，世以配眉山蘇
> 公，謂之「蘇黃」。〔註161〕

南宋時期，「蘇、黃」並稱已明載於史冊。王稱（？～？）《東都事略·
文苑傳·黃庭堅》載：

〔註158〕〔宋〕蘇軾，孔凡禮點校：《蘇軾文集》，冊4，頁1532。
〔註159〕〔清〕吳喬，郭紹虞編：《清詩話續編》（臺北：木鐸出版社，1983
　　　　年12月，初版），冊上，頁608。
〔註160〕〔清〕陳衍評點，曹中孚校注：《宋詩精華錄》（成都：巴蜀書社，
　　　　1992年3月1版1刷），頁259。
〔註161〕〔宋〕黃庭堅作；劉琳、李勇先、王蓉貴校點：《黃庭堅全集·附錄
　　　　一·傳記》，冊4，頁2362。

始，庭堅與秦觀、張耒、晁補之皆游蘇軾之門，號「四學
士」，而庭堅於文章尤長於詩，獨江西君子以庭堅配軾，謂
之「蘇黃」云。〔註162〕

蘇、黃二人數十年之往來中，雖遲至元祐初，即首封書信八年後
才在京師相見，可謂聚少離多，但早已藉由詩文建立亦師亦友的深厚
情誼。蘇、黃相同之仕宦際遇而致命運與共〔註163〕，空間之距離雖造
成書信往來困難，然諸多險阻卻使二大文豪更加珍惜彼此情誼，心神
愈臻契合。黃庭堅追求良師，敬慕蘇軾，從師蘇門，以上書、獻詩的
方式主動投入門下，恭執弟子之禮，其文藝涵養與個人氣度修為，可
謂體大思精；蘇軾與黃庭堅雖緣慳一面，然透過孫覺、李常之引薦與
詩文之品讀，愛才之心油然而生，不遺餘力愈加稱揚，使黃庭堅之聲
名在「蘇門四學士」之中騰躍而起，進而與蘇軾並列，成就「蘇、黃」
之美名，亙古流芳。蘇門之中，尤為蘇、黃師生二人如孔子、顏淵般
樂處，不僅留下傳世之名篇，更為後世師生相敬相愛之道，譜下典範
與佳音。

（二）禮佛於黃龍，悟道於鰲山

宋初即採儒、道、釋三教並行政策，而佛門有關心性的論述尤

〔註162〕〔宋〕王稱：《東都事略》（臺北：國立中央圖書館，1991 年 2 月），
　　　　　冊 4，頁 1795～1796。

〔註163〕元豐八年（1085）三月起，至元祐八年（1093）九月，為太皇太后
　　　　　高氏攝政時期。自同聽政之日起，太皇太后高氏即「諭以復祖宗法
　　　　　度為先務」。於是開始廢除部分熙、豐時期所行新法，更起用司馬光、
　　　　　呂公著、蘇軾等舊黨人士。太皇太后高氏攝政年間，正是蘇軾為首
　　　　　的文人集團政局得勢之時，詩文蓬勃璀璨之際；同時，亦是黃庭堅
　　　　　詩歌創作之高峰。元祐八年（1093）九月，太皇太后高氏崩逝，諡
　　　　　號宣仁聖烈皇后，宋哲宗正式親政。翌年即改元「紹聖」，由此，宋
　　　　　哲宗徹底擺脫宣仁聖烈皇后攝政之掣肘，其政治意向素來與司馬
　　　　　光、蘇軾等舊黨文臣相左，於是復用熙寧、元豐年間之新黨臣工，
　　　　　紹述宋神宗之政治方針。新黨當道，將蘇軾、蘇轍等元祐時期活躍
　　　　　之舊黨人士視為政敵，故禁毀其書冊、典籍；至於黃庭堅、張耒、
　　　　　晁補之、秦觀等「蘇門學士」亦同罹黨爭之禍，個人著述亦在禁毀
　　　　　之列。詳參本論文，頁 94、102、103。

深為當世儒者嚮慕。許多儒士一方面排佛，卻一方面與僧人往來，並接受佛門義理薰染；而僧人也樂於研究儒典，與儒者交往，講性說理，藉此增重聲價，擴大自己的影響力，因而形成「文人居士化、僧人文士化」的情形，從而促成哲學領域儒、道、釋三教合流，圓融無礙的境界，影響到後來理學的形成。黃庭堅正是處身於這樣的學術風氣、文化氛圍中；所以，其作品所蘊含的思想亦烙上了時代的印記。〔註164〕黃庭堅的宗教觀念是由儒、釋、道三家融會互通所構成，其思想頗為多元並蓄。任淵（1090～1164）《黃陳詩注序》云：

> 本朝山谷老人之詩，極《騷》、《雅》之變，……一字一句，有
> 歷古人六七作者，蓋其學該通乎儒、釋、老莊之奧。〔註165〕

黃庭堅在〈寫真自贊〉亦云：「似僧有髮，似俗無塵。作夢中夢，見身外身。」〔註166〕可知佛禪思想於黃庭堅之習染甚深。黃庭堅原籍婺州金華（今浙江金華），據黃庭堅〈叔父給事行狀〉：

> 黃氏，金華人。公（黃庭堅叔父黃廉）高祖諱瞻，當李氏（指
> 南朝李氏王朝）時遊江南，以策干中主（李璟），不能用，
> 授著作佐郎，知分寧縣。〔註167〕

黃庭堅的家鄉洪州分寧，乃禪宗臨濟宗黃龍派之大本營；因此地緣鄰近之故，為黃庭堅與當時許多佛門中人都有往來，在其文集中有許多與佛門相關的文字，大多是有關佛教的碑記塔銘、高僧語錄序、燒香頌、高僧像贊、開堂疏以及談禪論道方面的書信，為其禪學思想奠定良好基礎。然而，客觀的地理條件、文化氛圍提供黃庭堅習禪之外在環境；但其潛心向佛禪之決定，還是取決於多舛的人生際遇。

〔註164〕鄭永曉整理：《黃庭堅全集輯校編年》（南昌：江西人民出版社，2011
　　　　年9月），頁1380。

〔註165〕〔宋〕黃庭堅；劉琳、李勇先、王蓉貴校點：《黃庭堅全集》，附錄
　　　　三，頁2408。

〔註166〕〔宋〕黃庭堅作；劉琳、李勇先、王蓉貴校點：《宋黃文節公全集·
　　　　正集》，卷22，收入《黃庭堅全集》，頁560。

〔註167〕〔宋〕黃庭堅作；劉琳、李勇先、王蓉貴校點：《宋黃文節公全集·
　　　　別集》，卷9，收入《黃庭堅全集》，頁1648。

　　早年黃庭堅與黃龍惠南〔註168〕（1002～1069）即相知相識，此時雖已對佛教有些許興趣，且已接觸不少佛教文字；但為大展才學，實現經世治國之宏遠抱負，對佛教精神、佛法大義之精神內涵著墨不深，佛家禪心遂隱沒於儒家積極出仕進取之雄心。然而中年以後，黃庭堅歷經兩度喪妻（1070、1079）的沉痛與仕宦生涯的身不由己，深受黨爭連累，屢次遭貶出京；元祐六年（1091）其母喪歿，黃庭堅為母親丁憂直到元祐八年（1093）九月服除。因守喪之故，於雙井幽居，在這一時期，修禪看經，體究佛法，以及勸人學道、推揚佛教似乎成為他生活的重心。黃君《千年書史第一家──黃庭堅書法評傳》：

> 黃庭堅在元祐八年（1093）春到元祐九年（1094）約一年內所寫有關佛教的碑記塔銘、高僧語錄序、燒香頌、高僧像贊以及談禪論道方面的書信等文字多達百餘篇。此一時期，他與江淮一代僧人如芝上人曇秀、佛印了元、六祖師範、開先行瑛、花光仲仁、慧林宗本、法雲法秀、東林思度、興化以阿、上溪紹慈、羅漢系南、黃龍元肅、曉純等保持往來，這些僧人絕大多數是黃龍派傳人，黃庭堅與他們或敘道誼，或論禪法，或為寺院諸法事做功德等等，自謂「深味禪悅，便求無功之功」。〔註169〕

所謂「深味禪悅，便求無功之功」〔註170〕便是飽嚐人情冷暖、生死無常之後，對佛家「諸行無常，一切皆苦，諸法無我，寂滅為樂」之禪理重新審視，深悟自覺；於是，黃庭堅遁入佛禪溯尋心靈寄託，以悉

〔註168〕黃龍派的奠基者黃龍惠南祖籍信州（江西上鐃縣），其一生行跡大多在江西，曾先後在盧山歸宗寺、高安縣黃檗山及分寧縣城西邊的黃龍山寺住持。宋惠洪《禪林僧寶傳·黃龍南禪師》中說惠南「住黃龍法席之盛，追媲溈潭馬祖、百丈大智」，宋神宗熙寧二年（1069）於黃龍寺去世，徽宗大觀四年追諡為「普覺禪師」。詳參〔宋〕釋惠洪：《禪林僧寶傳》，收錄於王雲五主編：《四庫全書珍本七集》（臺北：臺灣商務印書館，1965年），卷22，頁51。

〔註169〕黃君：《千年書史第一家──黃庭堅書法評傳》（北京：中國人民大學出版社，2014年2月），頁97。

〔註170〕〔宋〕黃庭堅作：〈與周達夫〉，收錄於鄭永曉整理：《黃庭堅全集輯校編年》，頁825。

心禪理、潛心悟道以求心淨澄明。其中，且黃庭堅與關係最為密切的
是黃龍派三位高僧：晦堂祖心（1025～1100）、靈源惟清（？～1117）、
死心悟新（1043～1115）。幸得祖心、死心、靈源三位高僧點悟，因而
深入佛法，頓悟禪機，由此觸類旁通，貫串詩、書之創發。黃庭堅晚
年〈書自作草後〉自言：

> 紹聖甲戌，在黃龍山中，忽得草書三昧，覺前所作，太露芒
> 角，若得明窗淨几，筆墨調利，可作數千字不倦，但難得此
> 時會爾。〔註171〕

黃庭堅自評過去之創作，用筆偏愛鋪鋒故而「太露芒角」；然創作動
機之旺盛，其後草書漸入神妙超群之境。對此，他亦時常坦率流露得
意欣喜之情：

> 此書驚蛇入草，書成不知絕倒。自擬懷素前身，今生筆法更
> 老。〔註172〕（〈墨蛇頌〉）

> 元符三年二月己酉夜，沐浴罷，連引數杯，為成都李致堯作
> 行草。耳熱眼花，忽然龍蛇入筆，學書四十年，今夕所謂鰲
> 山悟道書也。〔註173〕（〈李致堯乞書書卷後〉）

> 近時士大夫罕得古法，但弄筆左右纏繞，遂號為草書耳，不
> 知與蝌蚪、篆、隸同法同意。數百年來，惟張長史、永州狂
> 僧懷素及余三人悟此法耳。〔註174〕（〈跋此君軒詩〉）

上述引文中提到「鰲山悟道」為佛門典故〔註175〕，黃庭堅談論書法相

〔註171〕〔宋〕黃庭堅；〔明〕毛晉訂：《山谷題跋》，卷七，頁48。

〔註172〕〔宋〕黃庭堅；傅璇琮、倪其心等主編：《全宋詩》，卷1026，頁11734。

〔註173〕〔宋〕黃庭堅；〔明〕毛晉訂：《山谷題跋》，卷七，頁68。

〔註174〕〔宋〕黃庭堅；〔明〕毛晉訂：《山谷題跋》，卷八，頁79。

〔註175〕唐時雪峰義存禪師求道甚謹，曾先後在齊安國師、洞山良价禪師、德
山宣鑒禪師門下親承教誨，然心下總未踏實。一日，與其師兄岩頭
禪師因外出辦事，阻雪於澧州鰲山。雪峰禪師仍如往常打坐，岩頭
禪師只是倒頭睡去，雪峰禪師後來實在看不慣，就抱怨了幾句。岩
頭禪師則反問雪峰禪師有何不可？雪峰答以：「我心仍未安穩，不敢
自謾。」因從頭向岩頭禪師述說親蒙諸位禪師教誨經過。岩頭禪師
要其一一放下，並曉以「從門入者不是家珍」之理，復曰：「他後若
欲播揚大教，一一從自己胸襟流出，將來與我蓋天蓋地去。」當下，

關之詩歌關涉禪家之語，這與他長期參禪契悟是密不可分的。晚年草書大為精進，幾致登峰造極，謂己研學草書凡四十年，其間艱苦探索，歷經波折，此夕忽如雪峰禪師澄澈禪悟以曉諭詩書。

　　廣泛研習詩、書、儒、佛等諸了大家，皆可以窺見黃庭堅詩、書之成長與蛻變之跡。師法於晉、唐先賢，卻不為古法所限；就教於周越、蘇軾、黃龍高僧等時人，更為兼納眾門之絕妙。可謂末詩面臨唐詩盛極難繼的困境，雖處窮厄而尚意新變，誠如黃庭堅〈以右軍書數種贈丘十四〉自己所標舉、企盼「隨人作計終後人，自成一家始逼真」〔註176〕之最終境界。

雪峰大悟，便做禮起，連聲叫曰：「師兄，今日始是鰲山成道。」詳參〔宋〕普濟：〈雪峰義存禪師〉，收錄於《五燈會元》，卷第七（臺北：文津出版社，1986年5月），頁379。

〔註176〕〔宋〕黃庭堅；傅璇琮、倪其心等主編：《全宋詩》，卷1019，頁11637。〈以右軍書數種贈丘十四〉，七古。

第參章　黃庭堅談書詩之不同階段與特色

　　黃庭堅（1045～1105）為宋代江西詩派之開山宗匠，其現存之詩作據楊家駱（1912～1991）統計，一共 1900 多首；然所有詩歌中，若依創作主題分類，如：戲題詩、詠史詩、題畫詩、題壁詩……等，則其作品數量需重新點校、精算，方能將該創作主題之詩歌完整聚合以細究、抉微，談書詩亦不例外。〔註1〕本章將聚焦黃庭堅不同階段談書詩之考察，將其分為兩節（三項層面）探述：

　　（一）首先，點校、精算黃庭堅談書詩之具體數量。

　　（二）其次，依據黃庭堅談書詩創作時間之先後列表、排序，細究不同階段之創作數量。

　　（三）而後，再依黃庭堅不同階段之談書詩創作，細究黃庭堅階段性的詩歌風格特色之轉變。

　　綜合上述三項層面，本研究試圖將黃庭堅不同階段之談書詩，盡善蒐羅、抉微，以臻精研考察之功。

〔註1〕楊慶存：《黃庭堅與宋代文化》（開封：河南出版社，2002 年），頁240。

第一節　談書詩之繫年

　　詩人創作詩歌除了倚仗天賦秉性，更受後天之時代氛圍、生涯歷程所習染，相互關涉，使創作之動機、思維之底蘊產生量變和質變，黃庭堅之談書詩亦然如此。張承鳳〈黃庭堅詩分期評議〉：

> 縱觀黃庭堅的全部詩作，考察其詩歌創作的發展道路，則可見到其創作的發展存在明顯的階段性。這種階段性是詩人藝術本質和風格形成與變化的過程在創作中的體現，而其發展變化又必然受到時代文學思潮和社會歷史條件的影響。對於作家創作的分期，可以表明我們對其創作發展過程的基本特點的認識，由此可以歷史地全面地探討一位作家思想與藝術的成就。〔註2〕

本節將依黃庭堅之年齡以及其生涯歷程，考察黃庭堅談書詩不同階段之量產數目、比例，進而細究其詩風之轉變。

一、談書詩之作品編年

　　黃庭堅於北宋慶歷五年（1045）出生於分寧，十七歲開始詩歌創作，直至崇寧四年（1105）九月十三日於謫所宜州（廣西宜山）絕筆謝世，享壽六十一年，下列表 3-1-1 可略窺其六十三首談書詩之作品編年：

表 3-1-1　黃庭堅談書詩之作品編年

序號	詩　名	書寫時間	書寫年齡
1	〈題蘇才翁草書壁後〉	神宗熙寧二年（1069）	25 歲
2	〈奉和王世弼寄上七兄先生用其韻〉	神宗熙寧八年（1075）	31 歲
3	〈庭誨惠鉅硯〉	神宗熙寧八年（1075）	31 歲
4	〈觀王熙叔唐本草書歌〉	神宗元豐元年（1078）	34 歲

〔註 2〕張承鳳：〈黃庭堅詩分期評議〉，收錄於《社會科學研究》（重慶：重慶教育學院，2005 年第 4 期），頁 180。

5	〈林為之送筆戲贈〉	神宗元豐二年（1079）	35 歲
6	〈書扇〉	神宗元豐二年（1079）	35 歲
7	〈以右軍書數種贈丘十四〉	神宗元豐三年（1080）	36 歲
8	〈李君既借示其祖西臺學士草聖并書帖一編二軸以詩還之〉	神宗元豐三年（1080）	36 歲
9	〈發舒州向皖口道中作寄李德叟〉	神宗元豐三年（1080）	36 歲
10	〈題馬當山魯望亭〉四首之三〈顏魯公〉	神宗元豐三年（1080）	36 歲
11	〈姨母李夫人墨竹二首〉之一	神宗元豐二年（1080）	36 歲
12	〈姨母李夫人墨竹二首〉之二	神宗元豐三年（1080）	36 歲
13	〈蕭子雲宅〉	神宗元豐四年（1081）	37 歲
14	〈再次韻奉答了由〉	神宗元豐四年（1081）	37 歲
15	〈代書〉	神宗元豐四年（1081）	37 歲
16	〈送酒與周法曹用前韻〉	神宗元豐四年（1081）	37 歲
17	〈長句謝陳適用惠送吳南雄所贈紙請續南華內外篇〉	神宗元豐五年（1082）	38 歲
18	〈奉答茂衡惠紙長句〉	神宗元豐五年（1082）	38 歲
19	〈次韻周法曹游青原山寺〉	神宗元豐六年（1083）	39 歲
20	〈寄上高李令懷道〉	神宗元豐六年（1083）	39 歲
21	〈吉老許惠李北海石室碑以詩促之〉	神宗元豐六年（1083）	39 歲
22	〈吉老兩和示戲答〉	神宗元豐六年（1083）	39 歲
23	〈次韻李之純少監惠硯〉	神宗元豐八年（1085）	41 歲
24	〈題王黃州墨跡後〉	哲宗元祐元年（1086）	42 歲
25	〈奉和公擇舅氏送呂道人研長韻〉	哲宗元祐元年（1086）	42 歲
26	〈觀秘閣蘇子美題壁及中人張侯家墨跡十九紙率同舍錢才翁學士賦之〉	哲宗元祐元年（1086）	42 歲
27	〈和答錢穆父詠猩猩毛筆〉	哲宗元祐元年（1086）	42 歲
28	〈戲詠猩猩毛筆二首〉之一	哲宗元祐元年（1086）	42 歲
29	〈戲詠猩猩毛筆二首〉之二	哲宗元祐元年（1086）	42 歲
30	〈和邢惇夫秋懷十首〉之七	哲宗元祐元年（1086）	42 歲
31	〈次韻子瞻武昌西山〉	哲宗元祐元年（1086）	42 歲

32	〈柳閎展如子瞻甥也其才德甚美有意於學故以桃李不言下自成蹊八字作詩贈之〉	哲宗元祐元年（1086）	42歲
33	〈劉晦叔許洮河綠石硯〉	哲宗元祐元年（1086）	42歲
34	〈謝王仲至惠洮州礪石黃玉印材〉	哲宗元祐元年（1086）	42歲
35	〈雙井茶送子瞻〉	哲宗元祐二年（1087）	43歲
36	〈題劉將軍鵝〉	哲宗元祐二年（1087）	43歲
37	〈題畫鵝鴈二首〉之一	哲宗元祐二年（1087）	43歲
38	〈題畫鵝鴈二首〉之二	哲宗元祐二年（1087）	43歲
39	〈答王道濟寺丞觀許道寧山水圖〉	哲宗元祐二年（1087）	43歲
40	〈謝景文惠浩然所作廷珪墨〉	哲宗元祐二年（1087）	43歲
41	〈次韻王炳之惠玉版紙〉	哲宗元祐二年（1087）	43歲
42	〈次韻錢穆錢穆父贈松扇〉	哲宗元祐二年（1087）	43歲
43	〈戲答趙伯充勸莫學書及為席子澤解嘲〉	哲宗元祐二年（1087）	43歲
44	〈題子瞻枯木〉	哲宗元祐三年（1088）	44歲
45	〈次韻子瞻書黃庭經尾付蹇道士〉	哲宗元祐三年（1088）	44歲
46	〈題子瞻書詩後〉	哲宗元祐三年（1088）	44歲
47	〈戲贈高述六言〉	哲宗元祐三年（1088）	44歲
48	〈謝送宣城筆〉	哲宗元祐三年（1088）	44歲
49	〈王彥祖惠其祖黃州制草書其後〉	哲宗元祐三年（1088）	44歲
50	〈效進士作觀成都石經〉	哲宗元祐三年（1088）	44歲
51	〈用前韻謝子舟為予作風雨竹〉	哲宗元符二年（1099）	55歲
52	〈以虎臂杖送李任道二首〉之一	哲宗元符三年（1099）	56歲
53	〈戲贈米元章二首〉之一	徽宗建中靖國元年（1101）	57歲
54	〈戲贈米元章二首〉之二	徽宗建中靖國元年（1101）	57歲
55	〈題徐氏書院〉	徽宗崇寧元年（1102）	58歲
56	〈題君子泉〉	徽宗崇寧元年（1102）	58歲
57	〈吳執中有兩鵝為余烹之戲贈〉	徽宗崇寧二年（1103）	59歲
58	〈文安國挽詞二首〉之一	徽宗崇寧二年（1103）	59歲

59	〈文安國挽詞二首〉之二	徽宗崇寧二年（1103）	59 歲
60	〈花光仲仁出秦蘇詩卷思二國士不可復見開卷絕嘆因花光為我作梅數枝及畫煙外遠山追少游韻記卷末〉	徽宗崇寧三年（1104）	60 歲
61	〈書摩崖碑後〉	徽宗崇寧三年（1104）	60 歲
62	〈墨蛇頌〉	創作時間難以考據	無可考據
63	〈楊凝式行書〉	創作時間難以考據	無可考據

（製表人：郭睿恩）

上列表格，是以「年歲」之微觀視角，考察黃庭堅談書詩具體的創作時代，以及詩人當下之年齡；其後，筆者將以「生涯」之鉅觀視角，分期論析。

黃庭堅身處北宋政治生活最活躍的時期：在慶歷新政失敗後，王安石變法深受宋神宗支持，進而與司馬光和蘇軾等大臣互為政敵；於是，朝廷內變法的新派和守舊派判若水火，壁壘分明，展開了長期的宮闈黨爭；北宋後期變法派再度得勢，對蘇軾之元祐集團進行殘酷的政治迫害。

此時期亦是北宋文化生活最靈動的時期：學術上形成了以義理思辨見長的宋學，詩文革新運動蔚然成風，宋詩尚意的藝術特色出現等。黃庭堅談書詩便是於此之下所創發。

二、談書詩之不同階段

現行學界針對黃庭堅的詩歌進行分期研究，錢志熙將其分為四個時期：第一期為早年時期，時間為熙寧末（1077）至元豐初（1078）；第二期為元豐年間的成熟期（1078～1085）；第三期為館閣時期（1086～1093），是發展變化的階段；第四期為紹聖年（1094）之後，是黃庭堅遭遇貶謫之時。〔註3〕張承鳳分為四個時期：第一期為「創作探索

〔註 3〕錢志熙：〈黃庭堅詩分期初論〉，收錄於《溫州師院學報》哲學社會科學版（溫州：溫州師範學院，1989 年第 4 期），頁 24～32。

時期」，時間為嘉祐六年（1061）至熙寧十年（1077）；第二期為「風格形成時期」，時間為元豐元年（1078）至元豐八年（1085）；第三期為「範式建立時期」，時間為元祐元年（1086）至元祐八年（1093）；第四期為「藝術變化時期」，時間為元紹聖元年（1094）至崇寧四年（1105）。〔註4〕莫礪鋒則是分成三個階段：第一階段為元豐八（1085）年以前；第二階段是元豐八年（1085）至元祐八年（1093）；第三階段為紹聖（1094）以後。〔註5〕上述三位學者對於黃庭堅詩歌的分期研究，讀者可以發現錢志熙和張承鳳所分之四個時期，其時間節點幾盡相同，而莫礪鋒則略作調整，將錢志熙所提之「第一期：早年時期」、「第二期：元豐年間的成熟期」以及張承鳳所述之「第一期：創作探索時期」、「第二期：風格形成時期」合併，把黃庭堅詩歌發展變化分為三個時期，其原由如下：

> 我們可以根據詩人的仕歷把黃詩分成入仕之前、任葉縣尉時期、任北京學官時期、任太和縣令時期、任德平監鎮時期、館閣時期、謫居黔州、戎州時期、待命荊州鄂州時期、謫居宜州時期，然而這種貌似細緻的分期法並沒有多大意義，因為黃詩的實際發展過程並未呈現如此清晰的階段性，例如詩人在葉縣尉和北京國子監教授的任期內所作的詩，無論在內容還是在藝術上都沒有太大的區別。所以我們認為對黃詩的分期宜粗不宜細，比較粗略的分期法反而有助於認清黃詩的發展過程。〔註6〕

若依莫礪鋒所述，黃庭堅詩風變化發展之過程，特別是詩歌內容、修辭藝術並未呈現清晰的階段性區別，故而莫礪鋒認為比較粗略的分期研究法，有助於認清黃庭堅詩歌的發展過程。筆者竊以為莫礪鋒此說

〔註4〕詳參張承鳳：〈黃庭堅詩分期評議〉，收錄於《社會科學研究》（重慶：重慶教育學院，2005 年第 4 期），頁 180～185。

〔註5〕詳參張承鳳：〈黃庭堅詩分期評議〉，收錄於《社會科學研究》（重慶：重慶教育學院，2005 年第 4 期），頁 180～185。

〔註6〕莫礪鋒：〈論黃庭堅創作的三個階段〉，收錄於《文學遺產》（北京：中國社會科學院文學研究所，1995 年第三期），頁 71。

大致上固然不錯,卻仍有細節處可稍作調整。因為,錢志熙、張承鳳二人特別將「嘉祐至熙寧年間(1061～1077)」分立而論,有著墨關照黃庭堅青少年求索問學之時期,對於日後之生涯發展,是筆者須留心探述的時間節點。

其後元祐元年(1086),蘇、黃因同在京師擔任官職,時常於公餘閒暇,相聚品茗。二人有時戲墨唱和,有時相邀遊山坑水,登覽名勝,亦師亦友之情誼迅速發展,唱和愈發頻繁,或蘇軾與他人唱和,黃庭堅和之;或黃庭堅作詩贈人,蘇軾以其韻和其詩,將生活雅趣詠舞於詩文,亦影響黃庭堅之創作發想。

再將焦點轉移至錢志熙、張承鳳二人所提之黃庭堅詩歌分期研究。錢志熙是以詩歌存日刪減、編選的角度,探討黃庭堅詩歌分期之創作情形;張承鳳則是以黃庭堅之生涯仕宦歷程為經,再以分析詩歌內涵底蘊、藝術思維為緯,將黃庭堅詩歌進行階段性分期的總結式評述。由此觀之,欲分析黃庭堅詩歌階段性風格及內涵之質變,以張承鳳之分期立論更為適切。

故而,本研究將以張承鳳對黃庭堅詩歌之四個分期為立基,再將黃庭堅談書詩一一對應、綰合所屬時期,以時序和詩歌相互論證,探討黃庭堅談書詩年齡階段之創作發展,此外,再以莫礪峰所分之時期列為後設考察素材。下表 3-1-2 即是筆者依據張承鳳所劃分之黃庭堅詩歌不同階段,歸納、整合並對照黃庭堅談書詩不同階段之具體數量。

表 3-1-2 黃庭堅詩歌階段性創作時期

發展順序	階段性時期	所屬皇帝、年號	年　齡
1	創作探索時期	宋仁宗嘉祐六年至宋神宗熙寧十年(1061～1077)	17 歲至 33 歲(青少年至青年)
2	風格形成時期	宋神宗元豐元年至宋神宗元豐八年(1078～1085)	34 歲至 41 歲(青年至壯年)

| 3 | 範式建立時期 | 宋哲宗元祐元年至宋哲宗元祐八年（1086～1094） | 42 歲至 49 歲（壯年至老年） |
| 4 | 藝術變化時期 | 宋哲宗紹聖元年至宋徽宗崇寧四年（1094～1105） | 50 歲至 61 歲（老年） |

（製表人：郭睿恩）

　　本文借鑒張承鳳所劃分之黃庭堅詩歌年齡階段，進而劃分為四期：（一）青少年至青年時期、（二）青年至壯年時期、（三）壯年至老年時期、（四）老年時期。此四期留至本章第二節梳理黃庭堅談書詩之風格轉變。

　　因考量談書詩之本質內涵是以書法為立基，故而探討黃庭堅談書詩分期變化發展；同時，亦須以黃庭堅書學的階段性歷程為後設考察。筆者於本研究第二章之「黃庭堅書學涵養」提及黃庭堅書法學習歷程之概況，同時亦略述各陳志平、楊頻、林瑪珮對於黃庭堅書學階段之分期。以文史學術研究之規模細觀，相較於楊頻〈黃庭堅書法藝術創作分期初論〉（單篇期刊論文）〔註7〕、林瑪珮《黃庭堅論書詩探微》（碩士論文）〔註8〕，陳志平《黃庭堅書學研究》〔註9〕以「跨

────────────────

〔註7〕楊頻依據蘇、黃往來狀況，將黃庭堅藝術創作分為四期，分別是元豐元年（1078）之前「前交游期」、元豐元年（1078）至元祐六年（1091）「交游期」、元祐七年（1092）至建中靖國元年（1101）「後交游期」及崇寧元年（1102）後的「深入變法期」。詳參楊頻：〈黃庭堅書法藝術創作分期初論〉，收錄於《刑台職業技術學院學報》第 25 卷第 2 期（刑台：刑台職業技術學院，2008 年 4 月）。

〔註8〕林瑪珮以黃庭堅於元祐元年（1086）初首次拜謁蘇軾，紹聖元年（1094）蘇軾被貶英州，黃庭堅移涪州別駕，蘇、黃未再聚首；亦即據蘇、黃仕宦交遊之歷程，將黃庭堅書風發展以元祐元年及紹聖元年為界，大致分為三期，分別是元祐初年（1086）約四十歲之前，以王羲之為師，鍾情於蘭亭序；元祐期間（1086～1093）追隨蘇軾後，轉益多師，兼學古今；紹聖元年（1094）後「自成一家」。詳參林瑪珮：《黃庭堅論書詩探微》（臺中：靜宜大學中國文學研究所碩士論文，2011 年），頁 81～84。

〔註9〕陳志平以黃庭堅參禪學佛之歷程為據，將其書風形成以三階段區分：少年至元祐末、元祐末至元符二年（1099）及元符末至去世。其中，少年至元祐末又以元祐元年（1086）蘇、黃晤面為界，分為

學科」的交叉研究，綜合「詩學、書學、禪學」的多維度立體視角，更為全面的考述黃庭堅書法創作中把握筆墨的特殊方式及其書風的形成與演變。故而，本研究以陳志平之說為黃庭堅書學後設考察之主軸。

承上表 3-1-1、表 3-1-2，筆者進一步將黃庭堅談書詩以張承鳳所劃分之詩歌時期為立基，列舉各階段之詩作，詳見表 3-1-3：

表 3-1-3　黃庭堅不同階段之談書詩

序號	詩　名	書寫階段	書寫年齡	統計分析
1	〈題蘇才翁草書壁後〉	青少年至青年時期 17～33 歲	25 歲	合計 3 首佔 4.8%（四捨五入計算）
2	〈奉和王世弼寄上七兄先生用其韻〉		31 歲	
3	〈庭誨惠鉅硯〉		31 歲	
4	〈觀王熙叔唐本草書歌〉	青年至壯年時期 34～41 歲	34 歲	合計 20 首佔 31.7%（四捨五入計算）
5	〈林為之送筆戲贈〉		35 歲	
6	〈書扇〉		35 歲	
7	〈以右軍書數種贈丘十四〉		36 歲	
8	〈李君貺借示其祖西臺學士草聖并書帖一編二軸以詩還之〉		36 歲	
9	〈發舒州向皖口道中作寄李德叟〉		36 歲	
10	〈題馬當山魯望亭〉四首之三〈顏魯公〉		36 歲	
11	〈姨母李夫人墨竹二首〉之一		36 歲	
12	〈姨母李夫人墨竹二首〉之二		36 歲	
13	〈蕭子雲宅〉		37 歲	
14	〈再次韻奉答子由〉		37 歲	
15	〈代書〉		37 歲	

前、後兩個時期。前期為少年至元豐八年（1085），後期為元祐元年（1086）至元祐末。陳志平：《黃庭堅書學研究》（北京：中華書局，2006 年）。

16	〈送酒與周法曹用前韻〉		37 歲	
17	〈長句謝陳適用惠送吳南雄所贈紙請續南華內外篇〉		38 歲	
18	〈奉答茂衡惠紙長句〉		38 歲	
19	〈次韻周法曹游青原山寺〉		39 歲	
20	〈寄上高李令懷道〉		39 歲	
21	〈吉老許惠李北海石室碑以詩促之〉		39 歲	
22	〈吉老兩和示戲答〉		39 歲	
23	〈次韻李之純少監惠硯〉		41 歲	
24	〈題王黃州墨跡後〉		42 歲	
25	〈奉和公擇舅氏送呂道人研長韻〉		42 歲	
26	〈觀秘閣蘇子美題壁及中人張侯家墨跡十九紙率同舍錢才翁學士賦之〉		42 歲	
27	〈和答錢穆父詠猩猩毛筆〉		42 歲	
28	〈戲詠猩猩毛筆二首〉之一		42 歲	
29	〈戲詠猩猩毛筆二首〉之二		42 歲	
30	〈和邢惇夫秋懷十首〉之七		42 歲	
31	〈次韻子瞻武昌西山〉	壯年至老年時期 42～49 歲	42 歲	合計 27 首佔 42.8%（四捨五入計算）
32	〈柳閎展如子瞻甥也其才德甚美有意於學故以桃李不言下自成蹊八字作詩贈之〉		42 歲	
33	〈劉晦叔許洮河綠石硯〉		42 歲	
34	〈謝王仲至惠洮州礪石黃玉印材〉		42 歲	
35	〈雙井茶送子瞻〉		43 歲	
36	〈題劉將軍鵝〉		43 歲	
37	〈題畫鵝鴈二首〉之一		43 歲	
38	〈題畫鵝鴈二首〉之二		43 歲	
39	〈答王道濟寺丞觀許道寧山水圖〉		43 歲	

40	〈謝景文惠浩然所作廷珪墨〉		43 歲	
41	〈次韻王炳之惠玉版紙〉		43 歲	
42	〈次韻錢穆錢穆父贈松扇〉		43 歲	
43	〈戲答趙伯充勸莫學書及為席子澤解嘲〉		43 歲	
44	〈題子瞻枯木〉		44 歲	
45	〈次韻子瞻書黃庭經尾付蹇道士〉		44 歲	
46	〈題子瞻書詩後〉		44 歲	
47	〈戲贈高述六言〉		44 歲	
48	〈謝送宣城筆〉		44 歲	
49	〈王彥祖惠其祖黃州制草書其後〉		44 歲	
50	〈效進士作觀成都石經〉		44 歲	
51	〈用前韻謝子舟為予作風雨竹〉		55 歲	
52	〈以虎臂杖送李任道二首〉之一		56 歲	
53	〈戲贈米元章二首〉之一		57 歲	
54	〈戲贈米元章二首〉之二		57 歲	
55	〈題徐氏書院〉		58 歲	
56	〈題君子泉〉	老年時期 50～61 歲	58 歲	合計 11 首佔 17.5%（四捨五入計算）
57	〈吳執中有兩鵝為余烹之戲贈〉		59 歲	
58	〈文安國挽詞二首〉之一		59 歲	
59	〈文安國挽詞二首〉之二		59 歲	
60	〈花光仲仁出秦蘇詩卷思二國士不可復見開卷絕嘆因花光為我作梅數枝及畫煙外遠山追少游韻記卷末〉		60 歲	
61	〈書摩崖碑後〉		60 歲	
62	〈墨蛇頌〉	創作時間難以考據	無可考據	合計 2 首佔 3.2%（四捨五入計算）
63	〈楊凝式行書〉	創作時間難以考據	無可考據	

（製表人：郭睿恩）

由表 3-1-3 可知黃庭堅各階段創作談書詩之數量，第一階段的「青少年至青年時期」合計 3 首（佔 4.8%），第二階段的「青年至壯年時期」合計 20 首（佔 31.7%），第三階段的「壯年至老年時期」合計 27 首（佔 42.8%），第四階段的「老年時期」合計 11 首（佔 17.5%），創作時間難以考據之作品合計 2 首（佔 3.2%）。綜觀黃庭堅各階段創作談書詩之數量，主要集中於第二階段的「青年至壯年時期」以及第三階段的「壯年至老年時期」，合計 47 首（佔 74.6%）。其次，為第四階段的「老年時期」，創作數量最少則是第一階段的「青少年至青年時期」。

第二節　談書詩之風格轉變與特色

以下，本節以黃庭堅詩歌之分期研究為經，再以其書學底蘊、禪學思想為緯，論析其談書詩於不同階段所產生風格轉變之發展歷程，逐漸獨樹其特色。

一、青少年至青年時期（1061～1077）──厚積薄發

北宋嘉祐六年（1061）至熙寧十年（1077），這十六年時值黃庭堅十七歲至三十三歲，乃青少年至青年的成長、蛻變時期。張承鳳〈黃庭堅詩分期評議〉：

> 北宋嘉祐六年至熙寧十年，共 16 年，是黃庭堅 17 歲至 33 歲的青年時期。此期詩作 313 首。在黃庭堅學詩的過程中，舅父李常（公擇）和岳父孫覺（莘老）給予了啟迪和幫助。李常和孫覺都參與了詩歌革新運動，詩風清新剛健而趨於險怪。……熙寧三年其妻孫氏（蘭溪縣君）去世。熙寧六年謝景初（師厚）以女兒（介休縣君）與之為繼室。……謝景初是學杜詩的，這對黃庭堅的創作產生了重要影響。他與謝景初唱和之詩有三十餘首。……其後來奇崛的句法即來自謝景初的啟示。〔註10〕

───────────────

〔註10〕張承鳳：〈黃庭堅詩分期評議〉，頁 181。

承襲家學淵源之濡染，黃庭堅先後受舅父李常以及兩位岳父孫覺、謝
景初之影響，詩風清新剛健而趨於險怪奇崛。此時期黃庭堅談書詩大
抵取材日常生活，熙寧八年（1075），黃庭堅於北京任學官，常與妹夫
王世弼等文人吟詠唱和。〈奉和王世弼寄上七兄先生用其韻〉：

> 宮槐弄黃黃，蓮葉綠婉婉。時同二三友，竹軒涼夏晚。
> 駕言都城南，以望微車返。何知苦淹回，及此秋景短。……
> 舉場下馬入，深鎖嚴扃管。諸生所程書，捃束若稭稈。……
> 爾來弄筆硯，墨水惡翻建。大字如棲鴉，已不作肥軟。……
> 長篇題遠筒，封寄淚空潸。遙知雲際開，灰飛黃鍾管。〔註11〕

「爾來弄筆硯，墨水惡翻建。大字如棲鴉，已不作肥軟。」的「棲鴉」
比喻字跡樸拙，其典故出自唐代盧仝（795～835）〈示添丁〉：「忽來案
上翻墨汁，塗抹詩書如老鴉。」〔註12〕古人舞文弄用墨，書畫之跡自
然也是黑色，與烏鴉的顏色無異。盧仝自云「如老鴉」可謂既生動又
風趣。黃庭堅化用盧仝之典故，以「塗鴉」來比喻自身書畫或文字之
稚嫩樸拙，多有自謙之意味，亦顯現初學書法欲摸索、改善「肥軟」
字跡，精益求精之心。

　　熙寧後期，黃庭堅敬慕蘇軾，進而應和蘇詩。蘇、黃二人雖未面
晤，卻始以詩作論交。張承鳳〈黃庭堅詩分期評議〉：

> 黃庭堅此期在北京任教時，詩作不多……熙寧四年四月蘇
> 軾知徐州（江蘇徐州），這與北京（河北大名）較近。此時
> 蘇軾已是繼歐陽脩之後的文壇盟主，為黃庭堅仰慕已久。他
> 們這時尚未謀面……黃庭堅有意賡和蘇詩，是其創作道路
> 的重大轉折。〔註13〕

此時期的黃庭堅作詩、學書，藉由日常寄意翰墨之閒適，進而引發對
於詩歌、書法、繪畫等文藝審美思維乃至宇宙人生哲思的諸多聯想。

〔註11〕〔宋〕黃庭堅；傅璇琮、倪其心等主編：《全宋詩》，卷1013，頁11458。
　　　　〈奉和王世弼寄上七兄先生用其韻〉，七古。
〔註12〕〔唐〕盧仝作；〔清〕彭定求、沈三曾等編纂：《全唐詩》（上海：上
　　　　海古籍出版社，1990年4月初），卷二五八，頁482上。
〔註13〕張承鳳：〈黃庭堅詩分期評議〉，頁182。

然而，就談書詩而言僅僅為數三首，詩作甚寡，可視為其尚處於博觀約取、厚積薄發的創作階段。

二、青年至壯年時期（1078～1085）──硬瘦生新

北宋元豐元年至（1078）元豐八年（1085），這七年間是黃庭堅三十四歲至四十一歲由青年至壯年時期。反覆於入京與離京之間，黃庭堅看盡官場世態炎涼，開始以針砭時政為素材納入詩歌創作。張承鳳〈黃庭堅詩分期評議〉：

> 從元豐元年至元豐八年，新法在神宗皇帝的支持下，由蔡確、章惇和王珪等繼續施行，在對西夏的戰爭中宋軍連續遭到慘敗，國勢大大削弱。……他（黃庭堅）在北京國子監教授任滿之後，於元豐三年入京改官，授知太和縣（江西泰和），秋季回江南。元豐六年十二月由太和移鎮德平（山東德州）。元豐八年三月哲宗即位，四月以黃庭堅為秘書省校書郎，六月到京都任職。這一時期黃庭堅任地方官，接觸了社會現實，作詩 650 首，形成了自己的藝術風格，是其創作發展的一個重要階段。〔註14〕

莫礪鋒〈論黃庭堅詩歌創作的三個階段〉：

> 黃庭堅於治平四年（1067）登進士第，以後歷任葉縣尉五年、北京國子監教授八年、太和縣令三年、德平鎮監鎮一年多，元豐八年（1085）四月被召為秘書省校書郎，於六、七月間入汴京，其時詩人年 41 歲。在這 20 年間，黃庭堅一直在地方上擔任低級的官員。黃不是一個有遠大的政治抱負和強烈的政治主張的人，雖說他在任太和縣令時曾抵制新法的鹽政，任德平監鎮時又抵制推行市易法，但那僅僅是從實際出發、反對擾民過甚，並未有意識地介入新、舊黨爭。然而由於他與舊黨中的蘇軾等人關係密切，所以也被時人目為舊黨。在這個時期內，黃詩除了唱酬贈答、題詠山水等貫穿其一生創作的題材外，也很注重反映時事

〔註14〕張承鳳：〈黃庭堅詩分期評議〉，頁 182。

政治、民生疾苦。〔註15〕

此時期前半段的歲月，黃庭堅著重關心民瘼，詩歌創作以批判社會現實為主。不過，雖然身為宋代大文豪，黃庭堅所擔任之官職大多為品級不高之職位，其政治相關之詩歌創作，縱使詩歌深度揭露社會弊病，寓意精深，卻因官卑祿薄，人微言輕，其政治相關詩歌不若歐陽脩、蘇軾之輩那般影響深遠。莫礪鋒〈論黃庭堅詩歌創作的三個階段〉：

> 無論是此類作品（政治主題相關詩歌）的數量還是反映現實
> 的深度，黃詩都毫不遜色於王安石、蘇軾詩。只是黃庭堅官
> 卑名低，故其詩沒有引起廣泛的注意。〔註16〕

張承鳳雖與莫礪鋒看法大致無異，但在其詩歌批判政治寓意深度，略有分歧：

> 此時蘇軾正以政治詩釀成的「烏台詩案」而在黃州謫所，或
> 許這對黃庭堅產生了消極影響，不敢再緣詩人之義托事以
> 諷，故政治批判不如蘇詩尖銳。自此以後，他的政治詩絕筆
> 了，對詩歌的社會功能予以了重新思考。〔註17〕

綜上而論，黃庭堅創作政治相關主題詩歌因官職品級不高，對於當代政壇、文壇所產生之影響不甚深遠，這可視為其創作政治詩動機微弱，乃至於絕筆的主因。故而，黃庭堅逐漸將詩歌創作之焦點，聚焦回唱酬贈答、題詠山水、品鑑書畫的主題上。黃庭堅在這段仕宦跌宕時期，足跡遍布豫、冀、魯等地，博覽徐浩（703～782）、楊凝式（873～954）、顏真卿等古今書家之真跡、名帖。黃庭堅少年至元豐八年（1085）之書風、書學，受二王、顏真卿、楊凝式之影響。陳志平《黃庭堅書學研究》：

> 從熙寧元年（1068）到元豐八年（1085）的十六、七年間，
> 山谷（黃庭堅）一直任地方官，足跡遍及豫、冀、魯，有機
> 會遍覽楊凝式、徐浩、顏真卿的詩文碑銘刻石，再加之他博

〔註15〕莫礪鋒：〈論黃庭堅創作的三個階段〉，頁71。
〔註16〕莫礪鋒：〈論黃庭堅創作的三個階段〉，頁71。
〔註17〕張承鳳：〈黃庭堅詩分期評議〉，頁182～183。

覽家藏的大量古書帖，逐漸形成了自己對書法史的看法，列
出了「二王—顏、楊（顏真卿、楊凝式）—蘇軾」的傳承譜
系。〔註18〕

黃庭堅此時期基本不離晉、唐法度，進而梳理出前代書家風格流變之
系譜。元豐元年（1078）〈觀王熙叔唐本草書歌〉：

> 少時草聖學鍾王，意氣欲齊韋與張。
> 家藏古本數十百，千奇萬怪常搜索。
> 今得君家一卷書，始覺辛勤總無益。
> 移燈近前拭眼看，精神高秀非人力。
> 北風古樹折巔崖，蒼煙寒藤掛絕壁。
> 逸氣崢嶸馳萬馬，隻字千金不當價。
> 想初槃礴落筆時，毫端已與心機化。
> 主人知是希世奇，但見姓氏無標題。
> 自非高閒懷素不能此，何必更辨當年誰。〔註19〕

此詩乃黃庭堅欣賞同朝之王熙叔所收藏之唐本草書卷後所作之詩歌。
此無名氏草書古卷，雖作者因年代久遠而散佚，但黃庭堅推測此卷應
為唐代張旭之真跡。此詩先闡明張旭學書歷程乃取法東漢鍾繇、東晉
王羲之及，更立志與東漢之韋誕（179～253）、張芝齊名，自身觀此古
雅書卷後眼界愈發開闊。續以「精神高秀」形容此唐本草書卷神韻靈
動之秀勁；以「逸氣崢嶸」形容其氣質飄逸，態勢卓然；以「隻字千
金」說明其墨寶價值如千金般華貴；以「毫端」之書法筆觸與「心機」
之書學修為比喻其「技、法」心手相應，世間罕見，已臻高閒、懷素
之境界。對此無名氏草書古卷，黃庭堅以含蓄口吻推測其應為張旭之
作，同時，亦賦予崇高之讚譽。

元豐三年（1080）〈以右軍書數種贈丘十四〉亦表達其與丘郎一
同愛好王右軍書帖之喜悅：

> 丘郎氣如春景晴，風暄百果草木生。

〔註18〕陳志平：《黃庭堅書學研究》（北京：中華書局，2006年），頁124。
〔註19〕〔宋〕黃庭堅；傅璇琮、倪其心等主編：《全宋詩》，卷1019，頁11633。
　　　　〈觀王熙叔唐本草書歌〉，七古。

眼如霜鶻齒玉冰，擁書環坐愛窗明。
松花泛硯摹真行，字身藏穎秀勁清。
問誰學之果蘭亭，我昔頗復喜墨卿。
銀鉤蠆尾爛箱籯，贈君鋪案黏曲屏。
小字莫作瘛凍蠅，樂毅論勝遺教經。
大字無過瘞鶴銘，官奴作草欺伯英。
隨人作計終後人，自成一家始逼真。
卿家小女名阿潛，眉目似翁有精神。
試留此書他日學，往往不減衛夫人。〔註20〕

「問誰學之果蘭亭，我昔頗復喜墨卿。」充分流露著往昔臨摹右軍書帖那般欣喜之情，至今不渝。此外，讀者值得注意的是此詩所呈現之意象，有別於以往的新意。「風暄百果草木生」形容丘郎氣色溫潤，有如滿面春風；「眼如霜鶻齒玉冰」鶻鳥生性兇猛，此句以霜鶻犀利之眼、皎潔如玉之口牙，描摹丘郎炯炯目光，齒如齊貝；「松花泛硯摹真行」緩倒墨滴於硯台，臨摹真書‧行書，好似松花紛紛飄落泛於青溪淺流，細柔而唯美；「銀鉤蠆尾爛箱籯」意指書法趯畫在宣紙九宮格上姿態橫生，宛如銀製鉤器之鋒利，蠆尾擺動之遒勁，充滿於放置奇珍異寶的木箱籯櫝。此詩黃庭堅主要是植物（草木、松花）、鳥類（霜鶻）和昆蟲（蠆尾）的生物特性進行更為細緻的敘寫，突出人物（丘郎）之爽朗以及書法之靈動。

其後，再觀同年（1080）所作之〈李君貺借示其祖西臺學士草聖并書帖一編二軸以詩還之〉、〈題馬當山魯望亭四首〉之三〈顏魯公〉、〈姨母李夫人墨竹二首〉黃庭堅書法風格流變之系譜，從二王逐漸轉移至唐代及當代書家：

當時高蹈翰墨場，江南李氏洛下楊。
二人歿後數來者，西臺唯有尚書郎。
篆科草聖凡幾家，奄有漢魏跨兩唐。

〔註20〕〔宋〕黃庭堅；傅璇琮、倪其心等主編：《全宋詩》，卷1019，頁11637。
〈以右軍書數種贈丘十四〉，七古。

紙摹石鏤見彷彿，曾未得似君家藏。
側釐數幅冰不及，字體欹傾墨猶濕。
明窗棐几開卷看，坐客失牀皆起立。
新春一聲雷未聞，何得龍蛇已驚蟄。
仲將伯英無後塵，邇來此公下筆親。
使之早出見李衛，不獨右軍能逼人。
枯林棲鴉滿僧院，秀句爭傳兩京遍。
文工墨妙九原荒，伊洛氣象今凄涼。
夜光入手愛不得，還君復入古錦囊。
此後臨池無筆法，時時夢到君書堂。〔註21〕（〈李君貺借示
其祖西臺學士草聖并書帖一編二軸以詩還之〉）

李西臺即為李建中（945～1013）乃北宋初年書法家，其書深得歐陽
詢之法。宋高宗趙構（1107～1187）《翰墨志》評曰：

> 本朝承五季之後，無復字畫可稱，至太宗皇帝始搜羅法書，
> 備盡求訪，當時以李建中字形瘦健，姑得時譽，猶恨絕無
> 異。〔註22〕

從宋高宗趙構之評述回觀此詩，黃庭堅以反詰口吻鋪敘「春雷乍響」
而觸發「龍蛇驚蟄」之態，藉以形容李西臺草書之筆勢欹傾。此外，
讀者更需注意其後「使之早出見李衛，不獨右軍能逼人」，此句讚譽
李西臺之書法若早現於世，可與東晉時期之李充（272～349）、衛鑠
（即衛夫人，272～349）比肩齊名，不讓王羲之專美於前。可推知李
西臺之書帖，於斯時開拓黃庭堅詮釋草書之視野。

除了鑑賞當世書家李西臺之書帖，黃庭堅登臨馬當山觀覽顏真卿
墨跡之刻石，亦有所感悟。〈題馬當山魯望亭四首〉之三〈顏魯公〉：

> 不見魯公斷石，誰家為礎為杠，
> 筆法錐沙屋漏，心期曉月秋霜。〔註23〕

〔註21〕〔宋〕黃庭堅；傅璇琮、倪其心等主編：《全宋詩》，卷1019，頁11637。
〈李君貺借示其祖西臺學士草聖并書帖一編二軸以詩還之〉，七古。
〔註22〕〔宋〕趙構：《翰墨志》，詳參華正人編：《歷代書法論文選》，頁339。
〔註23〕〔宋〕黃庭堅；傅璇琮、倪其心等主編：《全宋詩》，卷1006，頁11510。
〈題馬當山魯望亭四首〉之三〈顏魯公〉，六古。

此詩為六言古詩，與前述諸多作品相較，篇幅短小，語句精煉。首二句「不見魯公斷石，誰家為礎為杠」以反詰口吻相問：若無顏真卿（顏魯公）之墨跡刻石，那當以誰家之字為基礎，又該以誰家之書為標竿？由此可見黃庭堅對於顏書推崇備至。後二句「筆法錐沙屋漏，心期曉月秋霜」其中「錐沙屋漏」即第二章所提之顏真卿「屋漏痕」、王羲之「錐畫沙」。此時的黃庭堅偏好顏書〔註24〕，他所期許的曉月秋霜，即為瀟灑跌宕、神遊冥契，輕外物而自重的高絕境界。

　　在書學筆法方面，黃庭堅亦藉由國畫「墨竹」之繪畫技法，領悟書法「枯老」之乾筆以及「脫俗」之書學思維。〈姨母李夫人墨竹二首〉〔註25〕：

> 深閨靜幾試筆墨，白頭腕中百斛力。
> 榮榮枯枯皆本色，懸之高堂風動壁。（其一）
> 小竹扶疏大竹枯，筆端真有造化爐。
> 人間俗氣一點無，健婦果勝大丈夫。（其二）

其一的「榮榮枯枯皆本色，懸之高堂風動壁」意指畫上之墨竹榮茂蔚然，枯黃槁瘦，乃竹枝原本之面貌，將其懸掛於高堂之上，好似陣陣清風拂過壁面，使竹枝搖曳生姿。其二的「小竹扶疏大竹枯」則是呼應其一「榮榮枯枯皆本色」之句，隨後「人間俗氣一點無，健婦果勝大丈夫」可意會黃庭堅藉由國畫墨竹之繪畫技法，探尋「脫俗」之書學境界。

　　元豐四年（1081）蘇轍（1039～1112）臥疾，黃庭堅作〈秋思寄子由〉、〈次韻奉寄子由〉、〈再次韻奉答子由〉、〈再次韻寄子由〉等系列組詩。其中〈再次韻奉答子由〉稍有關涉談論書法、創作文章，其詩句對仗工巧，意象生新：

> 薑尾銀鉤寫珠玉，剡藤蜀繭照松煙。

〔註24〕詳參本論文第二章之第二節：「內在因素：黃庭堅之詩、書學養，師友交遊」。
〔註25〕〔宋〕黃庭堅；傅璇琮、倪其心等主編：《全宋詩》，卷987，頁11382。〈姨母李夫人墨竹二首〉，七絕。

似逢海若談秋水，始覺醯雞守甕天。

何日清揚能靚面，只今黃落又凋年。

萬錢買酒從公醉，一缽行歌聽我顛。〔註26〕

「蠆尾」即蠍子尾巴，蠍尾甩動之態好似書法鐵畫銀鉤之勢。「剡籐」剡溪之古藤可以造紙，負有盛名。後世即稱名紙為「剡籐」。〔註27〕「蜀繭」蜀中蠶繭以產絲綢著稱，細柔絲綢絹帛即以「蜀繭」稱之。「蠆尾銀鉤寫珠玉，剡籐蜀繭照松煙」蠍尾甩動於古籐、蠶繭，揚起松林之煙塵，好似提筆揮毫於名紙、絲絹之上，映帶飛白書勢，以自然之象悟書。張承鳳〈黃庭堅詩分期評議〉評曰：

> 我們在黃庭堅此時的詩裡可以見到不少名句，例如「春風春雨花經眼，江北江南水拍天」（〈次元明韻寄子由〉）的屬對工巧；「蠆尾銀鉤寫珠玉，剡籐蜀繭照松煙」（〈再次韻奉答子由〉）的意象生新……凡此皆可表明其藝術的精進。……標誌著黃庭堅的創作達到了一個新的高度，其瘦硬生新的藝術風格已經形成。〔註28〕

仕途跌宕，位卑權輕的政治現實因素，使得黃庭堅創作針砭時政之詩歌，動機日益衰減，轉而回歸唱酬贈答、題詠山水、品鑑書畫。此時期的黃庭堅較不受案牘文牒之羈絆，醉心鑑賞晉、唐古今名家之書帖，妙悟顏書之精巧，王書之高妙；留心品察天地風華（古樹、巔崖、

〔註26〕〔宋〕黃庭堅；傅璇琮、倪其心等主編：《全宋詩》，卷1007，頁11517。〈再次韻奉答子由〉，七律。

〔註27〕顧況〈剡紙歌〉即云：「剡溪剡紙生剡藤，噴水搗後為蕉葉，欲寫金人金口經，寄與山陰山裏僧。」顧況此詩對於剡紙的產地、製作方法及其用途都說明的非常清楚，而僧人寫經選用剡藤紙，足見剡藤紙品質甚佳。〔唐〕顧況作；〔清〕彭定求、沈三曾等編纂：《全唐詩》，卷二六五，頁662上。舒元輿〈悲剡溪古藤文〉：「剡溪上綿四五百里多古藤，……溪中多紙工，刀斧斬伐無時，擘剝皮肌以給其業，……紙工嗜利，曉夜斬藤以鬻之，雖舉天下為剡溪，猶不足以給。」文中所云：「紙工嗜利，曉夜斬藤以鬻之，雖舉天下為剡溪，猶不足以給」，可瞭解因為剡藤紙廣受市場歡迎，而致使剡藤遭到大量砍伐的命運。詳見〔唐〕舒元輿作；〔清〕董誥等編纂：《全唐文》（上海：上海古籍出版社，1993年初版），卷七二七，頁3321中～3321下。

〔註28〕張承鳳：〈黃庭堅詩分期評議〉，頁183。

蒼煙、寒籐、百果、霜鵲、松花、曉月、秋霜、龍蛇、枯林、棲鴉、枯竹、薑尾、剡籐、蜀繭……等），書房器物（紙、硯、毫端、筆端、明窗、棐几），將其意象交相縐合生新，更以「瘦硬」之審美思維為談論書法之核心，形成獨樹一幟的詩歌風格。

三、壯年至老年時期（1086～1094）——意境高絕

關於北宋文學的繁榮昌盛，曾棗莊曾云：

> 北宋文學的繁榮主要表現在兩「祐」時期，一是嘉祐，在歐陽脩周圍集中了曾鞏、王安石、三蘇父子；二是元祐，在蘇軾兄弟周圍集中了黃庭堅、秦觀、張耒、晁補之、陳師道、李廌等文人以及李伯時、王詵、米芾等畫家、書法家。〔註29〕

宋仁宗嘉祐時期，文壇領袖歐陽脩大力推展古文運動，一時之間，三蘇、王安石、曾鞏等人才輩出。其後，時至元豐八年（1085）三月宋神宗駕崩，宋哲宗趙煦（1077～1100）承繼大統，改元「元祐」。因宋哲宗沖齡即位，故自元豐八年（1085）三月起，至元祐八年（1093）九月，為太皇太后高氏攝政時期。自同聽政之日起，太皇太后高氏即「諭以復祖宗法度為先務」。〔註30〕於是開始廢除部分熙、豐時期所行新法〔註31〕，更起用司馬光（1019～1086）、呂公著（1018～1089）、蘇軾等舊黨人士。太皇太后高氏攝政年間，正是蘇軾為首的文人集團政局得勢之時，詩文蓬勃璀璨之際；同時，亦是黃庭堅詩歌創作之高峰。張承鳳〈黃庭堅詩分期評議〉：

〔註29〕 曾棗莊：《蘇轍評傳》（臺北：五南圖書出版有限公司、中華發展基金管理委員會聯合出版，1995年6月初版1刷），頁196。

〔註30〕 〔元〕脫脫等：《宋史》（臺北：鼎文書局，1994年6月第8版），第11冊，卷242，〈后妃上‧英宗宣仁聖烈高皇后傳〉，頁8625～8626。

〔註31〕 《宋史‧后妃上‧英宗宣仁聖烈高皇后傳》載：「哲宗嗣位，尊為太皇太后。驛召司馬光、呂公著，未至，迎問今日設施所宜先。未及條上，已散遣修京城役夫，減皇城覘卒，止禁庭工役，廢導洛司，出近侍尤亡狀者，戒中外毋苛斂，寬民間保戶馬。事由中旨，王珪等弗預知。」詳參〔元〕脫脫等：《宋史》，第11冊，卷242，〈后妃上‧英宗宣仁聖烈高皇后傳〉，頁8625。

元豐八年三月神宗皇帝亡故，朝政由高太后主持，政局變化，舊黨重臣紛紛還朝。四月黃庭堅以秘書省校書郎入京，十月蘇軾以禮部郎中詔還朝。元祐元年閏二月以司馬光為尚書左僕射門下侍郎，呂公著為門下侍郎，呂大防為尚書右丞，范純仁同知樞密院事。九月蘇軾為翰林學士知制誥。十一月畢仲游、黃庭堅、張耒、晁補之試學士院，蘇軾並擢四人入館職。由蘇軾及蘇門四學士——黃庭堅、張耒、晁補之、秦觀在朝廷形成一個文人政治集團，被稱為蜀黨。黃庭堅此年 42 歲，在這個文人團體中交往唱酬，促進了文學的繁榮。從元祐元年至元祐四年三月蘇軾以龍圖閣學士出知杭州的三年多是黃庭堅這一時期的創作高峰。〔註32〕

莫礪鋒〈論黃庭堅創作的三個階段〉：

> 元豐八年（1085）三月，神宗去世，哲宗繼位，太皇太后高氏執政，舊黨人物紛紛被召入京，黃庭堅也來到汴京，主持編寫《神宗實錄》。此時許多文人學士雲集汴京，除了蘇軾兄弟與黃庭堅的岳父孫覺外，還有後來與黃一起名列蘇門的張耒、秦觀、晁補之等人。……他們常常在一起聚會，賞書評畫，賦詩論文。這時黃庭堅的心情比較愉快，詩歌藝術也日趨細密。〔註33〕

黃庭堅與蘇軾及其門生建立友誼，即成為蘇軾文人集團的重要成員，不僅於外在文壇的名望上相互標榜，成為北宋文化中一個光輝熠熠的星群；於內在的文藝涵養上，受到更為精巧深細的啟發與促進。當然，如此風雅之盛會影響黃庭堅談書詩之創作；同時，亦提升其書法造詣。陳志平《黃庭堅書學研究》：

> 山谷（黃庭堅）於元豐八年秋冬間入京，適逢蘇軾被召還朝，二人得以晤面，以此為標誌，山谷登上了元祐文壇，這使山谷迎來了他人生的黃金時期。山谷從他的師友蘇軾、錢勰、李公麟、王定國那裡吸取了不少藝術的靈感，從而在書

〔註32〕張承鳳：〈黃庭堅詩分期評議〉，頁 183。
〔註33〕莫礪鋒：〈論黃庭堅創作的三個階段〉，頁 71。

法理論與實踐兩方面都取得了長足的進步。〔註34〕

元祐元年（1086）至元祐末（1093），此時期的黃庭堅詩歌藝術日趨細密，書法造詣日益精深，進而融通詩、書之精奧創作出為數頗豐的題書詩、談書詩或以書房用具、茗茶、紙扇為主題之詩歌。莫礪鋒〈論黃庭堅創作的三個階段〉：

> 但這個時期的黃詩內容則不如早期詩那樣充實，最引人注目的是題詠書畫以及紙筆等文化用品和茶、扇等生活用品的詩大量出現，其中包括〈題鄭防畫夾五首〉、〈老杜浣花溪圖引〉、〈次韻王炳之惠玉版紙〉、〈和答錢穆父詠猩猩毛筆〉、〈雙井茶送子瞻〉等名篇。〔註35〕

莫礪鋒此處「黃詩內容則不如早期詩那樣充實」意指此時黃庭堅幾無針砭時弊之詩歌，故而以「揭露社會現實」的視角觀之，此時期的黃詩不若早期初入仕途那般充實。在上述的第二階段「青年至壯年時期」有提及黃庭堅仕途跌宕，所以元豐年間將其詩歌的創作主軸，聚焦回唱酬贈答、題詠山水、品鑑書畫的主題上。時至元祐年間，黃庭堅返回汴京都城與一眾蘇門學士談經論道，暢敘詠懷，怡然自樂於文人雅趣之盛會，可謂真積力久則入，雋永談書之詩歌亦勃發蔚然。元祐元年（1086）〈題王黃州墨跡後〉、〈和答錢穆父詠猩猩毛筆〉；元祐二年（1087）〈雙井茶送子瞻〉、〈次韻錢穆錢穆父贈松扇〉、〈次韻王炳之惠玉版紙〉；元祐三年（1088）〈題子瞻枯木〉、〈次韻子瞻書黃庭經尾付蹇道士〉、〈題子瞻書詩後〉、〈王彥祖惠其祖黃州制草書其後〉、〈效進士作觀成都石經〉等，皆為經典之名篇。

元祐元年（1086）黃庭堅於蘇軾宅邸觀覽墨跡書帖後，品評當代書家王禹偁（954～1001）。〈題王黃州墨跡後〉：

> 掘地與斷木，智不如機舂。聖人懷餘巧，故為萬物宗。
> 世有斲泥手，或不待郢工。往時王黃州，謀國極匪躬。
> 朝聞不及夕，百壬避其鋒。九鼎安盤石，一身轉孤蓬。

〔註34〕陳志平：《黃庭堅書學研究》，頁 126。
〔註35〕莫礪鋒：〈論黃庭堅創作的三個階段〉，頁 71。

浮雲當日月，白髮照秋空。諸君發蒙耳，汲直與臣同。〔註36〕
王禹偁，因曾任黃州知州，任職期間勤政愛民，戮力從公，世稱「王
黃州」。〔註37〕此詩全篇側重於書寫王禹偁的人格、個性、文學才能。
詩歌前六句用了《易經》（《易‧繫辭》曰：「斷木為杵，掘地為臼，臼
杵之利，萬民以濟。」）、《老子》（《老子‧道沖而用之或不盈》曰：「淵
兮，似萬物之宗。」）、《莊子》（《莊子‧徐無鬼》曰：「郢人堊漫其鼻
端，若蠅翼，使匠石斲之。匠石運斤成風，聽而斲之，盡堊而鼻不傷，
郢人立不失容。」）的典故，襯托王禹偁的尊君、勤政、以家國為重的
高尚人品。「九鼎安磐石，一身轉孤蓬。浮雲當日月，白髮照秋空」此
兩句刻畫王禹偁後期個人仕途不順之境遇，感慨悲壯。末句「諸君發
蒙耳」以朝堂小人獻媚之態烘托王禹偁之耿直忠君，「汲直與臣同」
以漢代耿直名臣汲黯（？～B.C. 108）之典故，比擬王禹偁剛正不阿。
此詩雋永質厚，典故博雜，平穩中又帶著蒼涼悲壯之風，流露黃庭堅
對於王禹偁之敬仰。

同年（1086）黃庭堅以〈和答錢穆父詠猩猩毛筆〉應和錢穆父（？
～？）〈詠猩猩毛筆〉，更是藉由「猩猩筆」發掘極為高妙之意境：

愛酒醉魂在，能言機事疏。平生幾兩屐，身後五車書。

物色看王會，勳勞在石渠。拔毛能濟世，端為謝楊朱。〔註38〕
此詩黃庭堅透過「以小見大」的書寫視角，借詠猩猩之毛製成筆之毫
端，捨一己之鬃毛予以人類著成五車書冊，隱喻為人處世應有利於社
會；同時，批判楊朱一毛不拔之自私，意境極為高妙。張承鳳〈黃庭
堅詩分期評議〉：

在意境的發掘方面，黃庭堅這一時期詩作已達到很高的藝
術境界。〈和答錢穆父詠猩猩毛筆〉以關於猩猩筆的製作的

〔註36〕〔宋〕黃庭堅；傅璇琮、倪其心等主編：《全宋詩》，卷980，頁11341。
〈題王黃州墨跡後〉，五古。
〔註37〕〔元〕脫脫：《宋史》，卷293，頁9793～9800。
〔註38〕〔宋〕黃庭堅；傅璇琮、倪其心等主編：《全宋詩》，卷981，頁11346。
〈和答錢穆父詠猩猩毛筆〉，五律。

傳說為線索借題發揮，暗喻儒者的人生價值並稱讚其濟世
胸懷。「平生幾兩屐，身後五車書」巧妙地藉以為儒者寫照，
詩意極為隱晦，而用心尤其深刻。〔註39〕

黃庭堅此詩將猩猩貪杯杜康，愛屐如命的生動姿態描摹得唯妙唯肖；
同時，更將楊朱之典故融鑄於詩歌，內容層次更豐富，藝術境界可謂
幽深旨遠。

元祐二年（1087）蘇軾任翰林學士、知制誥。此時黃庭堅在京任
職，家鄉親人為他捎來老家（江西修水）所產之雙井茗茶，黃庭堅隨
即分送蘇軾共品佳茗，並作詩〈雙井茶送子瞻〉：

> 人間風日不到處，天上玉堂森寶書。
> 想見東坡舊居士，揮毫百斛瀉明珠。
> 我家江南摘雲腴，落磑霏霏雪不如。
> 為君喚起黃州夢，獨載扁舟向五湖。〔註40〕

此詩為送茶致蘇軾之作，詩中採取「欲抑先揚」的手法。蘇軾此時任
翰林學士，掌管朝廷館閣機要，黃庭堅首兩句以「人間風日不到處」
稱揚翰林院是不受人間風吹日曬的天上殿閣，隨之以「玉堂」一辭雙
關朝廷宮殿宛如天上宮闕，寶書盈盈，森然羅列。頷聯筆鋒轉為蘇軾
本身，提及蘇軾於翰林院揮毫翰墨之語。「想見東坡舊居士」以「舊」
暗示蘇軾由謫人轉為達官，喚起反思，含寓舊情；「揮毫百斛瀉明珠」
則化用杜甫〈奉和賈至舍人早朝大明宮〉中「詩成珠玉在揮毫」的名
句。黃庭堅以「明珠」指稱蘇軾於翰林院所擬之書文，再以「百斛」
形容其書跡之繁多，更藉「瀉」字之意象，將蘇軾振筆疾書，瀟灑揮
毫之態描摹得極為傳神。頸聯方轉為贈茶之事。「我家江南摘雲腴，
落磑霏霏雪」的「雲腴」指的是茶樹高聳直入天際，沾染豐腴的雲氣，
茶葉尤為豐茂鮮美，故以「雲腴」代指茶葉。意即從我江南老家採摘
下上好的茶葉，放置於茶磨精研揉制，細密的葉片好比白雪霏霏。致

〔註39〕張承鳳：〈黃庭堅詩分期評議〉，頁 184。
〔註40〕〔宋〕黃庭堅；傅璇琮、倪其心等主編：《全宋詩》，卷 984，頁 11358。
　　　　〈雙井茶送子瞻〉，七律。

贈如此精緻的茶葉，凸顯黃庭堅對蘇軾一番真摯之心，亦為尾聯規勸
之語略作鋪陳。尾聯「為君喚起黃州夢，獨載扁舟向五湖」為黃庭堅
語重心長之句，期望蘇軾品味雙井茗茶之時，不忘謫居黃州之舊夢，
應借鑒春秋戰國時期的陶朱公范蠡（B.C. 536～B.C. 448）輔佐岳王勾
踐（？～B.C. 464）滅吳霸業之後，與西施（？～？）駕一葉扁舟，
泛舟五湖。輕喚舊事，援引史例，黃庭堅以轉折遞進，真摯而不嚴
肅的詩句，叮囑蘇軾宦海浮沉，需懂得用捨行藏，明哲保身之道，凸
顯兩人情誼悠長。吳晟〈試論黃庭堅體〉亦對〈雙井茶送子瞻〉有所
評述：

> 唐人近體高度成熟的標誌之一是「起承轉合」結構定型。絕
> 句一般每句一轉意，律詩每聯一轉意，已成格套。黃庭堅大
> 膽衝破這種規範，也變革為平分兩層的結構。如〈雙井茶送
> 子瞻〉前 4 句一層，寫蘇軾優裕的處境，後 4 句一層，始入
> 題敘送茶之事。章法井然。〔註41〕

從〈題王黃州墨跡後〉、〈和答錢穆父詠猩猩毛筆〉、〈雙井茶送子瞻〉
可見在勻稱的內容佈局中，施以錯綜章法其後，蜿蜒跌宕，層次別
緻，構成「黃庭堅體」的鮮明特色。

其後，黃庭堅於蘇門之下浸濡詩書漸深，其詩歌內容常以蘇軾為
尊。同年（1087）〈次韻王炳之惠玉版紙〉：

> ……儒林丈人有蘇公，相如子雲再生蜀。
> 往時翰墨頗橫流，此公歸來有邊幅。
> 小楷多傳樂毅篇，高詞欲奏雲門曲。
> 不持去掃蘇公門，乃令小人今拜辱。……〔註42〕

元祐三年（1088）〈次韻子瞻書黃庭經尾付蹇道士〉：

> 琅函絳簡蕊珠篇，寸田尺宅可蘄仙。
> 高真接手玉宸前，女丁來謁粲六妍。

〔註41〕吳晟：〈試論黃庭堅體〉，收錄於《南昌大學學報（社會科學版）》第
　　　　26 卷第 2 期（江西：南昌大學，1995 年 6 月），頁 75。
〔註42〕〔宋〕黃庭堅；傅璇琮、倪其心等主編：《全宋詩》，卷 986，頁 11370。
　　　　〈次韻王炳之惠玉版紙〉，七古。

金籥閉欲形完堅，萬物蕩盡正秋天。

使形如是何塵緣，蘇李筆墨妙自然。

萬靈拱手書已傳，傳非其人恐飛騫。

當付驪龍藏九淵，寒侯奉告請周旋。

緯蕭採于我不眠。〔註43〕

同年（1088）〈題子瞻書詩後〉：

詩就金聲玉振，書成薑尾銀鉤。

已作青雲直上，何時散髮滄洲？〔註44〕

黃庭堅仰望「蘇公門」，讚嘆蘇軾之於元祐文壇好比西漢司馬相如（B.C. 179～B.C. 117）、揚雄（B.C. 53～18）之於漢賦四大家，稱揚蘇軾之墨跡「妙自然」、「薑尾銀鉤」，評譽蘇詩「金聲玉振」。蘇軾品讚黃庭堅此時期之和詩，敏銳地覺察其詩已建立起自身之書寫規範、創作模式，並作〈送楊孟容〉表露自身對於黃庭堅之欣賞：

我家峨眉陰，與子同一邦。相望六十里，共飲玻璃江。

江山不違人，遍滿千家窗。但苦窗中人，寸心不自降。

子歸治小國，洪鐘噎微撞。我留侍玉座，弱步敨豐扛。

後生多高才，名與黃童雙。不肯入州府，故人餘老龐。

殷勤與問訊，愛惜霜眉厖。何以待我歸，寒醅發春缸。〔註45〕

「我家峨眉陰，與子同一邦」蘇軾於此句自注效法「黃魯直體」，莫礪鋒〈論黃庭堅創作的三個階段〉對此詩亦有評析：

此詩（〈送楊孟容〉）句法生硬（如「寸心不自降」、「弱步敨豐扛」等），力避色澤豐華而以意取勝等，都不類蘇詩自身的風格而頗肖黃詩，可見這些就是蘇軾心目中「黃庭堅體」的特徵。〔註46〕

〔註43〕〔宋〕黃庭堅；傅璇琮、倪其心等主編：《全宋詩》，卷1015，頁11582。〈次韻子瞻書黃庭經尾付寒道士〉，七古。

〔註44〕〔宋〕黃庭堅；傅璇琮、倪其心等主編：《全宋詩》，卷1014，頁11578。〈題子瞻書詩後〉，六絕。

〔註45〕〔宋〕蘇軾；傅璇琮、倪其心等主編：《全宋詩》，卷811，頁9387。〈送楊孟容〉，五古。

〔註46〕莫礪鋒：〈論黃庭堅創作的三個階段〉，頁71。

黃庭堅對此深感惶恐，便作〈子瞻詩句妙一世乃云效庭堅體蓋退之戲效孟郊樊宗師之比以文滑稽耳恐後生不解故次韻道之〉以應之：

　　我詩如曹鄶，淺陋不成邦；公如大國楚，吞五湖三江。

　　赤壁風月笛，玉堂雲霧窗。句法提一律，堅城受我降。

　　枯松倒澗壑，波濤所舂撞。萬牛挽不前，公乃獨力扛。

　　諸人方嗤點，渠非晁張雙。但懷相識察，床下拜老龐。

　　小兒未可知，客或許敦厖。誠堪婿阿巽，買紅纏酒缸。〔註47〕

「我詩如曹鄶，淺陋不成邦」黃庭堅於此將自己的詩歌比喻為春秋時期的曹、鄶這般小邦弱國；「公如大國楚，吞五湖三江」蘇軾之詩有如江山萬里，幅員遼闊的楚國。無論蘇軾謫居黃州，抑或是任職翰林院，皆留下不朽的華章。「句法提一律，堅城受我降」形容蘇軾詩句法度精嚴，猶如久經沙場的老將治軍有方，詩藝超群宛如固若金湯的城池，使人望而卻步，甘拜下風。「枯松倒澗壑，波濤所舂撞」形容蘇詩筆力矯健，幾經千錘百鍊，如松樹倒掛幽壑深澗，長年飽受浪濤之沖激。「萬牛挽不前，公乃獨力扛」形容蘇詩筆力萬鈞，力能扛鼎。「但懷相識察，床下拜老龐」此處化用東漢時期諸葛亮（181～234）拜伏當代名士龐德公（？～？）床榻底下之典故，以感念自己幸蒙蘇軾拔擢，名列蘇門；同時，亦表露自身敬仰蘇軾之心。「小兒未可知，客或許敦厖」意指黃庭堅的兒子黃相（1084～1132），雖難以預料將來之展望，但目前府上賓客都稱讚其敦厚質樸。「誠堪婿阿巽，買紅纏酒缸」詩歌結尾期望未來兒子黃相能婚配給蘇軾之孫女蘇巽（？～？），黃庭堅定當盡心置辦彩禮，使得蘇黃兩家親上加親。

　　此詩前十二句大量運用新奇的譬喻，以史實（曹、鄶小邦；楚之大國）、自然風物（枯松、澗壑、波濤、萬牛）、名勝臺閣（赤壁、玉堂）等素材入詩，將其創作內容具體化、形象化為可感知之事物，引

〔註47〕〔宋〕黃庭堅；傅璇琮、倪其心等主編：《全宋詩》，卷983，頁11352。
　　〈子瞻詩句妙一世乃云效庭堅體蓋退之戲效孟郊樊宗師之比以文滑稽耳恐後生不解故次韻道之〉，五古。

領讀者領略蘇軾詩歌的「妙絕一世」。中間夾敘蘇軾對自己的知遇之
恩，自身對蘇軾的敬慕之心，詩尾則為自家犬子向蘇軾孫女提親，自
居晚輩，凸顯對蘇軾之尊崇，亦彰蘇黃亦師亦友之摯情。蘇黃二人此
次唱和，促發〈子瞻詩句妙一世乃云效庭堅體蓋退之戲效孟郊樊宗師
之比以文滑稽耳恐後生不解故次韻道之〉之問世，近代學者們大抵以
此詩為「黃庭堅體」形成之依據。吳晟〈試論黃庭堅體〉：

> 同為元祐時期所作〈送范德孺知慶州〉和〈子瞻詩句妙一
> 世……〉，學界為什麼以後者而不是前者作為黃庭堅體的代
> 表作？我認為因前者只是初步形成佈局平匀的特徵，尚未
> 引進詼諧情調。後者則完成了詼諧情調與特殊章法的有機
> 統一：詼諧情調推動章法的突兀變化，章法的突兀變化又
> 產生或加強了詼諧效果，二者相互依存，相得益彰。同為
> 元祐時期但早於〈子瞻詩句妙一世……〉創作的〈和答錢穆
> 父詠猩猩毛筆〉、〈次韻秦覯過陳無己書院觀鄙句之作〉、
> 〈次韻子瞻題郭熙畫秋山〉等，都已具有詼諧情調與平匀佈
> 局、突兀章法統一的鮮明特徵。它們或許就是蘇軾仿作所
> 本，也是我將黃庭堅體的形成確立在元祐時期而不是更早
> 的理由。〔註48〕

張承鳳〈黃庭堅詩分期評議〉亦對「黃庭堅體」評曰：

> 黃庭堅的名篇〈雙井茶送子瞻〉效唐人崔顥〈黃鶴樓〉單行
> 入律，不用對仗，氣勢奔放，趣味雅致，結尾忽然重提貶謫
> 黃州之事，希望蘇軾急流勇退以求江湖之自由。蘇軾有和
> 詩，而黃庭堅反覆六次用韻，一再和答，不為所困，展示了
> 高超的技巧與才華。蘇軾敏銳地發現山谷詩已建立範式，形
> 成了獨特的詩體。他在〈送楊孟容〉詩自注「效黃魯直
> 體」……黃庭堅當時在詩壇的地位遠不如蘇軾，故對此甚感
> 驚惶，作〈子瞻詩句妙一世乃云效庭堅體蓋退之戲效孟郊樊
> 宗師之比以文滑稽耳恐後生不解故次韻道之〉……表示謙

〔註48〕吳晟：〈試論黃庭堅體〉，頁75。

遜。……蘇軾「效黃魯直體」是對黃庭堅詩最大的讚揚，大
大提高了山谷詩在宋詩史上的地位。〔註49〕

元祐時期黃庭堅以宋儒之雅趣作詩，以書學、書法喻詩，以歷史典
故、軼事趣聞入詩，其談書詩意境之高絕，詩風陳義之悠遠，已臻個
人創作生涯顛峰，自成一家。元祐之後，黃庭堅於宋代文壇名氣日
盛，宗法黃詩者蔚然成風，發展為博大的江西詩派。故而，讀者於上
述黃庭堅元祐時期之談書詩可推斷，此時期黃庭堅之詩歌已建立起獨
特的書寫規範、創作模式，後學崇尚黃詩應是以其元祐時期之詩歌創
作奉為範式。

四、老年時期（1094～1105）──生死感悟

　　元祐八年（1093）九月，太皇太后高氏崩逝，諡號宣仁聖烈皇
后，宋哲宗正式親政。翌年即改元「紹聖」，由此，宋哲宗徹底擺脫宣
仁聖烈皇后攝政之掣肘，其政治意向素來與司馬光、蘇軾等舊黨文臣
相左，於是復用熙寧、元豐年間之新黨臣工，紹述宋神宗之政治方
針。《宋史·姦臣一·章惇傳》：

> 哲宗親政，有復熙寧、元豐之意，首起惇為尚書左僕射兼
> 門下侍郎，於是專以「紹述」為國是，凡元祐所革一切復
> 之。〔註50〕

元祐以降，紹聖（1094～1097）、元符時期（1098～1100），宋哲宗復
用新黨，變法派再度得勢，開始對元祐文人集團進行政治相關的壓
迫，蘇軾集團於此政治風暴，亦受極大的波及。《續資治通鑑長編拾
補》載：

> 崇寧二年四月乙亥：詔：三蘇集、及蘇門學士黃庭堅、張
> 耒、晁補之、秦觀及馬涓文集，范祖禹《唐鑑》、范鎮《東
> 齋記事》、劉攽《詩話》、僧文瑩《湘山野錄》等印板，悉行

〔註49〕張承鳳：〈黃庭堅詩分期評議〉，頁184。
〔註50〕〔元〕脫脫等：《宋史》，第17冊，卷471，〈姦臣一·章惇傳〉，頁
　　　　13711。

焚毀。〔註51〕

中書省言:「福建印造蘇軾、司馬光文集。」詔令毀板,今
後舉人傳習元祐學術者,以違制論。明年又申嚴之。冬又詔
曰:「朕自初服,廢元祐學術,比歲,至復尊事蘇軾、黃庭
堅。軾、庭堅獲罪宗廟,義不戴天,片紙隻字,並令焚毀勿
存,違者以大不恭論。」〔註52〕

新黨當道,將蘇軾、蘇轍等元祐時期活躍之舊黨人士視為政敵,故禁
毀其書冊、典籍;至於黃庭堅、張耒(1054~1114)、晁補之(1053~
1110)、秦觀(1049~1110)等「蘇門學士」亦同罹黨爭之禍,個人著
述亦在禁毀之列。《山谷集·山谷年譜》:

接於元祐,英俊盈朝,而爾四人以文采風流為一時冠,學者
欣慕之。及繼述之論起,黨籍之禁行,而爾四人每為罪首,
則學者以其言為諱。〔註53〕

張承鳳〈黃庭堅詩分期評議〉:

紹聖元年變法派再度得勢,開始對元祐黨人進行政治迫害。
四月蘇軾責授建昌軍司馬惠州安置,不得簽書公事。七月奪
司馬光、呂公著贈諡,貶蘇轍為秘書監。十一月黃庭堅被責
授涪陵別駕黔州安置。此年黃庭堅50歲,次年四月到黔州
(重慶彭水)謫所;元符元年(1098)春移戎州(四川宜賓)
安置。元符三年正月哲宗病亡,政局略有變化,十月黃庭堅
復奉議郎簽書定國軍節度判官廳公事。建中靖國元年
(1101)三月黃庭堅復奉議郎權知舒州,離蜀;七月蘇軾卒
於常州。崇寧元年(1102)六月黃庭堅領太平州(安徽當塗)
事,九日而罷。次年三月送宜州羈管。崇寧四年九月十三日
黃庭堅61歲於謫所宜州(廣西宜山)下世。〔註54〕

紹聖以後,因宮闈黨爭之故,蘇門諸人接連受貶,而蘇門眾人之著作

〔註51〕〔清〕黃以周:《續資治通鑑長編拾補》(臺北:世界書局,1974年
　　　　6月),卷二十一。
〔註52〕〔清〕黃以周:《續資治通鑑長編拾補》,卷四十七。
〔註53〕〔清〕黃以周:《續資治通鑑長編拾補》,卷四十七。
〔註54〕張承鳳:〈黃庭堅詩分期評議〉,頁184。

不僅反應於創作上亦呈現面對進退出處之思；其仕途亦因「蘇門」之故而宦遊多舛，黃庭堅亦然。紹聖年間，黃庭堅迭遭打擊，心情鬱悶，更將其謫居之所命名為「枯木寮」、「死灰庵」〔註55〕；然而，黃庭堅在創作裡卻避免表現遷謫的苦難生活，堅持將詩歌與政治分離，僅僅作為抒寫個人情性、以追求「詩之美」的工具。〔註56〕元符二年（1099）黃庭堅謫居戎州，與黃斌老唱酬甚多藉以釋悶抒懷。黃斌老（？～？）乃宋代畫家文與可（1018～1079）之妻姪，其弟黃彝（？～？），字子舟，善書畫，尤工墨竹。黃庭堅以黃子舟之書畫造詣喻詩說理，題詠墨竹。〈用前韻謝子舟為予作風雨竹〉：

> 子舟詩書客，畫手睨前輩。把袂拍其肩，餘力左右逮。
> 摩拂造化爐，經營鬼神會。光煤疊亂葉，世與作者背。
> 看君回腕筆，猶喜漢儀在。歲寒十三本，與可可追配。
> 小山蒼苔面，突兀謝憎愛。風斜兼雨重，意出筆墨外。
> 吾聞絕一源，戰勝自十倍。榮枯轉時機，生死付交態。
> 狙公倒七芧，勿用嗔喜對。此物當更工，請以小喻大。〔註57〕

文與可每每言及黃子舟墨竹之風韻，往往自嘆弗如，可見其書畫技法之卓絕。「子舟詩書客，畫手睨前輩。」此詩之開頭便點明黃子州書畫之藝才冠群倫，不遜藝壇前輩之風騷。「看君回腕筆，猶喜漢儀在」子舟腕力剛猛，筆鋒勁健，宛如漢官威儀之風姿俊朗。「歲寒十三本，與可可追配」子舟筆下之歲寒三友松、竹、梅，其神韻比擬文與可之高藝。其後，筆鋒切入子舟之畫作，從畫中「風斜兼雨重」可知其「意出筆墨外」之巧構，進而將書寫層次提升至生死的感悟。「榮枯轉時機，生死付交態」天行有常，四時代序，萬物之代謝更迭自有輪迴，生死有命，一切交付其自然發展之態。宋代任淵（1090～1164）釋曰：

〔註55〕鄭永曉：《黃庭堅年譜新編》（北京：社會科學文獻出版社，1997年），頁299～300。
〔註56〕張承鳳：〈黃庭堅詩分期評議〉，頁184。
〔註57〕〔宋〕黃庭堅；傅璇琮、倪其心等主編：《全宋詩》，卷990，頁11398。〈用前韻謝子舟為予作風雨竹〉，五古。

謂視窮達若物之榮枯，各隨時盛衰，任天機自運耳。……處
死生之變，我初無心，從彼世情自作異見。〔註58〕

此詩曲終雅奏，喻書、畫之技法於詩，闡明隨遇超然之理趣。

　　元符三年（1100），宋哲宗駕崩，大赦天下。四月，敘復元祐蘇
軾集團之臣工。此時，身為蘇門四學士之一的秦觀身處雷州，蘇軾內
移廉州（今廣西合浦），登舟渡海抵達雷州，兩人在海康（廣東雷州
半島中部）相會。〔註59〕其後於分別之際，秦觀還能「意色自若，與
平日不少異」不料，此次的分離，亦是兩人永遠的訣別。同年八月，
秦觀竟於歸途在藤州中暑而卒；九月，蘇軾聞得秦觀過世之噩耗，哀
慟不已。宋徽宗建中靖國元年（1101），蘇軾奉召北返，不料於常州
（江蘇省常州市）暴病，年六十六歲。面對摯友師友柏繼謝世，令
黃庭堅感慨惆悵，不勝唏噓。秦觀於徽宗三年（1096），還謫湖南郴
州。過衡州（今湖南衡陽市），作〈與花光老求墨梅書〉云：「僕屢此
憂患，無以自娛，願師為我作兩枝見寄，令我得展玩，洗去煩惱。幸
甚。」〔註60〕八年後，崇寧三年（1104）黃庭堅亦遭貶謫，其赴宜州

〔註58〕〔宋〕黃庭堅；任淵等注，劉尚榮點校：《黃庭堅詩集注》（北京：中
　　　　華書局，2007 年），第 2 冊，內集卷 12，頁 455。

〔註59〕秦觀曾出〈自作挽詞〉云：「嬰釁徒窮荒，茹哀與世辭。官來錄我橐，
　　　　吏來驗我屍。藤束木皮棺，槁葬路傍陂。家鄉在萬里，妻子天一涯。
　　　　孤魂不敢歸，惴惴猶在茲。昔忝柱下史，通籍黃金閨。奇禍一朝作，
　　　　飄零至於斯。弱孤未堪事，返骨定何時？修途繚山海，豈免從闉闍？
　　　　荼毒復荼毒，彼蒼那得知！歲晚瘴江急，鳥獸鳴聲悲。空濛寒雨零，
　　　　慘淡陰風吹。殯宮生蒼蘚，紙錢掛空枝。無人設薄奠，誰與飯黃緇？
　　　　亦無挽歌者，空有挽歌辭。」詞中訴說自身仕途浮沉之失落與無奈。
　　　　又曾賦〈江城子〉：「南來飛燕北歸鴻，偶相逢，慘愁容。綠鬢朱顏重
　　　　見兩衰翁。別後悠悠君莫問，無限事，不言中。小槽春酒滴珠紅，莫
　　　　匆匆，滿金鍾。飲散落花流水各西東。後會不知何處是？煙浪遠，暮
　　　　雲重。」詞句敘寫與故友久別重逢之複雜心緒。〈自作挽詞〉詳參
　　　　〔宋〕秦觀，徐培均箋注：《淮海集箋注》（上海：上海古籍出版社，
　　　　2000 年 11 月），卷四十，頁 1323。〈江城子〉詳參〔宋〕秦觀，徐培
　　　　均校注：《淮海居士長短句》（上海：上海古籍出版社，1985 年 8 月），
　　　　卷上，頁 47。

〔註60〕徽宗紹聖元年（1094），秦觀出為杭州通判，赴處州貶所。二年，改遷

貶所途中，亦經衡州花光寺，感同好友秦觀之深受，向當代高僧花（華）光仲仁（？～？）索求「墨梅」之畫藉以滌除心中愁緒。〈花光仲仁出秦蘇詩卷思二國士不可復見開卷絕嘆因花光為我作梅數枝及畫煙外遠山追少游韻記卷末〉：

夢蝶真人貌黃槁，籬落逢花須醉倒。
雅聞花光能畫梅，更乞一枝洗煩惱。
扶持愛梅說道理，自許牛頭參已早。
長眠橘洲風雨寒，今日梅開向誰好。
何況東坡成古丘，不復龍蛇看揮掃。
我向湖南更嶺南，繫船來近花光老。
嘆息斯人不可見，喜我未學霜前草。
寫盡南枝與北枝，更作千峰倚晴昊。〔註61〕

花（華）光仲仁（以下簡稱「花光」），法號妙高，一生奉佛，又精於繪畫，尤工水墨畫，多畫江南山水平遠。釋惠洪〈祭妙高仁禪師文〉稱其山水畫特色，有「瀟湘平遠，煙雨孤芳」二語。〔註62〕花光為黃

郴州。〈與花光老求墨梅書〉，似作於紹聖三年（1096）貶徙郴州途經衡陽之際。〔宋〕秦觀著，徐培均箋注：〈與花光老求墨梅書〉，《淮海集箋注》，補遺卷2，頁1592～1593；附錄一，〈秦觀年譜〉，頁1733。

〔註61〕〔宋〕黃庭堅；傅璇琮、倪其心等主編：《全宋詩》，卷997，頁11439。〈花光仲仁出秦蘇詩卷思二國士不可復見開卷絕嘆因花光為我作梅數枝及畫煙外遠山追少游韻記卷末〉，七古。

〔註62〕〔宋〕釋惠洪〈祭妙高仁禪師文〉：「孤鳳兩雛，名著諸方，我初識譽，未識華光。政和甲午，還自南荒。夜宿衡嶽，草屋路旁。僕奴傳呼，妙高大方。連璧而來，驚喜失床。高誼照人，笑語抵掌。瀟湘平遠，煙雨孤芳，舉以贈我，不祕篋箱。追繹陳迹，云更幾霜。去年中秋，宿師雲房。為留十日，夜語琅琅。曰我出吳，游淮涉湘。今三十年，倦鳥忘翔。偶如慧曉，懷思故鄉。想見明越，雲泉蒼茫。已遣阿湧，先渡錢塘。不見半年，嶺谷想望。計至驚定，淚落沾裳。思歸之念，夫豈其祥。嗚呼師乎，忠義激昂。高風逸韻，仁肝義腸。縉紳相志，遠公支郎。此生逆旅，已熟黃糧。夢中吳楚，寧能取將。唯方廣譽，躬至影堂。如我致辭，而炷此香。清淨法身，敗槖膿囊。光透毛孔，不可掩藏。昔日非在，今未嘗忘。如水中乳，莫逃鵞王。則我與譽，何用歎傷。」〔宋〕釋德洪：《石門文字禪》（臺北：臺灣商務印書館，1981年，《四部叢刊初編》影印明徑山寺刊本），卷30，頁340～341。

庭堅「作梅數枝及畫煙外遠山」，黃庭堅亦作詩抒懷。詩中「雅聞花光
能畫梅，更乞一枝洗煩惱」可知花光墨梅畫技之高妙，享譽藝壇，希
望花光所畫墨梅能夠洗滌污亂迷惑，解脫煩惱。「何況東坡成古丘，
不復龍蛇看揮掃」追憶摯交广友蘇軾其酣暢勁健，筆走龍蛇隻書法造
詣；同時，亦感嘆斯人已逝之沉痛愁緒，故有「嘆息斯人不可見」。黃
庭堅藉此題畫之作悼念蘇軾、秦觀兩位故人，兼論書、畫之意趣。

　　張承鳳對於黃庭堅生涯晚期予以「平淡精煉」、「內涵豐富」之詮
析。〈黃庭堅詩分期評議〉：

> 黃庭堅〈用前韻謝子舟為予作風雨竹〉的「榮枯轉時機，生
> 死付交態」……作者詠竹以寄托對待不幸命運的隨緣而倔
> 強的態度，詩句精煉老健。……〈花米仲仁出奉蘇詩卷思兩
> 閒十不可復見閒卷絕歎〉句意平淡，對亡友蘇軾和秦觀的懷
> 念，寄托人世悲涼之感。這些詩作雖非名篇，但在藝術上是
> 完美的，筆勢穩健，平淡而精煉，避免了故為拗折與險怪的
> 作風。〔註63〕

> 詩人晚年在謫所冷靜地總結詩歌創作經驗，發表了許多詩
> 論，皆強化了元祐時期所建立的範式，而在創作實踐中因為
> 詩人直面社會人生，親臨險惡環境，或者因得江山之助，藝
> 術風格有所變化，使山谷體的內涵愈益豐富。〔註64〕

莫礪鋒亦對於黃庭堅晚期詩歌之創作，予以「平淡質樸」之評價。
〈論黃庭堅創作的三個階段〉：

> 晚期黃體最突出的新氣象是出現了平淡質樸的風格。早期
> 黃詩中並不是完全沒有語言平易的作品，例如作於元豐五
> 年（1082）的《登快閣》，但此詩以豪縱之筆寫兀傲之情，
> 仍給人以健拔之感，難稱平淡。只有到了晚期，黃詩才進入
> 了平淡質樸的全新境界，部分佳作已達到他所追求的「不煩
> 繩削而自合」的水準。〔註65〕

〔註63〕張承鳳：〈黃庭堅詩分期評議〉，頁184～185。
〔註64〕張承鳳：〈黃庭堅詩分期評議〉，頁184。
〔註65〕莫礪鋒：〈論黃庭堅創作的三個階段〉，頁79。

綜述黃庭堅談書詩之創作分期，青少年至青年時期（1061～1077），
黃庭堅先後從師舅父李常以及兩位岳父孫覺、謝景初，博約觀取，厚
積薄發；青年至壯年時期（1078～1085），黃庭堅遍遊豫、冀、魯等
地，博覽名家書跡，加之與蘇軾書信往復，隔空酬唱和答以論交，作
詩奇險峭拔，硬瘦生新；壯年至老年時期（1086～1094），黃庭堅入京
任官，投身蘇門，詩、書造詣大為精進，範式已立，覃思巧構，意境
高絕；老年時期（1094～1105），黃庭堅應受仕途坎坷之緣故，或受歲
月凝鍊之感發，晚年逐漸捐棄奇險怪誕之舉，回歸平淡、質樸之詩風，
寓書畫雅趣、師友情誼、生死哲理於字裡行間，超然繩墨之外，幾近
無法度可尋，不愧為北宋四大家之一。

第肆章　黃庭堅談書詩之審美思維

　　談書詩雖是屬於文學領域，但其詩歌內涵對書論及書史之考據，乃至於審美意趣之思辨，均是極佳的後設考察素材。由興波《詩法與書法──宋代「書法四大家」詩學思想與書法理論比較研究》：

　　詩歌以語言為工具創造意境，書法則用線條為手段營造筆墨意趣，二者雖是不同文藝部類，卻存在著深刻的內在統一性，所謂「異質同構」，都是同一創作主體精神的外在展示。〔註1〕

黃庭堅身為北宋四大家，詩、書造詣享譽文壇，其詩學思想、詩歌創作與書法理論相互融會，密不可分。本章將聚焦黃庭堅談書詩之審美思維，細論其書學觀及審美意趣。

第一節　黃庭堅談書詩之書學觀

　　明代董其昌（1555～1636）提出「晉人書取韻，唐人書取法，宋人書取意」〔註2〕之後，「韻」就常被書史家以概括視角指涉晉人的書法思維與風格。宋代在歐陽脩提出「學書為樂」、「學書消日」和「學

〔註1〕由興波：《詩法與書法──宋代「書法四大家」詩學思想與書法理論比較研究》（上海：復旦大學中國古代文學博士論文，2006年），頁100。

〔註2〕〔明〕董其昌：〈書品〉，收錄於《容臺集》第4冊（臺北：國立中央圖書館，1968年），別集，卷4，頁1890。

書工拙」等書學命題後〔註3〕，繼而引發宋代書壇墨帖名篇、書學觀之蔚然開展。其後，蘇軾求「意」〔註4〕、米芾（1051～1107）求「趣」〔註5〕、黃庭堅則是求「韻」，其〈論書〉曰：

> 余書姿媚而乏老氣，自不足學。學者輒萎弱不能立筆，筆墨各繫其人工拙，要須其韻勝耳。〔註6〕

陳方既《中國書法美學思想史》亦論及有關蘇軾、黃庭堅、米芾之書風：

> 蘇、黃、米三者所體現的「尚意」書風，是隨其情性，以道義學養入書，隨意所適，而不拘於模式化了的晉唐人法度，但他們不是不要基本技巧，而是強調一種為抒意而存在的技巧，其基本特點是平淡天真，不刻意做作。〔註7〕

大致可推斷，宋代書學以「尚意」為核心，蘇軾求「意」可視為精確掌握宋書「尚意」之核心；米芾求「趣」、黃庭堅求「韻」則是以「尚

〔註3〕歐陽脩〈試筆‧學書為樂〉：「『蘇子美嘗言：明窗淨几，筆硯紙墨皆極精良，亦自是人生一樂。』然能得此樂者甚稀，其不為外物移其好者，又特稀也。余晚知此趣，恨字體不工，不能到古人佳處，若以為樂，則自是有餘。」〈試筆‧學書消日〉：「自少所喜事多矣，中年以來漸以廢去，或厭而不為，或好之未厭、力有能而止者。其愈久益深，而尤不厭者，書也。至於學字，為於不倦時，往往可以消日。乃知昔賢留意於此，不為無意也。」〈試筆‧學書工拙〉：「每書字，嘗自嫌其不佳，而見者或稱其可取。嘗有初不自喜，隔數日視之，頗若稍可愛者。然此初欲寓其心以消日，何用較其工拙而區區於此，遂成一役之勞，豈非人心蔽於好勝邪？」詳參〔宋〕歐陽脩：《歐陽脩全集》（北京：中華書局，2001年），卷130，頁1977～1978。

〔註4〕「我書意造本無法，點畫信手煩推求。」〔宋〕蘇軾：〈石蒼疏醉墨堂詩〉，《蘇軾全集》（上海：上海古籍出版社，2000年），詩集，卷6，頁56。「張長史草書頹然天放，略有點畫處而意態自足，號稱神逸。」〔宋〕蘇軾：〈書唐氏六家書後〉，《東坡題跋》，卷4，收入楊家駱主編：《宋人題跋》（臺北：世界書局，2009年），頁128。

〔註5〕傅璇琮、倪其心等主編：《全宋詩》，北京：北京大學出版社，1993年9月第一版。

〔註6〕〔宋〕黃庭堅：〈論書〉，《山谷題跋》，收錄於楊家駱主編：《宋人題跋上》（臺北：世界書局，1992年），卷7，頁247。

〔註7〕陳方既：《中國書法美學思想史》（鄭州：河南美術出版社，2009年），頁182～188。

意」為立基，輻射開展對於「尚意」之創新與詮釋，但仍以「尚意」為書法構思創作之主軸。相對於重視筆畫型態的表象，蘇軾、黃庭堅、米芾等這些宋代文士之書學觀點大抵環繞在創作主體的精神意趣，他們更重視筆墨之間流露的性情與率真。

　　本節以黃庭堅之談書詩、書論相關題跋，交互論證，並從「崇尚晉韻，尊推王書」、「思辨古法，臨池〈瘞鶴銘〉與顏書」兩大書學思維分論，細究黃庭堅的書學觀，如何於魏、唐前人之書帖（〈蘭亭〉、〈瘞鶴銘〉、顏書）概括總結諸位大家之書法風格、書學理論，並參照歷代書家對「晉韻」、「古法」的傳承與融會，進而建構自己獨到的書學觀念。

一、崇尚晉韻，尊推王書

　　《說文》言：「韻，和也。」《玉篇》亦言：「聲音和曰韻。」因此「韻」可釋為「和諧的聲音」。以樂理的視角觀之，「韻」與「樂」相互關涉，在徐復觀（1904～1982）《中國藝術精神》的研究中，以《周禮》記載之「大司樂掌成均之法……」為考證的切入點，認為周代以「樂」為教育之核心，而「成均」即「成調」，即「音樂」之意。到了魏晉時期，漢字才由此孕乳新生「韻（韵）」字。〔註8〕此外，徐復觀進一步論述孔子對「樂」的要求是「美」與「善」的統一（這也是對藝術審美最基本的標準），其本質總括而言就是一個「和」字。〔註9〕由此觀之，無論是「成均」、「成調」、「和諧的音」，乃至於「美與善的統一」，大致以「和」為立基。因此「韻」在藝術上的審美思維就不只是聲音上的向度，而是一種整體的、完備的、和諧的美學交感。

　　魏晉六朝書畫理論中，「韻」（「韵」）〔註10〕作為書法品評、鑑賞

〔註8〕徐復觀：《中國藝術精神》（臺北：學生書局，1966年），頁2。
〔註9〕徐復觀：《中國藝術精神》，頁13～15。
〔註10〕古無「韻」字，「韻」、「韵」兩字相通。詳參郭晉銓：〈黃庭堅書學對六朝「韻」審美思維的深化與擴充〉，收錄於《成大中文學報》（臺南：國立成功大學中文系，2020年3月），第六十八期，頁157。

的審美標準並不多見〔註11〕，反而是大量運用於人物品評。三國時期劉劭（182～245）《人物志》中人物品評的論點：

> 蓋人物之本，出乎情性。情性之理，甚微而玄；非聖人之察，其孰能究之哉？凡有血氣者，莫不含元一以為質，稟陰陽以立性，體五行而著形。苟有形質，猶可即而求之。〔註12〕

劉劭認為人物之本在於「情性」。「情性」是內在氣質與精神的層次，不易察覺，故而「甚微而玄」；「形質」是外在的形貌姿態，容易辨別。透過「形質」之飛揚跳脫，「情性」方得以心物交感，臻至「美與善的統一」之「和」。正這是魏晉六朝「韻」之關鍵，顏崑陽更將「韻」與「主體生命性情」相互闡發。《六朝文學觀念叢論》：

> 論「韻」，仍應以主體生命性情為根源，實漢魏六朝人物品鑑觀念之轉化，是真性情所表現出來的風度趣味。〔註13〕

「韻」之美感在魏晉六朝起初多來自人倫之品鑒、識別，後來將此「主體生命性情」之靈動姿態轉化新變，才延伸至書法、繪畫。徐利明《中國書法風格史》提及「主體生命性情」之相關論述：

> 結體、筆法等一切技巧必須能表現作者的個性神采，才有存在的意義。〔註14〕

徐利明此論述呼應「情性」與「形質」的論述，創作者之生命性情透過筆墨線條的書寫、勾勒與變化，傳達筆墨和諧而自然的神采，這就是「韻」。時至南朝謝赫（約479～502）提出「氣韻生動」之觀念後，

〔註11〕根據姜壽田的研究，南朝「韵」首次出現在袁昂的《古今書評》，「殷鈞書，如高麗使人，抗浪甚有意氣滋韻，終乏精味」，但使用的頻率極低，南朝書論中僅此一例。詳見姜壽田：〈書法韵的生成與嬗變〉，《中國書法》（2017年1月），頁4～17。〔南朝〕袁昂：《古今書評》，收入〔唐〕張彥遠：《法書要錄》（北京：人民美術出版社，2003年），卷2，頁75。

〔註12〕〔魏〕劉劭，陳喬楚註譯：《人物志今註今譯》（臺北：臺灣商務印書館，1996年），頁11～13。

〔註13〕顏崑陽：《六朝文學觀念叢論》（臺北：正中書局，1993年），頁348～349。

〔註14〕甘中流：《中國書法批評史》（北京：人民美術出版社，2014年），頁59～60。

「氣韻」乃成為書畫史上重要的審美範疇。黃庭堅之書法創作思維便是以晉「韻」為審美核心，輻射發散、展延，形成自身求「韻」之書學觀。

（一）晉韻之深化

謝赫《古畫品錄》提出「氣韻生動」之書畫觀念：

> 畫雖有六法，罕能盡該，而自古及今，各善一節。六法者何？一、氣韻生動是也，二、骨法用筆是也，三、應物象形是也，四、隨類賦彩是也，五、經營位置是也，六、傳移模寫是也。〔註15〕

雖說謝赫提出「氣韻生動」之觀念，徐復觀以謝赫「氣韻生動」為立基，認為六法中所謂的韻，乃是超線條解放出來，以表現他所領會到的精神意境〔註16〕，其後，更將「韻」扣合書畫史之發展脈絡。《中國藝術精神》：

> 莊學的清、虛、玄、遠，實係「韻」的性格，「韻」的內容；中國畫的主流，始終是在莊學精神中發展。所以同樣是重視氣韻，而自用墨的技巧出現後，實際則偏向「韻」的這一方面發展。〔註17〕

不過在魏晉六朝書法評論中，「韻」字品評書畫之用法依舊相當罕見，大抵還是以「意」為核心的審美觀。於斯，讀者須留心魏晉六朝書學品評中有不少「意」之使用，其中一種審美內涵是與「韻」相互融通化成，尤其是王羲之的相關書法理論。王羲之〈自論書〉：

> 須得書意轉深，點畫之間皆有意，自有言所不盡，得其妙者，事事皆然。〔註18〕

〔註15〕〔魏〕劉劭，陳喬楚註譯：《人物志今註今譯》（臺北：臺灣商務印書館，1996年），頁11～13。

〔註16〕徐復觀：《中國藝術精神》，頁171。

〔註17〕徐復觀：《中國藝術精神》，頁182。

〔註18〕〔晉〕王羲之：〈自論書〉，收入〔清〕孫岳頒、王原祁等編：《佩文齋書畫譜》第1冊（杭州：浙江人民美術出版社，2014年），卷5，頁164。

王羲之「點畫之間皆有意」的「意」，亦即在點畫之「形」中，還須表現難以言喻之「意」，才能「得其妙者」。王羲之此書論觀點，與上述三國時期劉劭《人物志》中人物品評之觀念遙相呼應，可視為魏晉六朝「韻」之典型。王鎮遠認為魏晉六朝的「意」有兩種層次，第一種是作者的情感、心態；第二種則是書法的意趣，也就是所謂的「韻」。〔註19〕王世徵則認為魏晉六朝的「意」揭櫫中國書法「尚意」理論的序幕，亦即將「意」當作「情感」、「心態」來看待，與「象」相對〔註20〕；頗具異曲同工，甘中流也認為魏晉的「意」是與「象」（形）相對，但其論述卻進一步闡明北宋的「意」是與「法」相互對立，前者是籠統的意蘊；後者是自己的「意」，是反對模仿別人，寫出自己獨特感受的「意」，區分了六朝與北宋在「意」概念上的不同。〔註21〕郭晉銓認為無論是六朝與「象」相對的「意」，或是北宋與「法」相對的「意」，都有一種強調創作主體心性、個性、精神、情感的表達，而這種思維，即以「韻」的審美為核心。〔註22〕將「韻」水平遷移至書法層面，則是透過書寫筆法、線條結構，展露創作者獨特的神態及風采。黃庭堅所追求之「韻」，應是承襲此魏晉六朝「韻」之審美脈絡。

　　自從「韻」開始用於書藝品評以來，「韻」就成了重要的審美範疇，但是首度大量以「韻」來作為評論書法之標準並奉為圭臬，則是由黃庭堅伊始。〔註23〕清代劉熙載（1813～1881）論及黃庭堅評論書

〔註19〕王鎮遠：《中國書法理論史》（合肥：黃山書社，1990 年），頁 45～46。

〔註20〕王世徵以「意前筆後」為例，說明「尚象」到「尚意」思維的轉變。詳參王世徵：《歷代書論名篇解析》（北京：文物出版社，2012 年），頁 43～44。

〔註21〕甘中流：《中國書法批評史》（北京：人民美術出版社，2014 年），頁 59～60。

〔註22〕郭晉銓：〈黃庭堅書學對六朝「韻」審美思維的深化與擴充〉，頁 158。

〔註23〕陳振濂主編：《中國書法批評史》（杭州：中國美術學院出版社，1997 年），頁 170。

法以「韻」為審美核心。《藝概・書概》：

> 黃山谷論書，最重要一個韻字。蓋俗氣未盡者，皆不足以言
> 韻也。〔註24〕

劉熙載明確的指出，黃庭堅論書以「韻」為主。所謂「韻」，即為「不俗」。「俗」者，平庸，淺也。要有「韻」則必先脫「俗」。黃庭堅〈書繪卷後〉提及如何脫「俗」：

> 學書要須胸中有道義，又廣之以聖哲之學，書乃可貴。若其
> 靈府無程，政（正）使筆墨不減元常、逸少，只是俗人耳。
> 余嘗為少年言：士大夫處世，可以百為，唯不可俗，俗便不
> 可醫也。〔註25〕

此處所提的「聖哲之學」，是士大夫個人品德修為、精神涵養不可或缺之要素，黃庭堅在此題跋將韻人（不俗人）與韻書（不俗之書法）聯繫起來，認為韻書是不俗人所作。黃庭堅對於不俗（「韻」）之追求，大抵根植於魏晉六朝名士之「韻」；所以，黃庭堅論書應是以魏晉六朝之「韻」為核心。〈題絳本法帖〉：

> 魏晉間人論事，皆語少而意密，大都猶有古人風澤，略可想
> 見。論人物要是韻勝為尤難得，蓄書者能以韻觀之，當得髣
> 髴。〔註26〕

此中的「蓄書」是指「收藏書法」之意，亦即欣賞者、鑑賞者必須懂得「觀韻」，才能得其真意。魏晉六朝之風流名士擅長清談、清議，言簡而意豐。因此，其書亦具有飄逸含蓄之美。〔註27〕以此「觀韻」端詳魏晉六朝諸多書家，王羲之其人灑脫不俗；因此，其書法固當有

〔註24〕〔清〕劉熙載：《藝概・書概》，收入華正人編：《歷代書法論文選》
　　　　（臺北：華正書局，1997年），頁659。

〔註25〕〔宋〕黃庭堅：〈書繪卷後〉，《山谷題跋》，收錄於楊家駱主編：《宋
　　　　人題跋上》，卷5，頁231。

〔註26〕〔宋〕黃庭堅：〈題絳本法帖〉，《山谷題跋》，收錄於楊家駱主編：《宋
　　　　人題跋上》，卷4，頁219。

〔註27〕黃寶華：《中國思想家評傳叢書・黃庭堅評傳》（江蘇：南京大學出版
　　　　社，1998年），頁425。

「韻」，甚至「韻勝」。〈書徐浩題經後〉：

> 若論韻勝，則右軍、大令之門，誰不服膺？〔註28〕

王羲之乃魏晉六朝之風流名士，當具瀟灑簡遠的風姿神韻。依黃庭堅的眼光而言，王羲之「韻勝」可謂「無人不服膺」，堪為典型之代表人物。黃庭堅論書往往評其是否得自魏晉名士之韻，不僅要學其筆法技巧，更要超脫其形式法則的規範。他亦將求「韻」的審美標準，放諸於其恩師蘇軾之書跡。例如〈題東坡字後〉：

> 東坡簡札字形溫潤，無一點俗氣。今世號能書者數家，雖規摹古人，自有長處，至於天然自工，筆圓而韻勝，所謂兼四子之有以易之，不與也。〔註29〕

黃庭堅評蘇軾之作溫潤如玉「無一點俗氣」且渾然天成「筆圓韻勝」。由上述可得，黃庭堅常以「韻」評論人物、品鑑書法之題跋為數頗豐。根據王世徵研究統計，黃庭堅書論中論及「韻」者有三十多處〔註30〕，由此可推斷，黃庭堅對「韻」的解讀與詮釋，似乎包羅著更豐富的意涵。〔註31〕本節其後將研究視域聚焦於黃庭堅對於書法之文字構型、線條風格、姿態神采之理解，並從黃庭堅臨摹二王書帖，以二王之墨跡為學書典範，輔以王羲之及其自身論書之觀點，窺得黃庭堅深化晉韻之具體創作與實踐。

（二）以王書為尊

東晉王羲之、王獻之書風經歷代的推崇、臨摹與傳播，形成書法史上歷久不衰的書學傳統。導致此傳統的形成，除了在唐代經過太宗大力提倡，使王羲之在書史上有了不可撼動的地位之外，也有多種二

〔註28〕〔宋〕黃庭堅：〈書徐浩題經後〉，《山谷題跋》，收錄於楊家駱主編：《宋人題跋上》，卷4，頁223。

〔註29〕〔宋〕黃庭堅：〈題東坡字後〉，《山谷題跋》，收錄於楊家駱主編：《宋人題跋上》，卷5，頁277。

〔註30〕王世徵：《歷代書論名解析》，頁120。

〔註31〕蔡顯良認為黃庭堅所尚之「意」，一指「晉韻」；二指稱「率意」，強調書家主觀能動的方面。詳參蔡顯良：〈黃庭堅論書詩研究〉，收錄於《書畫世界》第2期（合肥：安徽美術出版社，2006年），頁71。

王法書刻本流傳；在北宋太宗淳化年間（990～994），翰林侍書王著（約928～969）所編刻的《淳化閣帖》，將內府所藏歷代墨跡刊刻下來，二王書跡便透過刻本的形式成為歷代文人的帖學典範。〔註32〕魏晉以後，名家書帖、墨跡傳至宋代已是鳳毛麟角，多數墨寶藏於深宮內院，僅供皇親國戚臨習與典藏。時至北宋太宗淳化年間，《淳化閣帖》（簡稱《閣帖》）刊刻問世，其內容泰半收錄王羲之相關書跡，加之宋代刻帖促進臨摹範本的傳播與普及，使得上至公卿王孫，下至士了黎庶得以通過對法帖之臨摹以提升書法造詣。身為北宋時人，黃庭堅亦受《閣帖》之影響甚深，生平所見有關魏晉書家之書帖、拓本、石刻及傳摹字跡，以王羲之相關書帖之佔比較多；其中，在〈題絳本法帖〉中稱讚二工「書妙絕古今」：

　　工會稽初學書於衛夫人，中年遂妙絕古今，今人見衛夫人遺

　　墨，疑右軍不當北面，蓋不知九萬里則風斯在下耳。〔註33〕

王羲之書法師承之淵源，以「少學衛夫人」之說最著名〔註34〕，由題跋之內文可知黃庭堅引用此說。黃庭堅以魏晉六朝之「韻」為核心，上述所引用之題跋大多體現對王書推崇至極之品鑑，其談書詩亦不例

〔註32〕《淳化閣帖》刻於宋太宗淳化三年（西元992年），共十卷，全稱《淳化秘閣法帖》，簡稱《閣帖》，是一部年代久遠的大型叢帖。保存漢、魏、兩晉、南北朝、隋、唐各朝法書，尤其是王羲之、王獻之法書最為豐富。關於《閣帖》的考釋與流傳，詳見何碧琪：〈佛利爾本《淳化閣帖》及其系統研考〉，收錄於《國立臺灣大學美術史研究集刊》20期（臺北：國立臺灣大學藝術史研究所，2006年3月），頁19～61；以及〈國立故宮博物院藏「淳化祖帖」研究〉，收錄於《故宮學術季刊》第21卷第4期（臺北：國立故宮博物院，2004年），頁57～110。

〔註33〕〔宋〕黃庭堅：〈題絳本法帖〉，《山谷題跋》，收錄於楊家駱主編：《宋人題跋上》，卷4，頁218。

〔註34〕王羲之於〈題衛夫人筆陣圖後〉自述其書學淵源：「予少學衛夫人書，將謂大能；及渡江北遊名山，見李斯、曹喜等書，又之許下，見鍾繇、梁鵠書，又之洛下，見蔡邕「石經」三體書，又於從兄洽處，見張昶「華嶽碑」，始知學衛夫人書，徒費年月耳。遂改本師，仍於眾碑學習焉。」詳見〔南朝宋〕虞龢：〈論書表〉，收錄於華正人編：《歷代書法論文選》（臺北：華正書局，1997年），頁47。

外。黃庭堅談書詩多次提到「右軍鵝」〔註35〕或〈蘭亭序〉，表達出
以王書為尊之書學觀。〈楊凝式行書〉云：

> 俗書祇識〈蘭亭〉面，欲換凡骨無金丹。〔註36〕

元豐三年（1080）〈以右軍書數種贈丘十四〉呈現的是黃庭堅與丘十
四君同樣愛好王書之喜悅：

> 松花泛硯摹真行，字身藏穎秀勁清。
>
> 問誰學之果〈蘭亭〉，我昔頗復喜墨卿。〔註37〕

同年（1080）〈李君貺借示其祖西台學士草聖并書帖一編二軸以詩還
之〉明顯表示黃庭堅心中，存在「右軍逼人」之評價：

> 仲將伯英無後塵，迺來此公下筆親。
>
> 使之早出見李衛，不獨右軍能逼人。〔註38〕

元豐六年（1083）〈寄上高李令懷道〉認為王書絕妙，對於王羲之「換
鵝手」自嘆弗如：

> 謂予有書癖，摹篆寫科斗。不珍金石刻，要我一揮肘。……
>
> 摩拂幼婦篇，慚非換鵝手。〔註39〕

同年（1083）〈吉老兩和示戲答〉暗寓李北海石室碑價值不凡，好似王
羲之為山陰道士所書「道德經」，可謂無價之寶（「不當價」）：

> 欲聘石室碑，小詩委庭下。畫沙無地覓錐鋒，點勘永和書法

〔註35〕《晉書·王羲之傳》：「性愛鵝，會稽有孤居姥養一鵝，善鳴，求市未
能得，遂攜親友命駕就觀。姥聞羲之將至，烹以待之，羲之歎惜彌日。
又山陰有一道士，養好鵝，羲之往觀焉，意甚悅，固求市之。道士云：
『為寫道德經，當舉羣相贈耳。』羲之欣然寫畢，籠鵝而歸，甚以為
樂。其任率如此。」詳見〔唐〕房玄齡等：《新校本晉書并附編六種》
（臺北：鼎文書局，1980 年），第 3 冊，卷80，頁 2100。

〔註36〕〔宋〕黃庭堅；傅璇琮、倪其心等主編：《全宋詩》，卷 1027，頁 11741。
〈楊凝式行書〉，七絕。

〔註37〕〔宋〕黃庭堅；傅璇琮、倪其心等主編：《全宋詩》，卷 1019，頁 11637。
〈以右軍書數種贈丘十四〉，七古。

〔註38〕〔宋〕黃庭堅；傅璇琮、倪其心等主編：《全宋詩》，卷 1019，頁 11637。
〈李君貺借示其祖西台學士草聖并書帖一編二軸以詩還之〉，七古。

〔註39〕〔宋〕黃庭堅；傅璇琮、倪其心等主編：《全宋詩》，卷 1010，頁 11546。
〈寄上高李令懷道〉，五古。

同。頗似山陰寫道經，雖與群鵝不當價。人言外論殊不爾，
勿持明冰照夏蟲。〔註40〕

元祐二年（1087）〈題劉將軍鵝〉提到「群鵝驅向王家」寓含「王羲之
愛鵝」，詩云：

想見山陰書罷，舉群驅向王家。〔註41〕

同年（1087）〈題畫鵝雁二首〉之一，藉由「鵝引頸回盼」體悟運筆
之妙，亦呼應〈寄上高李令懷道〉對於王羲之「換鵝手」之敬佩，其
詩云：

駕鵝引頸回，似我胸中字。右軍數能來，不為口腹事。〔註42〕

崇寧元年（1102）〈題徐氏書院〉則是觀察「溪上老鵝」之姿以悟書，
其詩云：

學書但學溪老鵝，讀書可觀樵父歌。〔註43〕

崇寧二年（1103）〈吳執中有兩鵝為余烹之戲贈〉透過「雙鵝曲頸相追
逐」之景，揣摩王羲之筆意，其詩云：

學書池上一雙鵝，宛頸相追筆意多。
皆為涪翁赴湯鼎，主人言汝不能歌。〔註44〕

以上諸多詩句皆為黃庭堅稱揚王羲之。從學書過程來看，黃庭堅執筆
方法從早年以手就案，到後來提手懸腕，亦自於鵝頸之曲張變化悟
書。故而，陳師道《後山談叢》云：

蘇、黃兩公皆善書，皆不能懸手。逸少非好鵝，效其宛頸
爾，正謂懸手轉腕。而蘇公論書，以手抵案使腕不動為法，

〔註40〕　〔宋〕黃庭堅；傅璇琮、倪其心等主編：《全宋詩》，卷1019，頁11639。
　　　　　〈吉老兩和示戲答〉，七古。

〔註41〕　〔宋〕黃庭堅；傅璇琮、倪其心等主編：《全宋詩》，卷985，頁11367。
　　　　　〈題劉將軍鵝〉，七絕。

〔註42〕　〔宋〕黃庭堅；傅璇琮、倪其心等主編：《全宋詩》，卷1013，頁11571。
　　　　　〈題畫鵝雁〉，五古。

〔註43〕　〔宋〕黃庭堅；傅璇琮、倪其心等主編：《全宋詩》，卷994，頁11421。
　　　　　〈題徐氏書院〉，七古。

〔註44〕　〔宋〕黃庭堅；傅璇琮、倪其心等主編：《全宋詩》，卷985，頁11367。
　　　　　〈吳執中有兩鵝為余烹之戲贈〉，七絕。

此其異也。〔註45〕

元代王惲（1227～1304）亦有作詩評論黃庭堅「提手懸腕」之筆法。
〈題右軍觀鵝圖〉：

照眼雙鵝引頸來，胸中妙思與之偕。

寥寥尚友千年後，只有涪翁識此懷。〔註46〕

「逸少非好鵝，效其宛頸爾，正謂懸手轉腕」可知「雙鵝引頸」引領
王羲之「胸中妙思」同偕「提手懸腕」之筆法。王惲認為魏晉以後，
千百年間，眾多書家只有黃庭堅（涪翁）寥寥一人，識得此等「鵝頸
之曲張變化悟書」的書寫情懷。

「韻」是黃庭堅書學的審美核心，書法之美在於韻之有無，書法
之美不僅止於外在的構型、姿態，更在於其內在的精神、氣韻。黃庭
堅求「韻」之核心上溯晉「韻」。晉「韻」蘊含氣韻、神韻，以人物之
視角觀之，意指人品、學識和氣度，三位一體所展現的文人風骨；以
書法之視角觀之，即書法作品所蘊含的風姿、意境。黃庭堅以晉韻為
立基，輻射展延，並以王羲之其人其書為尊，創作為數不少品評、鑑
賞王羲之的談書詩，可見黃庭堅對於晉韻之深化並轉化於談書詩之
實踐。

二、思辨古法，臨池〈瘞鶴銘〉與顏書

黃庭堅之書學觀亦相當重視「古法」。在中國書法史上，關於
「法」的書學審美，當以唐代為盛。唐代「以書為教仿於周，以書取
士仿於漢」〔註47〕，亦視文字為經國之大業。唐代以儒學治國，唐太宗
明以王道，以王者治天下，欲使邦國長治久安，故其深諳「書同文」

〔註45〕〔宋〕陳師道，李偉國點校：《後山談叢》（北京：中華書局，2007
　　　年），卷2，頁30。

〔註46〕〔元〕王惲：《秋澗先生大全文集‧題右軍觀鵝圖》，收錄於王雲五
　　　編：《四部叢刊初編本縮本》（臺北：商務印書館，1965年8月），卷
　　　33，頁341。

〔註47〕〔清〕馬宗霍：《書林藻鑑》（臺北市：商務印書館，1982年5月臺
　　　二版），卷八，頁110。

之方略。唐太宗李世民（598～649）蒐羅天下法書，並於內府設立弘文館，將其書寫文字，精研楷法之殿堂。《新唐書・百官二》云：

> （太祖）武德四年，置修文館于門下省，九年，改曰弘文
> 館。（太宗）貞觀元年，詔京官職事五品已上子嗜書者二十
> 四人，隸館習書，出禁中書法授之。〔註48〕

由引文可知，唐太宗設立弘文館乃為書法研究、傳授之所。同時，也奠定唐書尚「法」的審美觀。王新榮《唐代書法美學思想與主體精神演變史研究》：

> 他（唐太宗）於書法追求一種平正溫潤、文質彬彬、符合封
> 建社會審美理想的形態，能反映這種理想的只有不激不屬、
> 含文蘊質、溫潤秀雅、恬逸清和、以骨力見功夫的王羲之書
> 法。初唐時期的書法美學思想基本上是以經世致用為根本，
> 所以楷書尤其興盛以志氣平和為理想，力求一種秩序和平
> 衡的美。〔註49〕

由此可知，唐代尚法書風大至政治一統之方針，小至君王書學之審美，締造唐代「法」的審美特質。唐代以降，歷代書評家泰半予以唐代尚「法」之評述。明代董其昌（1555～1636）「晉人書取韻，唐人書取法，宋人書取意」〔註50〕清人梁巘（1710～1788）在《評書帖》中亦依此為論據，提出「晉尚韻、唐尚法、宋尚意、元明尚態。」〔註51〕蔡顯良〈黃庭堅論書詩研究〉：

> 北宋蘇、黃、米三位尚意書風主將的書學思想是以「平淡」
> 之晉韻作為根抵的。而且三人均受顏法沾溉，走的也是歐
> （歐陽脩）、蔡（蔡襄）提倡的那條由唐溯晉的路徑。〔註52〕

〔註48〕〔宋〕歐陽脩、宋祁：《新唐書》（北京：中華書局，1997 年 3 月一
　　　　版北京六刷），卷四十七，頁 1209。
〔註49〕王新榮：《唐代書法美學思想與主體精神演變史研究》（濟南：山東大
　　　　學，文藝學碩士論文，2009 年），頁 13。
〔註50〕〔明〕董其昌：〈書品〉，收錄於《容臺集》，第 4 冊，別集，卷 4，
　　　　頁 1890。
〔註51〕〔清〕梁巘：〈評書帖〉，收錄於華正人編：《歷代書法論文選》，頁 537。
〔註52〕蔡顯良：〈黃庭堅論書詩研究〉，頁 70。

蘇軾、黃庭堅、米芾皆受顏真卿書風之習染，將唐法與晉韻之審美脈絡相續相沿。黃庭堅所重視之「古法」，乃先從評論魏晉人書起始，其題跋〈跋與張載熙書卷後〉云：

> 凡作字，須熟觀魏晉人書，會之於心，自得古人筆法也。
> 〔註53〕

此古人筆法即「魏晉古法」。在黃庭堅看來，「魏晉古法」不是一個界限清晰的範圍，它是可以往前延伸到周、秦古器銘之科斗文字，下啟隋唐書法發展的元素，亦即隋唐以前的古法皆可稱「魏晉古法」。〔註54〕筆者於斯認為黃庭堅所提是一種融會晉韻及唐法，所互涵之「古法」。「古」乃相對於「今」之時間概念，依黃庭堅所處之時代觀之，北宋屬「今」；相對而言，魏晉六朝、唐朝屬「古」。故而，黃庭堅之「古法」可謂「古人筆法」，其書學審美兼融晉、唐書風。

魏晉以降，唐代流傳至北宋之碑帖書跡成為黃庭堅評鑑書法、建構書學、創作詩歌與闡發己論的摹本和依據。黃庭堅對唐人書法的評價是以「古法」為評鑑標準，並以顏真卿為論述核心。〈題顏魯公麻姑壇記〉評顏書「皆得右軍父子筆勢」：

> 體制百變，無不可人，真、行、草書、隸，皆得右軍父子筆勢。〔註55〕

〈跋洪駒父諸家書〉評顏書「皆得右軍父子筆法」：

> 雖自成一家，然曲折求之，皆合右軍父子筆法。〔註56〕

黃庭堅強調顏真卿雖另闢蹊徑，自成一家，然其學書之法上承王羲之一脈，兼融晉、唐書風。除了對於顏真卿墨跡之觀覽、品鑑，筆者認

〔註53〕〔宋〕黃庭堅：〈跋與張載熙書卷後〉，《山谷題跋》，收錄於楊家駱主編：《宋人題跋上》，卷5，頁223。

〔註54〕薛惠齡：《《山谷題跋》中的書學研究》（高雄：國立高雄師範大學國文學系碩士論文，2008年），頁225。

〔註55〕〔宋〕黃庭堅：〈題顏魯公麻姑壇記〉，《山谷題跋》，收錄於楊家駱主編：《宋人題跋上》，卷4，頁223。

〔註56〕〔宋〕黃庭堅：〈跋洪駒父諸家書〉，《山谷題跋》，收錄於楊家駱主編：《宋人題跋上》，卷4，頁226。

為黃庭堅對魏晉時期陶弘景〈瘞鶴銘〉大字楷書之喜好，亦是積習古
法後的反思，進而建構起自身思辨古法之書學觀。

（一）大字無過〈瘞鶴銘〉

〈瘞鶴銘〉自唐宋以來，深受金石家、書法家之重視。此銘文相
傳為王羲之所書。不過，宋代黃長睿（？～？）根據「壬辰歲」、「甲午
歲」字跡，斷為南朝梁武帝天監十三年（514）陶弘景（456～536）之
書跡。〔註57〕近代學者陳世華以清人發現的南朝梁〈天監十五年井欄〉
和近年江蘇焦山附近出土的南朝梁〈天監十六年井欄〉石刻書跡風格與
〈瘞鶴銘〉的書跡風格進行比較，並對陶弘景的書風和形狀縝密考證，
提出〈瘞鶴銘〉為陶弘景書寫的結論。論證嚴謹，誠為信言。〔註58〕

黃庭堅對〈瘞鶴銘〉相當推崇，可謂大字之祖。〈跋翟公巽所藏
石刻〉云：

> 〈瘞鶴銘〉大字之祖也，往有故一切導師之碑。〔註59〕

不過，有別於近代學者之考證，黃庭堅反而認為〈瘞鶴銘〉非陶弘景
所書而是王羲之所作。〈書遺教經後〉云：

> 頃見京口斷崖中〈瘞鶴銘〉大字，右軍書，其勝處乃不可名
> 貌。以此觀之，良非右軍筆畫也。若〈瘞鶴銘〉斷為右軍書，
> 端使人不疑。如歐、薛、顏、柳數公書，最為端勁，然縱得
> 〈瘞鶴銘〉髣髴爾。唯魯公〈宋開府碑〉，瘦健清拔，在四、
> 五間。〔註60〕

黃庭堅喜歡右軍書，〈瘞鶴銘〉若為王羲之所作，自然對〈瘞鶴銘〉愛
不釋手。黃庭堅對王羲之書學審美的喜好，再加上他崇拜的唐代書家

〔註57〕黃惇：《秦漢魏晉南北朝書法史》（南京：江蘇鳳凰美術出版社，2008
　　　　年），頁275。

〔註58〕陳世華：〈〈瘞鶴銘〉、天監井欄與陶弘景書法〉，收錄於《書法研究》
　　　　（上海：上海書畫出版社，1985年4月），頁18～21。

〔註59〕〔宋〕黃庭堅：〈跋翟公巽所藏石刻〉，《山谷題跋》，收錄於楊家駱主
　　　　編：《宋人題跋上》，卷4，頁224。

〔註60〕〔宋〕黃庭堅：〈書遺教經後〉，《山谷題跋》，收錄於楊家駱主編：《宋
　　　　人題跋上》，卷4，頁220。

顏真卿亦取法此銘，得其「四、五間」（按：「四、五間」意指顏真卿臨習〈瘞鶴銘〉有四、五分像。），使得〈瘞鶴銘〉在黃庭堅心中的地位相當崇高。黃庭堅亦取法〈瘞鶴銘〉之大開大闔而融會為自身之書法風格。黃庭堅書法創作中，最有代表性的大字書法，後人多評其書得力於〈瘞鶴銘〉。清人康有為（1858～1927）《廣藝雙舟楫》之論述頗為典型：

> 宋人以山谷為最，變化無端，深得〈蘭亭〉三昧，至於神韻絕俗，出於〈鶴銘〉而加新理，則以篆筆為之，吾目之曰「行篆」。〔註61〕

康有為認為，黃庭堅書法之神韻絕俗，功在得於〈瘞鶴銘〉之古法而出新理。在書法習寫的層面上，黃庭堅認為〈瘞鶴銘〉是學習大字書法的最佳範本之，他在〈論作字〉提到此論點：

> 大字今都不見右軍父子遺墨，欲學書者當以丹陽〈瘞鶴銘〉字為例。大字難為結密，唯此書無點檢處。顏魯公書〈宋開府碑〉，瘦勁端重，極近之。〔註62〕

誠如前述，黃庭堅認定〈瘞鶴銘〉為王羲之所作，而王羲之的大字書墨跡已不復見，故要學王羲之的大字書，則要學〈瘞鶴銘〉結構之縝密取其遺法。他在〈題瘞鶴銘後〉云：

> 右軍嘗戲為龍爪書，今不復見。余觀〈瘞鶴銘〉，勢若飛動，豈其遺法耶？歐陽公以魯公書〈宋文貞碑〉得〈瘞鶴銘〉法，詳觀其用筆意，審如公說。〔註63〕

「龍爪書」唐代韋續《五十六種書》釋曰：「龍爪書，晉王右軍所作，形如龍爪也。」〔註64〕黃庭堅從〈瘞鶴銘〉之字勢來揣摩傳聞中王右

〔註61〕〔清〕康有為：《廣藝雙舟楫》，收錄於華正人編：《歷代書法論文選》，頁800。

〔註62〕〔宋〕黃庭堅：〈論作字〉，《山谷題跋》，收錄於楊家駱主編：《宋人題跋上》，卷6，頁8。

〔註63〕〔宋〕黃庭堅：〈題瘞鶴銘後〉，《山谷題跋》，收錄於楊家駱主編：《宋人題跋上》，卷4，頁216。

〔註64〕〔唐〕韋續：《五十六種書》，收錄於華正人編：《歷代書法論文選》，頁281。

軍的龍爪書，並取其遺法，從二者書寫之相似性，獲致相得益彰的啟發。黃庭堅除了題跋對〈瘞鶴銘〉推崇備至，此情懷亦體現在其談書詩。〈以右軍書數種贈丘十四〉：

> 大字無過瘞鶴銘，官奴作草欺伯英。
>
> 隨人作計終後人，自成一家始逼真。〔註65〕

「大字無過瘞鶴銘」明確提出了大字書法當以〈瘞鶴銘〉為最，其餘大字書帖無可過矣。可見〈瘞鶴銘〉在黃庭堅心中乃學習大字書法之典範。清初馮班（1602～1671）《鈍吟書要》：

> 黃山谷純學〈瘞鶴銘〉，其用筆得於周子發，故遒健。周子
>
> 發俗，山谷胸次高，故遒健而不俗。〔註66〕

馮班點出黃庭堅早年筆法雖師承周越（周子發），周越筆力剛勁、遒健，然其「俗筆」乃周越書藝美中不足之處；幸而，黃庭堅其後精研〈瘞鶴銘〉，用筆保留周越所傳授之「遒健」而一掃「俗氣」，雜揉〈瘞鶴銘〉結構縝密之布局。由此觀之，黃庭堅書學思辨古法之造詣，其〈瘞鶴銘〉之臨習可謂舉足輕重。

（二）取顏書之筆法

黃庭堅對唐人書法的評價是以「古法」為評鑑標準，並以顏真卿為論述核心，為了強調顏真卿上承右軍一脈，下啟楊少師、蘇軾及自身，將初唐四家「歐陽詢、虞世南、褚遂良、薛稷」等視作一類，與中唐顏真卿、張旭、懷素等書風進行比較，進而歸結出唐人翰墨之勝在於顏真卿、張旭、懷素。〈題絳本法帖〉：

> 觀唐人斷紙餘墨皆有妙處，故知翰墨之勝，不獨在歐、虞、
>
> 褚、薛也。惟恃耳而疑目者，蓋難與共談耳。張長史〈郎官廳
>
> 壁記〉，唐人正書無能出其右者，故草聖度越諸家，無轍跡可

〔註65〕〔宋〕黃庭堅；傅璇琮、倪其心等主編：《全宋詩》，卷1019，頁11637。
〈以右軍書數種贈丘十四〉，七古。

〔註66〕〔清〕馮班：《鈍吟書要》，收錄於華正人編：《歷代書法論文選》，頁512。

尋。懷素見顏尚書道張長史書意，故獨入筆墨三昧。〔註67〕

就書法風格而言，初唐「歐、虞、褚、薛」與中唐「顏真卿、張旭、懷素」的書風，仍有階段性的發展區別。熊秉明（1922～2002）在《中國書法理論體系》中，將唐代書風分成「古典主義」與「浪漫主義」：

> 一是追求客觀規律的古典主義，由歐、虞、褚等人作代表；
> 一是表現個人的浪漫主義，由張旭、懷素、顏真卿、楊凝式
> 等人作代表。〔註68〕

熊秉明是以書家的表現手法做分類，恰巧與唐朝歷史的演進相符合。歐、虞、褚正好是初唐書家，張旭、懷素、顏真卿是盛中唐書家。筆者便以此為據，梳理顏真卿如何繼承〈瘞鶴銘〉蘊含之晉韻，入唐法而新變；黃庭堅對於顏真卿書帖如何接受與轉化，將其遷移至談書詩之闡發。

「初唐四家」開啟唐代「尚法」之緒端，倡導雅正書風以發揚古法。尤其唐太宗李世民推崇王羲之〈蘭亭集序〉，朝野一時上行下效，使得初唐書風大抵蘊含右軍遺風。不過，初唐書風非一昧因循魏晉，仍有一定程度的創新。時至盛中唐，正是四夷來朝，國勢強盛，經濟繁榮之時期，由張旭、懷素、顏真卿、徐浩等人引領的盛中唐書風，打破初唐雅正書風之局面〔註69〕，書家開始彰顯個人書風之魅力，書壇更為富有創新。

〔註67〕〔宋〕黃庭堅：〈題絳本法帖〉，《山谷題跋》，收錄於楊家駱主編：《宋人題跋上》，卷4，頁220。

〔註68〕熊秉明：《中國書法理論體系》（臺北：雄獅圖書公司，1999年），頁78。

〔註69〕「初唐四家」都追求一種有法則可循的美，他們的書法正如熊秉明所說的是追求客觀規律的「古典主義」。這樣理性的書作，要暢快淋漓的抒發感情是不太可能的，也因此出現了反規律、反理性的浪漫書家，追求主觀的表現。從張旭、懷素、顏真卿、楊凝式一直到宋代，抒情則成為時代的風氣。在尚意書風下的黃庭堅，可想而知，是欣賞張旭、懷素、顏真卿、楊凝式等浪漫書家的書作，而排斥「初唐四家」那種處處講求規矩法則而無感性的書作。詳參薛惠齡：《《山谷題跋》中的書學研究》，頁111。

　　盛中唐諸多書家之中，黃庭堅特別鍾愛顏真卿，其書論相關之題跋、詩歌之創作大抵以顏書為論述核心，喜愛顏真卿之情可見一斑。值得細究的是，北宋文壇領袖歐陽脩認為顏書與〈瘞鶴銘〉有書風流變之淵源，黃庭堅亦認同此說。〈題瘞鶴銘後〉：

　　　　歐陽公以魯公書〈宋文真碑〉得〈瘞鶴銘〉法，詳觀其用筆
　　　　意，審如公說。〔註70〕

〈書遺教經後〉：

　　　　頃見京口斷崖中〈瘞鶴銘〉大字，右軍書，其勝處乃不可名
　　　　貌。……若〈瘞鶴銘〉斷為右軍書，端使人不疑。……唯魯
　　　　公〈宋開府碑〉，瘦健清拔，在四、五間。〔註71〕

從上述二跋中得知，〈宋璟碑〉（按：〈宋文真碑〉和〈宋開府碑〉都是指〈宋璟碑〉。）瘦健清拔，與〈瘞鶴銘〉有四、五分相似。黃庭堅其談書詩亦隱約提及顏真卿之大字，頗有〈瘞鶴銘〉筆勢「崩摧」之態。元豐六年（1083）〈次韻周法曹游青原山寺〉：

　　　　魯公大字石，筆勢欲崩摧。德人叢來游，頗有嘉客陪。〔註72〕

〈瘞鶴銘〉原石由於石面不平，所刻銘文參差不齊、大小不一、結體欹側、線條舒展，總體上給人一種不拘成法、瀟灑自如、淳樸雅逸之氣。〔註73〕黃庭堅以「崩摧」之筆勢，形容顏真卿之大字石，可見〈瘞鶴銘〉與顏真卿書風承繼、流變之淵源。既然黃庭堅認定〈瘞鶴銘〉為右軍書，便等於認同顏真卿得自王羲之筆意。故而，黃庭堅又提出一系列顏書得王書精髓之論述。〈題顏魯公麻姑壇記〉：

〔註70〕〔宋〕黃庭堅：〈題瘞鶴銘後〉，《山谷題跋》，收錄於楊家駱主編：《宋人題跋上》，卷4，頁216。

〔註71〕〔宋〕黃庭堅：〈書遺教經後〉，《山谷題跋》，收錄於楊家駱主編：《宋人題跋上》，卷4，頁220。

〔註72〕〔宋〕黃庭堅；傅璇琮、倪其心等主編：《全宋詩》，卷1010，頁11545。〈次韻周法曹游青原山寺〉，五古。

〔註73〕楊曉軍：〈從〈瘞鶴銘〉書法特色看道家的藝術精神〉，收錄於《語文教學通訊》第1138卷第2期（臨汾：山西師範大學，2021年2月），頁84。

余嘗評顏魯公書，……皆得右軍父子筆勢。〔註74〕

〈跋顏魯公東西二林題名〉：

余嘗評魯公書，獨得右軍父子超逸絕塵處。〔註75〕

〈跋洪駒父諸家書〉：

顏魯公書雖自成一家，然曲折求之，皆合右軍父子筆法。

〔註76〕

顏真卿不僅承襲王羲之筆法、筆勢及超逸絕塵之處，其後又練就獨步書壇的「屋漏痕」筆法。黃庭堅〈論黔州時字〉提及諸家所擅長之筆法：

張長史折釵股，顏太師屋漏法，王右軍錐畫沙、印印泥，懷素

飛鳥出林、驚蛇入草，索靖銀鉤蠆尾，同是一筆……。〔註77〕

「顏太師屋漏法」意即顏真卿「屋漏痕」之筆法。黃庭堅談書詩亦有顏真卿「屋漏痕」之評論。元豐二年（1079）〈書扇〉：

魯公筆法屋漏雨，未減右軍錐畫沙。

可惜團團新月面，故教零亂黑雲遮。〔註78〕

「魯公筆法屋漏雨，未減右軍錐畫沙。」在第二章有所提及，黃庭堅似乎只是客觀地評述晉、唐兩位大書家之筆法風格，認為二者不分軒輊，各有千秋；其次，卻含蓄地表達顏真卿「屋漏痕」不亞於王羲之「錐畫沙」的審美效果，隱約體現當下偏好顏書的審美思維。元豐三年（1080）〈題馬當山魯望亭四首〉之三〈顏魯公〉：

不見魯公斷石，誰家為礎為杠，

〔註74〕〔宋〕黃庭堅：〈題顏魯公麻姑壇記〉，《山谷題跋》，收錄於楊家駱主編：《宋人題跋上》，卷4，頁223。

〔註75〕〔宋〕黃庭堅：〈跋顏魯公東西二林題名〉，《山谷題跋》，收錄於楊家駱主編：《宋人題跋上》，卷4，頁223。

〔註76〕〔宋〕黃庭堅：〈跋洪駒父諸家書〉，《山谷題跋》，收錄於楊家駱主編：《宋人題跋上》，卷4，頁226。

〔註77〕〔宋〕黃庭堅：〈論黔州時字〉，《山谷題跋》，收錄於楊家駱主編：《宋人題跋上》，卷5，頁234。

〔註78〕〔宋〕黃庭堅；傅璇琮、倪其心等主編：《全宋詩》，卷1005，頁11499。〈書扇〉，七絕。

　　筆法錐沙屋漏，心期曉月秋霜。〔註79〕

「不見魯公斷石，誰家為礎為杠」在第三章亦有所提及，若無顏真卿
（顏魯公）之墨跡刻石，便無字書以之為基礎，奉之為標竿。「筆法錐
沙屋漏，心期曉月秋霜」為黃庭堅期許自身書學造詣，能達到如王羲
之、顏真卿那般輕外物而自重的高絕境界。

　　從魏晉的「尚韻」、唐代的「尚法」到宋代的「尚意」，黃庭堅著
墨晉、唐時代之書壇核心人物（王羲之、張芝、懷素、索靖顏、顏真
卿、褚遂良……等。）及其書學創新之處。黃庭堅品鑑書法之標準，
是以魏晉人尚「韻」為核心，輻射深化展延；再以唐代重「法度」又
超軼絕塵之觀點，思辨晉、唐並蓄之「古法」，重新梳理自己的書法創
作思維、品評鑑賞書法審美之標準，進而將其轉化、遷移至談書詩的
創作與闡發，建構黃庭堅獨到的書學觀。

第二節　黃庭堅談書詩之審美意趣

　　就本研究之義界而言，談書詩雖以「品鑑名家書帖、討論書法觀
念」為考察主軸，卻又不全然僅止於書法而已，這般詩、書雙重交融
而取材廣泛多元的特質，定體本難，其勢千姿百態，在審美內涵上，
別具後設之意義。此一意義原是從時代而來，黃庭堅談書詩本屬於宋
詩，時代上具有「詩分唐宋」的視野，關於此點，錢鍾書《談藝錄》
有獨到之見解：

> 德國詩人席勒（Schiller）有論詩一派之一文（Über naive und
> sentimentalische Dichtung），謂詩不外兩宗：古之詩真朴出
> 自然，今之詩刻露見心思：一稱其德，一稱其巧。顧復自
> 註曰：「所謂古今之別，非謂時代，乃言體制」；是亦非容
> 刻舟求劍矣。李高節君（C. D. Le Gros Clark）英譯東坡賦
> 成書，余為弁言。即謂詩區唐宋，與席勒之詩分古今，此

────────────

〔註79〕〔宋〕黃庭堅；傅璇琮、倪其心等主編：《全宋詩》，卷 1006，頁 11510。
　　　　〈題馬當山魯望亭四首〉之三〈顏魯公〉，六古。

物此志。〔註80〕

日籍學者吉川幸次郎（1904～1980）《宋詩概說》提及宋詩擺脫「悲哀」，成就獨特而突出的性質：

> 宋詩最大的成就或最特出的性質，就在於擺脫了以悲哀為
> 主的抒情傳統。〔註81〕

由此觀之，黃庭堅談書詩應歸為「今詩」。此說名義上是時代的劃分，實際上卻是體制的差異，甚至可以說是審美的區別。「古詩」之所以純樸而真摯，因為主題多為不平則鳴的「悲哀抒情」之作，內心沉鬱，慨然放歌疾書，不假思索，文思泉湧，情意真切而質樸，須臾間扣人心弦。「今詩」則能以不同的情思以接物，為了擺脫「古詩」之習套，雖不至於捨棄「悲哀抒情」，卻仍須有所作為，就不得不以奇趣巧思來創作。黃庭堅本身富於奇想，詩詣精深的天才稟賦外，甚至偶爾雜揉游戲之筆法作詩，掌握「游戲」言外，以深邃情感和敏銳知識為詩歌經營的入乎其內及出乎其外，增添審美之「趣」。

除了游戲之筆法，黃庭堅談書詩所含攝之宗教之底蘊，尤其是佛家禪宗，亦體現其對於書法的審美理想。北宋時期，禪宗益盛，參禪風氣一時蔚為風尚，其思維方式，也逐漸滲透於文人士子的思想及藝術創作與理論之中。歐陽中石《書法天地》闡述禪宗與宋代書風的關係：

> 禪宗之所以征服了中國士大夫，是因為它在一定程度內以
> 審美的態度對待人生和世界的，這種性質是禪文化與中國
> 藝術發生聯繫並滲透的內在基礎。禪宗的思維方式滲入文
> 人士大夫的藝術創作，使中國傳統藝術越來越強調「意」
> ——蘊藏於作品形象中的內在情感與哲理，越來越追求創
> 作構思時的自由無羈，求其「得意忘形」。〔註82〕

〔註80〕錢鍾書：《談藝錄》，頁2～3。

〔註81〕〔日〕吉川幸次郎著，鄭清茂譯：《宋詩概說》（臺北：聯經出版社，2012年），頁124。

〔註82〕歐陽中石等著：《書法天地》（臺北市：臺灣商務印書館，2002年12月），頁296。

禪宗審美特質就是把自身所得之「意」（內在情感與哲理）賦於「境」
（藝術創作）中，並以妙悟自由無羈呈現其「得意忘形」，這是美學鑑
賞的最高層次，亦是其審美理想。黃庭堅不只參禪，也深受禪宗影響，
並自覺地「以禪入書」，更成為一位典型「以禪論書」的書家。由於黃
庭堅「以禪論書」建立在他對禪和書法都有透徹理解的基礎上，因而
禪宗佛學自然而然對黃庭堅書學觀點之影響，可謂相濡交融，其談書
詩亦可以禪學之視角細究其審美之「意」。

　　本節將以「游戲譏誚」、「佛語禪心」雙核心，分論「戲語出奇」、
「以禪喻書」兩個不同向度的審美視野，探討黃庭堅談書詩如何藉
「游戲譏誚」之語，閒適灑脫（趣）；同時，亦如何含寓「佛語禪心」
之句，凝鍊深省（意），博觀黃庭堅談書詩「品鑑名家書帖、討論書法
觀念」之外的審美意趣。

一、戲語出奇

　　黃庭堅之詩歌，本質是「奇」，更精確而言是「山奇」，其談書詩
亦如是。根據胡仔（1110～1170）《苕溪漁隱叢話・後集》曰：

> 後山謂魯直作詩，過於出奇。誠哉是言也，如〈和文潛贈無
> 咎〉詩：「本心如日月，利慾食之既。」〈王聖塗二亭歌〉：
> 「絕去藪澤之羅兮，官于落羽。」洪玉父云：「魯直言羅者
> 得落羽以輸官。」凡此之類，出奇之過也。〔註83〕

可見黃庭堅的奇詩，甚至是「羅者得落羽以輸官」的奇語。黃庭堅非
但詩奇，對於詩意之理解與詮釋，亦是出於常人。陳師道（1053～
1101）《後山詩話》：

> 詩欲其好，則不能好矣。王介甫以工，蘇子瞻以新，黃魯直
> 以奇，而子美之詩，奇常、工易、新陳，莫不好也。〔註84〕

〔註83〕〔宋〕胡仔：《苕溪漁隱叢話・後集》（臺北：世界書局，2009 年），
　　　　卷 32，頁 656。

〔註84〕〔宋〕陳師道：《後山詩話》，收錄於〔清〕何文煥輯：《歷代詩話》
　　　　（北京：中華書局，2006 年重印版），頁 306。

陳師道認為詩人創作詩歌時，若欲做好詩，大多事與願違，不能好矣！以黃庭堅詩歌的審美特質觀之，其「欲詩好」且又能「使詩好」，無非是「奇」產生的效用。作詩以「戲」字為之，從創作的構想上就已然稱「奇」，則所戲弄之人、事、物當有趣事可言。

從審美視角觀照「戲」之思維，西方文藝理論對於文學起源的推論有所謂起於「游戲」（Play）之說，此說主發自康德（Immanuel Kant, 1724～1804），席勒（Schiller, 1759～1805）為集大成者，近代王國維（1877～1927）首先將西方游戲理論引入中國，並透過自身見解涵化為更適合中國文學傳統的理論。蘇師珊玉《人間詞話之審美觀》：

> 然而王國維的「游戲」觀，不同於18世紀德國古典美學的奠基者康德提出，後由席勒、斯賓塞等人加以發展、完善的「游戲」說，他們認為藝術和游戲有共通點：一是具有虛構的力量，富有拓展性和能動性；二是它們所引起的快感都能消除一切主觀的偏見和現實的差異，使人達到了忘我境界。若從審美心理角度看之，藝術、游戲確有相通、合理之處。然而，二者有本質的區別：藝術通過作者深邃而廣闊的思想內涵，提供深刻的真實性，和快感以外的人生啟迪；游戲則多純粹的虛幻性，易使人沉浸在單純悠閒的快感中。〔註85〕

由此可釐清，戲弄之舉、趣味之事（「游戲」），易使人沉浸在單純悠閒的快感中，但就詩歌（「藝術」）本質而論，其旨在「提供深刻的真實性，和快感以外的人生啟迪」。欲將「消除一切主觀的偏見和現實的差異」，創作者需藉由「游戲」的虛幻快感，精準轉化為「藝術」，凝鍊於詩歌。要達到此境界，尚需「通過作者深邃而廣闊的思想內涵」。故而，王國維認為創作文藝時，創作者的「天賦」有其重要性。〈文學小言·四〉：

> 要之，文學者，不外知識與感情交代之結果而已。苟無敏銳

〔註85〕蘇珊玉：《人間詞話之審美觀》（臺北：里仁書局，2009年9月），頁164。

之知識與深邃之感情者，不足與於文學之事，此其所以但為
天才游戲之事業，而不能以他道勸者也。〔註86〕

黃庭堅詩詣精深的稟賦，有敏銳之知識和深邃之感情，正合乎王國維
「文學是天才游戲之事業」，轉而為詩文，大抵平中出奇。〈人間嗜好
之研究〉云：

吾人內界之思想感情，平時不能語諸人，或不能以莊語表之
者，於文學中，以無人與我一定之關係故，故得傾倒而出
之。易言以明之，吾人之勢力所不能於實際表出者，得以游
戲表出之是也。〔註87〕

而在游戲的過程中，王國維認為尤須具備「詼諧」與「嚴重」兩種性
質，《人間詞話刪稿》云：

詩人視一切外物，皆游戲之材料也。然其游戲，則以熱心為
之。故詼諧與嚴重二性質，亦不可缺一也。〔註88〕

何謂「詼諧」與「嚴重」？周明之〈中國近代文學史的突破：王國維
的文學觀〉解釋云：

王國維這裡立論的依據，多半來自席勒。席勒說：「人沒有
比游戲時更嚴肅的」。這種游戲（即王國維所說的詼諧）和
嚴肅的個性的並存，是文學家難得而不可或缺的品質。文學
家一方面要有深厚的信仰，而同時又要了解，這些信仰，並
沒有最終的證明。前一態度（即深厚的信仰），便是王國維
所說的「嚴重」，而後者（即對這些信仰，能以淡然的心情
處之），也就是他所說的「詼諧」。〔註89〕

周明之認為「王國維這裡立論的依據，多半來自席勒。」近似於席勒

〔註86〕王國維：《靜安文集續編・文學小言》，收錄於《海寧王靜安先生遺書》
　　　　第 4 冊（臺北：臺灣商務印書館，1976 年），頁 1802。

〔註87〕王國維：《靜安文集續編・人間嗜好之研究》，收錄於《海寧王靜安先
　　　　生遺書》第 4 冊，頁 1761。

〔註88〕王國維著，徐調孚校注：《校注人間詞話》（臺北：頂淵文化事業有限
　　　　公司，2007 年），頁 63。

〔註89〕周明之：〈中國近代文學史的突破：王國維的文學觀〉，《漢學研究》
　　　　第 13 卷第 1 期（臺北：國家圖書館漢學研究中心，1995 年 6 月），
　　　　頁 244。

所提的「完整的人」。席勒（Schiller）《美育書簡‧第十五封信》說：

> 如果人在滿足他的遊戲衝動的這條道路上去尋求人的美的
> 理想，那麼人是不會迷路的，希臘人是在奧林匹克運動會進
> 行力量、速度、靈巧的非流血競賽中以及才能的高尚競技中
> 才感到歡欣，而羅馬人卻對被殺死的角鬥士或他的利比亞
> 對手的決死角鬥感到快慰，我們由這唯一特徵就可以理解，
> 為什麼我們不從羅馬那裡尋求維納斯、朱諾和阿波羅的理
> 想形象，而卻要從希臘那裡來尋求這些形象。理性現在要
> 說：美不應只是生命，也不應只是形象，而是活的形象。也
> 就是說，只要美向人暗示出絕對形式性和絕對實在性的雙
> 重法則，美就存在。因此理性也在說：人應該同美一起只是
> 遊戲，人應該只同美一起遊戲。
>
> 只有當人在充分意義上是人的時候，他才遊戲；只有當人遊
> 戲的時候，他才是完整的人。這一命題暫時看來似乎不合情
> 理，當我們把這一命題用於義務和命運這兩種嚴肅事情時，
> 他將獲得巨大而深刻的意義。〔註90〕

從王國維的「嚴重」合觀席勒賦予遊戲的「嚴肅性」，他們共同認為：
藝術家在創作文藝作品時，必須以嚴肅的態度面對創作，但又不因嚴
肅而趨於沈滯呆板，要能夠淡然處之，而非陷入感情的深淖之中，如
此方能以「詼諧」出之。就以文學來說，當屬文學家的創作自覺。黃
庭堅處於游戲狀態，藉由虛幻快感獲得生命短暫的平衡，戲語背後所
承載的嚴肅，有敏銳的知識，化用典故以出奇，看似蕭散簡遠，卻隱
隱訴說感慨還休之事實。

　　本節以王國維游戲說「詼諧」、「嚴重」之視角，分論「戲贈摯
友」、「戲詠毛筆」，探究黃庭堅談書詩，排遣苦悶，帶點揶揄意味的
諧謔；或者表達生活的閒情雅趣、品藻人物、譏嘲荒謬之事。藉由
王國維「游戲」說，讓我們重新省視黃庭堅談書詩如何保持「嚴重」

〔註90〕〔德〕席勒（Schiller）著，徐恆醇譯：《美育書簡》（臺北：丹青出版
　　　社，1987年），頁116。

之詩心，藉「戲語」以「出奇」。

（一）戲贈摯友

　　贈詩，本為友誼而生，常見於離別之作，一個「贈」字顯現出「贈者」對於「受贈者」的真摯之意。詩題為「戲贈」，然而「贈」宜篤實懇切，應不宜「戲」與之並題。然而，戲字可能破壞篤實懇切之常情，重新建構詩境，別生趣味新意。贈詩的詠懷、積思，但卻可能開展出適俗、雅閒、傲嘯的豪放瀟灑風格。元祐三年（1088）〈戲贈高述六言〉所流露對摯友高述之思念：

　　　　江湖心計不淺，翰墨風流有餘。
　　　　相期乃千載事，要須讀五車書。〔註91〕

此詩伊始既言「江湖心計」，應指黃庭堅為人誣陷一事〔註92〕，莫叮奈何，只能憑藉翰墨揮灑疾書，排解仕途坎坷之愁緒。「相期乃千載事，要須讀五車書」為散文句法，此為「以文為詩」，降低了詩的流暢，卻營造出停頓的口吻，彷彿相會無期，只能埋首書海，以此詩法表達了時間的凝固感。〔註93〕與摯友彼此相期竟是「千載事」，可謂「無期」。朋友之間能心神契合，是彌足珍貴的，如此深味，似乎只能在典籍翰海中尋得，或者體會悟出。故而，詩末「要須讀五車書」可知讀書、論書、寫書，亦成了黃庭堅與高述共同的興趣，透過輕鬆、閒適的筆調，道出相逢困難之景況與心有會晤書卷之靈犀。

　　靖國元年（1101）作詩二首贈送米芾。〈戲贈米元章二首・其一〉：

　　　　萬里風帆水著天，麝煤鼠尾過年年。

〔註91〕〔宋〕黃庭堅；傅璇琮、倪其心等主編：《全宋詩》，卷1014，頁11578。〈戲贈高述六言〉，六絕。

〔註92〕《宋史・黃庭堅傳》：「紹聖初，出知宣州，改鄂州。章惇、蔡卞與其黨論實錄多誣，俾前史官分居畿邑以待問，摘千餘條示之，謂為無驗證。」詳參〔元〕脫脫等：《新校本宋史附編三種》（臺北：鼎文書局，1980年），第16冊，卷444，頁13110。

〔註93〕謝光輝：《蘇、黃戲題詩研究》，頁101。

滄江靜夜虹貫月，定是米家書畫舡。〔註94〕

米元章，即北宋四家之一的米芾，精通文學、書法、繪畫，黃庭堅〈跋米元章書〉讚譽其書法造詣之精深：

> 余嘗評米元章書如快劍斫陣，強弩射千里，所當穿徹。書家筆勢亦窮於此。然似仲由未見孔子時風氣耳。〔註95〕

米芾的筆勢，即是「振迅」。「振」是動蕩搖曳，「迅」是駿急痛快。黃庭堅評他「書家筆勢亦窮於此」其後筆鋒一轉，即「然似仲由未見孔子時風氣耳」。故而，黃庭堅化用子路尚未拜孔子為師之前的那種桀驁不馴之態度為喻，來比擬米書有逞勇與強悍的筆勢。將〈跋米元章書〉回扣〈戲贈米元章二首・其一〉觀之，「麝煤」原是製墨的原料，此處代指「墨」而言；「鼠尾」則指「鼠鬚筆」。因此，詩的前兩句是說米芾在船行之際，題字、作畫、品書、賞圖，頗為風雅。根據任淵引《詩含神霧》：「瑤光如虹蜺，貫月正白，感女樞，生顓頊」，並注此詩：「此借用，言舡中有寶氣。崇寧間，元章為江淮發運，揭牌於行舸之上，曰米家書畫舡云。」〔註96〕米芾曾任江淮發運一職，主要掌控漕運之事。因為職務之便以及擅於書法、繪畫之淵源，米芾經常攜帶書帖、畫卷置於船上，戮力從公之餘，以書、畫為伴侶，攜手遊歷山水，可謂當世一時之美談。

其後〈戲贈米元章二首・其二〉：

> 我有元暉古印章，印刓不忍與諸郎。
> 虎兒筆力能扛鼎，教字元暉繼阿章。〔註97〕

虎兒，即米芾之子米友仁。米友仁（1074～1151），米芾之長子，世稱

〔註94〕〔宋〕黃庭堅；傅璇琮、倪其心等主編：《全宋詩》，卷993，頁11417。〈戲贈米元章二首・其一〉，七絕。

〔註95〕〔宋〕黃庭堅：〈跋米元章書〉，《山谷題跋》，收錄於楊家駱主編：《宋人題跋上》，卷5，頁237。

〔註96〕〔宋〕黃庭堅；任淵等注，劉尚榮點校：《黃庭堅詩集注》（北京：中華書局，2007年），第2冊，內集卷15，頁564。

〔註97〕〔宋〕黃庭堅；傅璇琮、倪其心等主編：《全宋詩》，卷993，頁11417。〈戲贈米元章二首・其二〉，七絕。

「小米」。米友仁，初名尹仁，後更為友仁。〔註98〕後因為黃庭堅所贈「元暉」字樣古印章，而用為其字，故又名米元暉。因其生於元祐元年（1086）屬於虎年，所以小名「虎兒」。〔註99〕這首詩前兩句敘述黃庭堅有顆「元暉」字樣古印章，此古印章圓鈍無稜角（印刓），十分罕見，捨不得贈與其他諸人。後兩句是黃庭堅對於米友仁小小年紀卻書法造詣頗高的讚譽。「虎兒筆力能扛鼎」意指當時米友仁筆力遒健，誇飾其力道可扛起鼎鑊之重。「教字元暉繼阿章」的「阿章」就是指米芾的小名。這句黃庭堅以諧趣的口吻，道出年幼的米友仁已然承繼其父米元章書、畫技藝之精隨。看似玩笑之語，實則對米友仁的書學涵養「夾戲夾議」，隱約襯出「青出於藍而勝於藍」之深意，期許米友仁繼承其父米芾衣缽之詩旨。

崇寧二年（1103）〈吳執中有兩鵝為余烹之戲贈〉：

> 學書池上一雙鵝，宛頸相追筆意多。
> 皆為涪翁赴湯鼎，主人言汝不能歌。〔註100〕

宰鵝本是血腥之事，此等題材本不宜入詩，詩卻說「皆為涪翁赴湯鼎，主人言汝不能歌」。「皆為涪翁赴湯鼎，主人言汝不能歌」，黃庭堅此處化用《莊子・山木》之典故：

> 夫子出於山，舍於故人之家。故人喜，命豎子殺鴈而烹之。豎子請曰：「其一能鳴，其一不能鳴，請奚殺？」主人曰：「殺不能鳴者。」明日，弟子問於莊子曰：「昨日山中之木，以不材得終其天年；今主人之鴈，以不材死。先生將何處？」莊子笑曰：「周將處夫材與不材之間。材與不材之間，似之而非也，故未免乎累。〔註101〕

〔註98〕王朝聞：《中國美術史・宋代卷下》（濟南：齊魯書社，2000 年），頁195。

〔註99〕郭味蕖：《宋元明清書畫家年表》（北京：中國古典藝術出版社，1958年），頁 27。

〔註100〕〔宋〕黃庭堅；傅璇琮・倪其心等主編：《全宋詩》，卷 985，頁 11367。〈吳執中有兩鵝為余烹之戲贈〉，七絕。

〔註101〕〔清〕郭慶藩編：《莊子集釋》（臺北：萬卷樓出版社，2007 年），卷7 下，頁 731～732。

詩中之鵝「不能歌」正如典故中「不能鳴之鵝」，最終落得被主人殺而
烹之（「赴湯鼎」）。原本因人類口腹之慾而被宰殺的「無用之鵝」，竟
然有了精神意義上的轉化，變成替主人赴湯蹈火，在所不辭的形象，
不再是「待宰」的被動、無辜、不材，反而有了主動、積極、靈活的
實質意義，也是雜揉喜劇藝術的效果。這首詩雖是戲贈吳執中之作，
不過黃庭堅以諧謔、趣味的筆調敘寫「烹鵝」，可謂之「奇」。

（二）戲詠毛筆

　　黃庭堅以「戲」的思維融入詩歌，本是為了排解苦悶，表達生活
的閒情雅趣，而非為獲得詩壇盛名。故而，信手拈來之處多為文人開
卷習書之日常作息，或是其他趣聞軼事。對於宋代文人士子而言，文
房四寶具有不可或缺的實用意義。北宋徐鉉（916～991）〈文房四譜
序〉云：

> 退食之室，圖書在焉，筆硯紙墨，餘無長物。以為此四者為
> 學之所資，不可斯須而闕者也。〔註102〕

文房四寶應用在書法、繪畫等實用意義之餘，更被提升到文化藝術
層面。〔註103〕從文房四寶及其製作工藝、藝術品味及相關歷史韻事
的吟詠之中，清楚且具體展示宋代士大夫廣闊而豐富多彩的審美精
神，以及藉由鑑賞古器物而引發出對於古今興替的感懷、人世哲學
的省思。這些情感的流露與表達，是宋代士大夫生活文化所組成的

〔註102〕〔宋〕徐鉉：〈文房四譜序〉，收錄於曾棗莊、劉琳主編：《全宋文》
　　　　（成都：巴蜀書社，1988 年），第 2 冊，卷二二〈徐鉉八〉，頁 197。
〔註103〕文房四寶對於中國文化藝術形成和發展過程之中所產生的作用和
　　　　意義，亦可以從以「文房四寶」為主題的專書大量出版反映出來。
　　　　詳見容集之（編著）：《文房四寶》（香港：中華書局，1973 年）；索
　　　　予明：《文房四寶》（臺北：行政院文化建設委員會，1986 年）；潘
　　　　德熙：《文房四寶：中國書具文化》（上海：上海古籍出版社，1991
　　　　年）；萬金麗：《文房四寶精品鑑賞與價值》（北京：中國致公出版社，
　　　　1994 年）；張淑芬（編著）：《文房四寶鑑賞與收藏》（長春：吉林科
　　　　學技術出版社，1994 年）；張伯元、印漢雲、蔡國聲：《文房四寶》
　　　　（上海：上海文化出版社，2000 年）。

元素，黃庭堅談書詩以「戲」吟詠毛筆，亦體現這般特質。元祐元
年（1086）〈戲詠猩猩毛筆二首〉〔註104〕：

> 桃棚葉暗賓郎紅，朋友相呼墮酒中。
>
> 正以多知巧言語，失身來作管城公。（其一）
>
> 明窗脫帽見蒙茸，醉著青鞋在眼中。
>
> 束縛歸來儻無辱，逢時猶作黑頭公。（其二）

任淵注〈戲詠猩猩毛筆二首〉曰：

> 跋：錢穆父奉使高麗，得猩猩毛筆，甚珍之。惠予，要作
> 詩。蘇子瞻愛其柔健可人意，每過予書案，下筆不能休。此
> 時二公俱直紫微閣，故予作二詩，前篇奉穆父，後篇奉子
> 瞻。〔註105〕

錢穆父，即錢勰（？～？），由於詩序文並未說明錢勰所任何等官職，
不過根據「奉使高麗」一語，可推斷其職務屬於外交之事。錢勰出使
高麗獲得域外所製之猩猩毛筆，十分罕有，堪稱異筆。孔武仲〈猩猩
毛筆與黃魯直同賦〉亦有云：「物以異為貴，嗟哉皆自戕。」〔註106〕，
同樣是以「戲」的創作思維，敘寫猩猩毛筆的珍貴，「自戕」實為「自
嘲」。黃庭堅〈戲詠猩猩毛筆二首〉也有異曲同工之妙。

　　〈戲詠猩猩毛筆二首・其一〉黃庭堅末兩句說道「正以多知巧言
語」，好筆能使文章增色斐然，「失身來作管城公」的「管城公」其典
故出自唐代韓愈〈毛穎傳〉：

> 秦始皇時，蒙將軍恬南伐楚，次中山，將大獵以懼楚。召左
> 右庶長與軍尉，以《連山》筮之，得天與人文之兆。筮者賀
> 曰：「今日之獲，不角不牙，衣褐之徒，缺口而長鬚，八竅
> 而趺居，獨取其髦，簡牘是資，天下其同書，秦其遂兼諸侯

〔註104〕〔宋〕黃庭堅；傅璇琮、倪其心等主編：《全宋詩》，卷981，頁11364。
〈戲詠猩猩毛筆二首〉，七絕。

〔註105〕〔宋〕黃庭堅；任淵等注，劉尚榮點校：《黃庭堅詩集注》，第1冊，
內集卷3，頁150～151。

〔註106〕〔宋〕孔武仲作；傅璇琮、倪其心等主編：《全宋詩》，卷880，頁
10258。

乎！」遂獵，圍毛氏之族，拔其豪，載穎而歸，獻俘於章台
宮，聚其族而加束縛焉。秦皇帝使恬賜之湯沐，而封諸管
城，號曰管城子，日見親寵任事。〔註107〕

其後「管城公」便是毛筆的代稱。〔註108〕「失身來作管城公」說道猩
猩之毛被拔來製作毛筆，好比「失身」。黃庭堅此句採取詼諧的筆法，
其意指作家、詩人手握好筆，方能「多知巧言語」，文思泉湧展延其句
意，則可知文人得筆，表面上是物態合宜。從逆向思維來看，猩猩筆
這般珍異，其選擇主人之標準，定當非比尋常。蘇、黃二人就詩風而
論，黃庭堅之詩風相較蘇軾更為奇險，非尋常可言。再回顧猩猩筆
「非比尋常」之擇主標準，黃庭堅會比蘇軾更具吸引力，成為猩猩筆
「選擇的對象」。故而，與其說「主人選筆」不如說是「筆選主人」，
寓含反客為主的諧趣。

〈戲詠猩猩毛筆二首‧其二〉「醉著青鞋在眼中」，青鞋，乃「青
鞋布襪」，借代平民生活，於詩中多有隱居之意，故醉眼惺忪踏青鞋，
似夢似醒，笑看官場之百態，徐行山水江湖之遠。「束縛歸來儻無辱」
寫蘇軾起自謫籍黃州，卻不改倜儻不羈之色，「逢時猶作黑頭公」化

〔註107〕〔唐〕韓愈，〔清〕馬其昶校注：《韓昌黎文集校注》（臺北：世界書
局，1972 年），卷 8，頁 326。

〔註108〕韓愈淵博的人文知識，還體現在將博物學與歷史學融合為一。文章
寫到蒙恬大軍「載穎而歸」後，就別具匠心地運用歷史知識敘述製
作毛筆的過程，說：「聚其族而加束縛焉。秦始皇使恬賜之湯沐，而
封諸管城，號曰管城子。」古代諸侯朝見天子，事前要沐浴齋戒，
以表虔誠。後來天子賜給諸侯以供「沐浴之資」的封地，就稱為湯
沐邑。《漢書‧高帝紀》顏師古注：「凡言湯沐邑者，謂以其賦稅以
供湯沐之具也。」「管城」是周初管叔的封地，春秋時為鄭地。隋朝
置管城縣，即今河南鄭縣。製作毛筆時，要將兔毛用熱水洗淨——
所謂「賜之湯沐」，並將兔毛捆繫起來——所謂「加束縛焉」，還必
須嵌入竹管中——所謂「封諸管城」。在這段敘述中，製作毛筆的博
物學知識和周秦以降的歷史學知識相因相生，構成妙趣橫生的敘事
筆調。詳見郭英德：〈人文知識、史傳筆法與遊戲心態——讀韓愈
〈毛穎傳〉隨感〉，收錄於《文史知識》（北京：中華書局，2021 年
3 月），頁 93～94。

用《北史・古弼傳》:「弼頭尖,帝常名之曰筆頭,時人呼為筆公。屬官懼誅。」〔註109〕據此典故內容,肇始於北魏時期的魏太武帝某次赴河西打獵,詔命古弼(?~?)為隨從騎士選送良馬,古弼送去的卻都是羸弱的瘦馬,觸怒龍顏。但是,古弼認為:「朝廷豢養戰馬是為了讓戰士弛騁,以防強敵入侵。皇上田獵,騎乘劣馬足矣。」魏太武帝最後改觀,並慨然曰:「有臣如此,國之寶也。」「束縛歸來儻無辱,逢時猶作黑頭公。」此處黃庭堅藉古弼之剛正、忠誠,比擬蘇軾之情操,認為朝廷有蘇軾此等忠臣,可謂「有臣如此,國之寶也。」又「黑頭公」需回顧《北史・古弼傳》原典古弼被稱呼為「筆公」,取其諧音「毛筆」之意。黃庭堅意指蘇軾對朝廷之忠,宛如「筆公」古弼,可如今「筆公」竟成「黑頭公」,以「毛筆筆鋒沾墨」暗諷忠臣遭小人陷害,此詩將「黑」喻為「毀謗」暗寓蘇軾被謫籍黃州一事,看似戲詠毛筆,實則替摯友打抱不平,出奇不意,頗具匠心。

二、以禪論書

黃庭堅對於禪學積習甚久,潛心精研,禪學思想潛藏豐富的美學意蘊,予以黃庭堅多層次的創作靈感與素材,對他的書學理論的影響亦非常明顯。故而,黃庭堅不只參禪,並自覺地「以禪入書」,更

〔註109〕《北史・古弼傳》:「太武大閱,將校獵於河西,弼留守。詔以肥馬給騎人,弼命給弱者。太武大怒曰:『尖頭奴敢裁量朕也!朕還臺,先斬此奴!』弼頭尖,帝常名之曰『筆頭』,時人呼為『筆公』。屬官懼誅。弼告之曰:『吾謂事君使田獵不適盤游,其罪小也。不備不虞,使戎寇恣逸,其罪大也。今北狄孔熾,南虜未滅,狡焉之志,窺伺邊境,是吾憂也。故選肥馬備軍實,為不虞之遠應。苟使國家有利,吾寧避死乎?明主可以理干,此自吾罪。』帝聞而歎曰:『有臣如此,國之寶也。』賜衣一襲,馬二足,鹿十頭。後車駕田於山北,獲麋鹿數千頭,詔尚書發車牛五十乘運之。帝尋謂從者曰:『筆公必不與我,汝輩不如馬運之速。』遂還。行百餘里而弼表至,曰:『今秋穀懸黃,麻菽布野,豬鹿竊食,烏雁侵費,風波所耗,朝夕參倍。乞賜矜緩,使得收載。』帝謂左右曰:『筆公果如朕卜,可謂社稷之臣。』」詳見〔唐〕李延壽:《新校本北史并附編三種》(臺北:鼎文書局,1980年),第2冊,卷25,頁907。

成為一位典型「以禪論書」的書家。「以禪論書」就是引用充滿頓悟式的機鋒妙語、佛家偈語，以及參禪入定的體悟，來論述書法藝術上的原理，抑或是比喻書家書作之品評方式，令人耳目一新。本節側重黃庭堅論書詩中的「書學思想」與「禪學」的關係，並非意味其書學思想不受儒、道兩家的影響；相反，雖然其書學思想的理論基礎，主要建立在禪學之上，但同時亦雜揉會通儒、道兩家之旨趣。以下，就黃庭堅所提倡、追尋之「字中有筆，句中有眼」、「心不知手，手不知心」分而論之。

（一）字中有筆，句中有眼

黃庭堅「以禪論書」主張「字中有筆，如禪家句中有眼」，對於黃庭堅「字中有筆」與「禪家句中有眼」之關係論述，於北宋當世可謂別出新意。其在〈題跋帖〉及〈自評元祐年間書作〉皆提及兩者關係：

> 字中有筆，如禪家句中有眼，直須具此眼者，乃能知之。
> 〔註110〕（〈題跋帖〉）

> 字中有筆，如禪家句中有眼，非深解宗趣，豈易言哉。〔註111〕
> （〈自評元祐年間書作〉）

就字面上望文生義來看，「字中有筆」就是指在書寫過程或書法作品的呈現，能看到書家筆意，也可以理解為書法作品中能看到書寫者的用筆痕跡。就禪學而言，禪宗之「眼」有兩種意涵，一是指「句中眼」，乃為語言文字的細緻微妙之處，就是指禪句「明心見性」的義理，這樣就與「字中有筆」有了相通性；「字中有筆」即文字構型中體現出對筆法的透徹理解，亦即字中對筆法的明心見性。另外一個意思是指「具眼人」，黃庭堅認為只有「具眼人」才能深諳知之，

〔註110〕〔宋〕黃庭堅：〈題跋帖〉，收錄於華正人編：《歷代書法論文選》，頁355。

〔註111〕〔宋〕黃庭堅：〈自評元祐年間書作〉，《山谷題跋》，收錄於楊家駱主編：《宋人題跋上》，卷5，頁232。

所以說了非深解宗趣，豈易言哉。此「眼」華嚴宗稱為「法界觀」
〔註112〕、禪宗稱作「正法眼」〔註113〕，其根本精神就是視萬法平等，
進而圓融無礙。〔註114〕這兩種含意的「眼」內含互為融通，意指唯
有「具眼人」方能明白「字中筆」、「句中眼」。黃庭堅〈題意可詩
後〉云：

　　若以法眼觀，無俗不真。若以世眼觀，無真不俗。〔註115〕

禪悟境界的「無俗不真」乃無真、假之別。就事物本體「性空」而言，
禪宗認為世間萬象皆虛空不實，唯具「法眼」者能看出「真實相」；反
之，若只有「世間眼」（世俗之眼），則無法看出。黃庭堅後於〈題渡

〔註112〕　〔宋〕法界緣起的思想最先見於東晉時期地論宗南道派淨影慧遠大
　　　　　師（334～416）所著《大乘義章》，他認為四聖諦中的「苦、集」是
　　　　　法界緣起所會聚而成的，而「滅、道」是法界緣起的發用。他除了
　　　　　提出四聖諦為法界緣起成立的因素外，並認為「真性緣起」是法界
　　　　　緣起所要彰顯的行德，並進一步確認「真性緣起」是「如來藏緣起」
　　　　　的別名。詳見楊政河：《華嚴哲學研究》（臺北：慧炬出版社，2004
　　　　　年），頁388。

〔註113〕　北宋應庵曇華（1103～1163）問：「如何是正法眼？」密庵咸傑（1118
　　　　　～1186）遽答曰：「破沙盆。」應庵曇華以「頷之」肯定之。此種現
　　　　　前當下的一眸一頷，此即是越聖趨凡的脫落哲學之顯現。密庵咸傑
　　　　　又云：「本地風光，頓爾現前；四大五蘊，一時脫落。空索索地，如
　　　　　人拾得至寶，終不說向人。」「本地風光」者，活潑自在的自性清淨
　　　　　心也；「四大五蘊」者，修禪者緣起無我的無常自身也。修禪之人必
　　　　　須視緣起的四大五蘊為「破沙盆」，一時脫落無礙，活潑自在的自
　　　　　性清淨心自然頓現。詳見〔宋〕普濟編：《五燈會元卷二十·天童密
　　　　　庵咸傑禪師》（臺北：新文豐出版公司，1998 年 12 月修訂一版六
　　　　　刷），《卍續》80，No.1565，頁441 上。〔宋〕崇岳了悟等編：《密菴
　　　　　和尚住衢州西烏巨山乾明禪院語錄》（臺北：新文豐出版公司，1998
　　　　　年12 月修訂一版六刷），《大正》47，No.1999，頁974 中。白金銑：
　　　　　〈禪宗脫落哲學之起源與發展〉，收錄於《世界宗教學刊》（嘉義：
　　　　　南華大學宗教學研究所，2005 年 12 月），第六期，頁236。

〔註114〕　楊政河：「當萬物顯現於一真法界中時，恰如天空中的一輪明月，映
　　　　　現於萬般的器水，這就是華嚴事事無礙圓融無盡的法界妙境。」詳
　　　　　見楊政河：《華嚴哲學研究》（臺北：慧炬出版社，2004 年），頁446
　　　　　～447。

〔註115〕　〔宋〕黃庭堅：〈題意可詩後〉，《山谷題跋》，收錄於楊家駱主編：
　　　　　《宋人題跋上》，卷2，頁202。

水羅漢畫〉又云：

> 明窗淨几，散髮解衣，而縱觀之，亦是幻法中無真假。〔註116〕

「幻法中無真假」是用「法眼」觀照的結果。《金剛經》曰：「一切有為法，如夢幻泡影。」〔註117〕所以，世俗之人肉眼所視僅止於表相，並未見其精神本質。故而，具「法眼」之人，知道表相即是幻象，而其精神本質守恆不滅。黃庭堅將世間萬物皆視為「幻」，其談書詩之創作亦體現此等禪思。元祐二年（1087）〈戲答趙伯充勸莫學書及為席子澤解嘲〉：

> 空餘小來翰墨場，松煙兔穎傍明窗。
> 偶隨兒戲灑墨汁，眾人許在崔杜行。
> 晚學長沙小三昧，幻出萬物真成狂。
> 龍蛇起陸雷破柱，自喜奇觀繞繩牀。

黃庭堅寄意翰墨，遊戲於書、畫之間，將書跡、畫境視為「真實相」，此乃「視假為真」；不過，黃庭堅常將真實世界之山巖河海，幻想為書、畫之境；故而，有些許談書詩乃「視真為假」。元豐三年（1080）〈發舒州向皖口道中作寄李德叟〉：

> 江形篆平沙，分派回勁筆。〔註118〕

「江形篆平沙」將江畔平坦分布的砂礫，視為篆字之構型。「分派回勁筆」趁飛沙走石，塵土飛揚之際，體悟筆力之遒勁。黃庭堅運用「幻法中無真假」此一觀法，打破科際分界，融會各種不同審美藝術，更將藝術視角展延至自然萬物；黃庭堅用「法眼」體察自然萬象，並將其關照所得鎔鑄為自身書法之「筆」，書論之「句」，此乃黃庭堅「字中有筆，句中有眼」之真意。

〔註116〕〔宋〕黃庭堅：〈題渡水羅漢畫〉，《山谷題跋》，收錄於楊家駱主編：《宋人題跋上》，卷3，頁208。

〔註117〕〔宋〕釋宗鏡：《金剛科儀寶卷》（臺中：瑞成書局，1997年），頁411~412。

〔註118〕〔宋〕黃庭堅；傅璇琮、倪其心等主編：《全宋詩》，卷1006，頁11508。〈發舒州向皖口道中作寄李德叟〉，五古。

（二）心不知手，手不知心

　　黃庭堅「字中有筆，句中有眼」的審美意蘊，其旨為探尋內心深處所嚮往之「心不知手，手不知筆」的創作方法。〈論黔州時字〉：

> 張長史折釵股，顏太師屋漏法，王右軍錐畫沙、印印泥，懷素飛鳥出林、驚蛇入草，索靖銀鉤蠆尾，同是一筆：心不知手，手不知心法耳。〔註119〕

張旭的折釵股，顏真卿的屋漏法，王羲之的錐畫沙、印印泥，懷素的飛鳥出林、驚蛇入草，索靖的銀鉤蠆尾，這些名家之筆法與黃庭堅細觀「長年（船夫）盪槳，群丁撥棹（船夫搖槳）」〔註120〕而「意之所到，輒能用筆」得到書法的開悟，大抵從自然界中悟出的筆法，黃庭堅以「同是一筆」概括而論，而「一筆」又總結於「心不知手，手不知心」。其〈書十棕心扇因自評之〉亦有云：

> 頗覺駈筆成字，都不為筆所使，亦是心不知手，手不知筆。〔註121〕

「心不知手，手不知筆」，其實與「心不知手，手不知心」名異實同。「心不知手，手不知心」其終極境界，乃「心手相忘」之「無心」。南朝齊王僧虔《筆意贊》曾云：

> 書之妙道，神采為上，形質次之，兼之者方可紹於古人。以斯言之，豈易多得？必使心忘於筆，手忘於書，心手達情，書不忘想，是謂求之不得，考之即彰。〔註122〕

〔註119〕〔宋〕黃庭堅：〈論黔州時字〉，《山谷題跋》，收錄於楊家駱主編：《宋人題跋上》，卷5，頁234。

〔註120〕黃庭堅晚年「觀長年盪槳，群丁撥棹，乃覺少進，意之所到，輒能用筆。」所悟到的用筆法正是「沉著痛快」，自此書作從巧入拙，「凡書要拙多於巧」則成了他創作的脫俗法。〔宋〕黃庭堅：〈跋唐道人編余草藁〉，《山谷題跋》，收錄於楊家駱主編：《宋人題跋上》，卷9，頁277。

〔註121〕〔宋〕黃庭堅：〈書十棕心扇因自評之〉，《山谷題跋》，收錄於楊家駱主編：《宋人題跋上》，卷7，頁248。

〔註122〕〔南朝齊〕王僧虔：《筆意贊》，收入華正人編：《歷代書法論文選》，頁57。

王僧虔指出了書法創作首重神采，要達到具神采之佳作，則必須全神
貫注，讓心意透過手的書寫、筆的運行躍然紙上，使自己要表達的意
念能夠精準、完整地呈現於作品之中。黃庭堅〈題絳本法帖〉亦曾云：
「心能轉腕，手能轉筆，書字便如人意。」〔註 123〕所以「心不知手，
手不知心」就是「心能轉腕，手能轉筆」，而這也是禪宗的「無我」
（「無心」）境界。黃庭堅從禪宗「明心見性」及「無我」之觀念，遷
移書法「心不知手，手不知心」，亦轉化為談書詩之創發。熙寧八年
（1075）〈庭誨惠鉅硯〉：

> 郭君大硯如南溟，化我霜毫作鵬翼。
>
> 安得剡藤三千尺，書九萬字無渴墨。〔註 124〕

元豐元年（1078）〈觀王熙叔唐本草書歌〉：

> 逸氣崢嶸馳萬馬，隻字千金不當價。
>
> 想初盤礴落筆時，毫端已與心機化。〔註 125〕

元豐二年（1079）〈林為之送筆戲贈〉：

> 文章寄呻吟，講授費頰舌。閒無用心處，雌黃到筆墨。〔註 126〕

元祐三年（1088）〈次韻子瞻書黃庭經尾付蹇道士〉：

> 使形如是何塵緣，蘇李筆墨妙自然。
>
> 萬靈拱手書已傳，傳非其人恐飛騫。〔註 127〕

從上述談書詩可知，黃庭堅「心不知手，手不知心」禪學意蘊融會於
書法創作，同時，亦對其書學修為產生層層遞進之質變。「化我霜毫
作鵬翼」與「毫端已與心機化」二句，流露其「筆與心機」之妙悟。

〔註 123〕 〔宋〕黃庭堅：〈題絳本法帖〉，《山谷題跋》，收錄於楊家駱主編：
《宋人題跋上》，卷 4，頁 218。

〔註 124〕 〔宋〕黃庭堅；傅璇琮、倪其心等主編：《全宋詩》，卷 1019，頁 11630。
〈庭誨惠鉅硯〉，七古。

〔註 125〕 〔宋〕黃庭堅；傅璇琮、倪其心等主編：《全宋詩》，卷 1019，頁 11633。
〈觀王熙叔唐本草書歌〉，七古。

〔註 126〕 〔宋〕黃庭堅；傅璇琮、倪其心等主編：《全宋詩》，卷 1005，頁 11494。
〈林為之送筆戲贈〉，五古。

〔註 127〕 〔宋〕黃庭堅；傅璇琮、倪其心等主編：《全宋詩》，卷 1015，頁 11582。
〈發舒州向皖口道中作寄李德叟〉，七古。

「閒無用心處」可視為「心不知手，手不知心」之「無心」揮毫。「筆墨妙自然」乃「明心見性」後，其「無心」之心與天地造物已臻心物交感，萬化冥合。

　　黃庭談書詩從審美精神而言，應可視為釋、道、儒三教合一之思想內涵。黃庭堅書學此一特點和宋代文化以及宋代禪學之發展脈絡趨於一致，在其談書詩的創作中，「字中有筆，句中有眼」用「法眼」體察自然萬象，並將其關照所得鎔鑄為自身書法之「筆」，書論之「句」。「心不知手，手不知心」由「筆與心機—無心—心物交感—萬化冥合」層層遞進，質變昇華的審美思維，自然而然的將禪學與書學相互呼應與闡發。

第伍章 結 論

　　根據本研究上述之結果，由宏觀的外緣條件（宋詩、宋書、「宋型」文化）乃至微觀的內在因素（黃庭堅之創作風格、審美思維），其總結有三：（一）宋詩化成以新變，宋書尚意展新猷、（二）博約觀取生「硬瘦」，成「庭堅體」以自覺、（三）右軍、〈瘞鶴〉、魯公帖，戲語禪意見初心。以下論述之：

一、宋詩化成以新變，宋書尚意展新猷

　　宋代文化特色之一，為打破科際分界、跨域共構，交涉互補以集文藝之大成；宋代的詩歌創作，體現宋代文學所追求「破體為文」、「藝術換位」、「出位之思」的文藝思潮，亦奠定談論書法相關之詩歌創發之舞台。談書詩將書法「形而上」的藝術概念，轉化為「形而下」的語言文字，盡善構築讀者閱讀理解與審美心理的雙向認知，可謂別生詩歌題材之新面。

　　清人蔣士銓〈詩辨〉：「宋人生唐後，開闢真難為。」〔註1〕宋詩承襲於唐之後，面對「菁華極盛，體制大備」〔註2〕立於詩歌峰頂的

〔註1〕〔清〕蔣士銓；邵海清、李夢生校箋：《忠雅堂集校箋》，卷一三（上海：上海古籍出版社，1993年），頁278。

〔註2〕〔清〕沈德潛：《唐詩別裁‧凡例》（臺北：臺灣商務印書館，1956年），頁1。

唐詩，在一切好詩已被唐人作盡、道盡之處境下，如何從唐詩中去蕪
存菁，推陳出新，使作品不減唐人之精妙，又能獨樹「宋型」風格之
詩歌創作，自成一家，別生眼目，成了宋詩亟欲突破的問題。不過，
相較於唐代，北宋詩談論書法相關之詩歌的書寫面向更為多元。它可
能是作者為排解愁緒，帶點嬉鬧、揶揄的戲謔、諧趣；或者抒發日常
生活的某種閒情、諷喻怪誕之人事、品藻名流鴻儒；亦或是品鑑書學
技法之高下、闡發書法哲思之境界、細究書藝美學之感悟等。

　　北宋中、晚期，蘇軾、黃庭堅和米芾相繼嶄露頭角，崢嶸於藝
壇，無論是詩歌創作或書法審美觀，於宋代文學史、書法史而言，可
謂大綻異彩。蘇軾、黃庭堅和米芾等書家，在「晉韻」、「唐法」之基
礎上求新求變，提出了前所未有之「尚意」書學思想，所重視者不再
著眼於點畫規矩或形式結構，而是書家通過學養與情性展現之風神骨
氣，別開「唐法」之生面。而黃庭堅談書詩之審美思維，亦是力求尚
意以新變之「宋型」氣象！

二、博約觀取生「硬瘦」，成「庭堅體」以自覺

　　從外緣條件、內在因素的綜合視角，扣合至黃庭堅談書詩之作分
期，本文將黃庭堅談書詩一一對應、綰合所屬時期，以時序和詩歌相
互論證，得黃庭堅談書詩階段性之創作發展分列如下：

　　（一）青少年至青年時期（1061～1077）──厚積薄發：北宋嘉
祐六年（1061）至熙寧十年（1077），這十六年時值黃庭堅十七歲至
三十三歲，乃青少年至青年的成長、蛻變時期。此時期黃庭堅談書
詩大抵體察自然風物，取材日常生活。此時期的黃庭堅作詩、學書，
大抵藉由日常寄意翰墨之閒適，進而引發對於詩歌、書法、繪畫等
文藝審美思維乃至宇宙人生哲思的諸多聯想。然而，就談書詩而言
僅僅為數三首，詩作甚寡，可視為其尚處於博觀約取、厚積薄發的創
作階段。

　　（二）青年至壯年時期（1078～1085）──硬瘦生新：北宋元豐

元年至（1078）元豐八年（1085），這七年間是黃庭堅三十四歲至四十一歲的壯年時期。反覆於入京與離京之間，黃庭堅看盡官場世態炎涼，開始以針砭時政為素材納入詩歌創作。此時期前半段的歲月，黃庭堅著重關心民瘼，詩歌創作以批判社會現實為主。不過，雖然身為宋代大文豪，黃庭堅創作政治相關主題詩歌因官職品級不高，對於當代政壇、文壇所產生之影響不甚深遠，這可視為其創作政治詩動機微弱，乃至於絕筆的主因。故而，黃庭堅逐漸將詩歌創作之焦點，聚焦回唱酬贈答、題詠山水、品鑑書畫的主題上，其談書詩〈觀王熙叔唐本草書歌〉、〈以右軍書數種贈丘十四〉、〈李君貺借示其祖西臺學士草聖并書帖一編二軸以詩還之〉、〈題馬當山魯望亭四首〉之三〈顏魯公〉、〈姨母李夫人墨竹二首〉、〈秋思寄子由〉、〈次韻奉寄了由〉、〈再次韻奉答子由〉、〈再次韻寄子由〉等。此時期的黃庭堅較不受案牘文牒之羈絆，醉心鑑賞晉、唐古今名家之書帖，妙悟顏書之精巧，王書之高妙；留心品察大地風華，書房器物，將其意象交相絪合生新，更以「瘦硬」之審美思維為談書之核心，形成獨樹一幟的詩歌風格。

（三）壯年至老年時期（1086～1094）——意境高絕：元豐八年（1085）三月起，至元祐八年（1093）九月，為太皇太后高氏攝政時期。太皇太后高氏攝政年間，正是蘇軾為首的文人集團政局得勢之時，詩文蓬勃璀璨之際；同時，亦是黃庭堅詩歌創作之高峰。此時期的黃庭堅詩歌藝術日趨細密，書法造詣日益精深，進而融通詩、書之精奧創作出為數頗豐的題畫詩、談論書法相關之詩歌或以茗茶、紙扇為主題之詩歌。例如：〈題王黃州墨跡後〉、〈和答錢穆父詠猩猩毛筆〉、〈雙井茶送子瞻〉、〈次韻錢穆錢穆父贈松扇〉、〈次韻王炳之惠玉版紙〉、〈題子瞻枯木〉、〈次韻子瞻書黃庭經尾付蹇道士〉、〈題子瞻書詩後〉、〈王彥祖惠其祖黃州制草書其後〉、〈效進士作觀成都石經〉等，皆為經典之名篇。元祐時期黃庭堅以宋儒之雅趣作詩，以書學、書法喻詩，以歷史典故、軼事趣聞入詩，其談書詩意境之高絕，詩風陳義之悠遠，已臻個人創作生涯顛峰，自成一家。元祐之後，黃庭堅於宋

代文壇名氣日盛，宗法黃詩者蔚然成風，發展為博大的江西詩派。

（四）老年時期（1094～1105）──生死感悟：元祐八年（1093）九月，太皇太后高氏崩逝，諡號宣仁聖烈皇后，宋哲宗正式親政，翌年即改元「紹聖」。元祐以降，紹聖（1094～1097）、元符時期（1098～1100），宋哲宗復用新黨，變法派再度得勢，開始對元祐文人集團進行政治相關的壓迫，因宮闈黨爭之故，蘇門諸人接連受貶，黃庭堅亦然。然而，黃庭堅在創作裡卻避免表現遷謫的苦難生活，堅持將詩歌與政治分離，僅僅作為抒寫個人情性、以追求「詩之美」的工具。以此時期之談書詩為例：〈用前韻謝子舟為予作風雨竹〉從畫中「風斜兼雨重」可知其「意出筆墨外」之巧構，進而將書寫層次提升至生死的感悟。〈花光仲仁出秦蘇詩卷思二國士不可復見開卷絕嘆因花光為我作梅數枝及畫煙外遠山追少游韻記卷末〉「何況東坡成古丘，不復龍蛇看揮掃」追憶摯交亡友蘇軾其酣暢勁健，筆走龍蛇之書法造詣；同時，亦感嘆斯人已逝之沉痛愁緒，故有「嘆息斯人不可見」。黃庭堅藉此題畫之作悼念蘇軾、秦觀兩位故人，兼論書、畫之意趣。黃庭堅生涯晚期「平淡精煉」、「內涵豐富」，部分佳作已達到他所追求的「不煩繩削而自合」的水準。

三、右軍、〈瘞鶴〉、魯公帖，戲語禪意見初心

黃庭堅談書詩之內涵對其書論及書史之考據，乃至於審美思維之思辨，均是極佳的後設考察素材。黃庭堅談書詩之審美思維，涵蓋其書學觀及審美意趣。明代董其昌提出「晉人書取韻，唐人書取法，宋人書取意」[註3]之後，「韻」就常被書史家以概括視角指涉晉人的書法思維與風格。宋代在歐陽脩提出「學書為樂」、「學書消日」和「學書工拙」等書學命題後，繼而蘇軾求「意」、米芾求「趣」、黃庭堅則是求「韻」。相對於重視筆畫型態的表象，蘇軾、黃庭堅、米芾等

〔註3〕〔明〕董其昌：〈書品〉，收錄於《容臺集》第4冊（臺北：國立中央圖書館，1968年），別集，卷4，頁1890。

這些宋代文士之書學觀點，大抵環繞在創作主體的精神意趣，他們更重視筆墨之間流露的性情與率真。黃庭堅之談書詩、書論相關題跋，交互論證，可知其「崇尚晉韻，尊推王書」、「思辨古法，臨池〈瘞鶴銘〉與顏書」兩大書學思維：

（一）「崇尚晉韻，尊推王書」：自從「韻」開始用於書藝品評以來，「韻」就成了重要的審美範疇，但是首度大量以「韻」來作為評論書法之標準並奉為圭臬，則是由黃庭堅伊始。黃庭堅論書以「韻」為主。所謂「韻」，即為「不俗」。「俗」者，平庸，淺也。要有「韻」則必先脫「俗」。黃庭堅對於不俗（「韻」）之追求，大抵根植於魏晉六朝名士之「韻」；所以，黃庭堅論書應是以魏晉六朝之「韻」為核心。黃庭堅論書往往評其是否得自魏晉名士之韻，不僅要學其筆法技巧，更要超脫其形式法則的規範，其對「韻」的解讀與詮釋，似乎包羅著更豐富的意涵。昔「韻」蘊含氣韻、神韻，以人物之視角觀之，意指人品、學識和氣度，三位一體所展現的文人風骨；以書法之視角觀之，即書法作品所蘊含的風姿、意境。黃庭堅以晉「韻」為立基，輻射展延，並以王羲之其人其書為尊，創作為數不少品評、鑑賞王羲之的談書詩，可見黃庭堅對於晉韻之深化並轉化於談書詩之實踐。

（二）「思辨古法，臨池〈瘞鶴銘〉與顏書」：黃庭堅之書學觀亦相當重視「古法」。在中國書法史上，關於「法」的書學審美，當以唐代為盛。但筆者認為黃庭堅所提是一種融會晉韻及唐法，所互涵之「古法」。「古」乃相對於「今」之時間概念，依黃庭堅所處之時代觀之，北宋屬「今」；相對而言，魏晉六朝、唐朝屬「古」。故而，黃庭堅之「古法」可謂「古人筆法」，其書學審美兼融晉、唐書風。黃庭堅對唐人書法的評價是以「古法」為評鑑標準，並以顏真卿為論述核心，他強調顏真卿雖另闢蹊徑，自成一家，然其學書之法上承王羲之一脈，兼融晉、唐書風。除了對於顏真卿墨跡之觀覽、品鑑，筆者認為黃庭堅對魏晉時期陶弘景〈瘞鶴銘〉大字楷書之喜好，亦是積習古法後的反思，進而建構起自身思辨古法之書學觀。黃庭堅對〈瘞鶴

銘〉相當推崇，並奉其為大字之祖，更認為〈瘞鶴銘〉非陶弘景所書而是王羲之所作。黃庭堅對王羲之書學審美的喜好，再加上他崇拜的唐代書家顏真卿亦取法此銘，使得〈瘞鶴銘〉在黃庭堅心中的地位相當崇高。黃庭堅亦取法〈瘞鶴銘〉之大開大闔而融會為自身之書法風格。黃庭堅書法創作中，最有代表性的大字書法，後人多評其書得力於〈瘞鶴銘〉。黃庭堅品鑑書法之標準，是以魏晉人尚「韻」為核心，輻射深化展延；再以唐代重「法度」又超軼絕塵之觀點，思辨晉、唐並蓄之「古法」，重新梳理自己的書法創作思維、品評鑑賞書法審美之標準，進而將其轉化、遷移至談書詩的創作與闡發，建構自身獨到的書學觀。

「戲語出奇」黃庭堅之詩歌，本質是「奇」，更精確而言是「出奇」，其談書詩亦如是。以黃庭堅詩歌的審美特質觀之，其「欲詩好」且又能「使詩好」，無非是「奇」產生的效用。作詩以「戲」字為之，從創作的構想上就已然稱「奇」，則所戲弄之人、事、物當有趣事可言。本文分論「戲贈摯友」、「戲詠毛筆」，探究黃庭堅談書詩中，排遣苦悶，帶點揶揄意味的諧謔；或者表達生活的閒情雅趣、品藻人物、譏嘲荒謬之事。

「戲贈摯友」的談書詩中，例如：〈戲贈高述六言〉透過輕鬆、閒適的筆調，道出相逢困難之景況與心有會晤書卷之靈犀，流露對摯友高述之思念。〈戲贈米元章二首・其一〉藉由閒適之筆法，敘寫摯友米芾經常攜帶書帖、畫卷置於船上，以書、畫為伴侶，攜手遊歷山水之翰墨韻事。〈戲贈米元章二首・其二〉以諧趣的口吻，道出年幼的米友仁已然承繼其父米元章書、畫技藝之精隨。看似玩笑之語，實則對米友仁的書學涵養「夾戲夾議」，期許米友仁繼承其父米芾衣缽之詩旨。〈吳執中有兩鵝為余烹之戲贈〉雖是戲贈吳執中之作，不過黃庭堅以諧謔、趣味的筆調敘寫「烹鵝」，可謂之「奇」。

「戲詠毛筆」清楚且具體展示黃庭堅廣闊而豐富多彩的審美精神，以及藉由鑑賞古器物而引發出對於古今興替的感懷、人世哲學的

省思。黃庭堅談書詩以「戲」吟詠毛筆，亦體現這般特質。〈戲詠猩猩毛筆二首・其一〉以「猩猩筆」為第一人稱視角，戲言「主人選筆」不如說是「筆選主人」，寓含反客為主的諧趣。〈戲詠猩猩毛筆二首・其二〉化用《北史・古弼傳》之典故，黃庭堅意指蘇軾對朝廷之忠，宛如「筆公」古弼，可如今「筆公」竟成「黑頭公」，以「毛筆筆鋒沾墨」暗諷忠臣遭小人陷害，此詩將「黑」喻為「毀謗」暗寓蘇軾被謫籍黃州一事，看似戲詠毛筆，實則替摯友打抱不平，出奇不意，頗具匠心。

　　黃庭堅對於禪學積習甚久，潛心精研，是一位典型「以禪論書」的書家。黃庭堅論書詩中的「書學思想」與「禪學」的關係，主要建立在禪學之上，但同時亦雜揉會通儒、道兩家之旨趣，追尋「字中有筆，句中有眼」、「心不知手，手不知心」。

　　「字中有筆，句中有眼」黃庭堅「以禪論書」主張「字中有筆，如禪家句中有眼」。「字中有筆」即文字構型中體現出對筆法的透徹理解，亦即字中對筆法的明心見性。另外一個意思是指「具眼人」，黃庭堅認為只有「具眼人」才能深諳知之。黃庭堅寄意翰墨，遊戲於書、畫之間，將書跡、畫境視為「真實相」，此乃「視假為真」；不過，黃庭堅常將真實世界之山巖河海，幻想為書、畫之境（〈戲答趙伯充勸莫學書及為席子澤解嘲〉）；故而，有些許談書詩乃「視真為假」。（〈發舒州向皖口道中作寄李德叟〉）黃庭堅用「法眼」體察自然萬象，並將其關照所得鎔鑄為自身書法之「筆」，書論之「句」，此乃黃庭堅「字中有筆，句中有眼」之真意。

　　「心不知手，手不知心」乃黃庭堅內心深處所嚮往之的創作方法。「心不知手，手不知心」就是「心能轉腕，手能轉筆」，而這也是禪宗的「無我」（「無心」）境界。黃庭堅從禪宗「明心見性」及「無我」之觀念，遷移書法「心不知手，手不知心」，亦轉化為談書詩之創發。「化我霜毫作鵬翼」（〈庭誨惠鉅硯〉）與「毫端已與心機化」（〈觀王熙叔唐本草書歌〉）二句，流露其「筆與心機」之妙悟。「閒無用

心處」(〈林為之送筆戲贈〉)可視為「心不知手,手不知心」之「無心」揮毫。「筆墨妙自然」(〈次韻子瞻書黃庭經尾付蹇道士〉)乃「明心見性」後,其「無心」之心與天地造物已臻心物交感,萬化冥合。黃庭堅談書詩從審美精神而言,應可視為釋、道、儒三教合一之思想內涵。黃庭堅書學此一特點和宋代文化以及宋代禪學之發展脈絡趨於一致,其談書詩的創作中,自然而然的將禪學與書學相互呼應與闡發。

　　黃庭堅乃宋代文壇鉅子,其詩歌語言奪胎換骨,點鐵成金,凝鍊奇絕;其書法造詣積習晉、唐,植根晉「韻」輻射展延,思辨古法然卻不被法度所縛,始終致力於直抒自身胸臆,新詮宋代「尚意」書風。正因有此胸懷,黃庭堅能雜揉「戲語出奇」之「趣」,會通「以禪論書」之「意」,在字之筆法中,體會筆法外之心境,於黃庭堅談書詩中,充分體現雜揉「宋型」嫻雅之審美意趣,足見學古通變,自成一家之歷程。

參考文獻

一、專書

(一) 古籍（依作者朝代先後次序排列）

1. 〔東漢〕許慎，〔清〕段玉裁注：《說文解字注》（上海：上海古籍出版社，1981 年 10 月第 1 版）。

2. 〔魏〕劉劭，陳喬楚註譯：《人物志今註今譯》（臺北：臺灣商務印書館，1996 年）。

3. 〔西晉〕陳壽：《三國志》（北京：中華書局，1971 年）。

4. 〔梁〕劉勰，王更生注釋：《文心雕龍讀本》（臺北：文史哲出版社，1991 年 9 月）。

5. 〔唐〕姚思廉：《梁書》（北京：中華書局，1973 年）。

6. 〔唐〕房玄齡等：《新校本晉書并附編六種》（臺北：鼎文書局，1980 年）。

7. 〔唐〕韓愈，〔清〕馬其昶校注：《韓昌黎文集校注》（臺北：世界書局，1972 年）。

8. 〔唐〕張彥遠：《法書要錄》（北京：人民美術出版社，2003 年）。

9. 〔唐〕李延壽：《新校本北史并附編三種》（臺北：鼎文書局，1980 年）。

10. 〔宋〕歐陽脩：〈唐安公美政頌〉，《集古錄跋尾》，收入《石刻史

料新編》，卷六（臺北：新文豐出版社，1977 年）。

11. 〔宋〕歐陽脩、宋祁：《新唐書》（北京：中華書局，1997 年 3 月一版北京六刷）。

12. 〔宋〕歐陽脩：《歐陽脩全集》（北京：中華書局，2001 年）。

13. 〔宋〕蘇軾；〔明〕毛晉訂：《東坡題跋》（臺北：廣文書局，1971 年）。

14. 〔宋〕蘇軾，孔凡禮點校：《蘇軾文集》（北京：中華書局，1990 年 4 月 1 版 2 刷）。

15. 〔宋〕朱長文：《墨池編》（臺北：國立中央圖書館出版，1970 年 7 月初版）。

16. 〔宋〕黃庭堅；〔明〕毛晉訂：《山谷題跋》（臺北：廣文書局，1971 年）。

17. 〔宋〕黃庭堅；劉琳、李勇先、王蓉貴校點：《黃庭堅全集》（成都：四川大學出版社，2001 年 5 月第 1 版）。

18. 〔宋〕黃庭堅；任淵等注，劉尚榮點校：《黃庭堅詩集注》（北京：中華書局，2007 年）。

19. 〔宋〕黃庭堅；〔宋〕任淵、史容、史季溫注，黃寶華點校：《山谷詩集注》（上海：上海古籍出版社，2008 年）。

20. 〔宋〕秦觀，徐培均校注：《淮海居士長短句》（上海：上海古籍出版社，1985 年 8 月）。

21. 〔宋〕秦觀，徐培均箋注：《淮海集箋注》（上海：上海古籍出版社，2000 年 11 月）。

22. 〔宋〕陳師道，李偉國點校：《後山談叢》（北京：中華書局，2007 年）。

23. 〔宋〕晁說之：《嵩山文集》，曾棗莊、劉琳主編：《全宋文》（上海：上海辭書出版社，2006 年）。

24. 〔宋〕釋惠洪：《石門文字禪》（臺北：臺灣商務印書館，1981 年，《四部叢刊初編》影印明徑山寺刊本）。

25.〔宋〕釋惠洪，李保民校點：《冷齋夜話》（上海：上海古籍出版社，2012 年）。

26.〔宋〕胡仔：《苕溪漁隱叢話》（臺北：世界書局，2009 年）。

27.〔宋〕羅大經：《鶴林玉露》（北京：中華書局，1985 年）。

28.〔宋〕嚴羽，郭紹虞校釋：《滄浪詩話校釋》（臺北：里仁書局，1983 年）。

29.〔宋〕蔡絛：《鐵圍山叢談》（北京：中華書局，1983 年）。

30.〔宋〕普濟：《五燈會元》（臺北：新文豐出版公司，1998 年 12月）。

31.〔宋〕王稱：《東都事略》（臺北：國立中央圖書館，1991 年 2月）。

32.〔宋〕釋宗鏡：《金剛科儀寶卷》（臺中：瑞成書局，1997 年）。

33.〔宋〕崇岳、了悟等編：《密菴和尚住衢州西烏巨山乾明禪院語錄》（臺北：新文豐出版公司，1998 年 12 月修訂一版六刷）。

34.〔元〕脫脫：《宋史》（北京：中華書局，1977 年）。

35.〔元〕脫脫等：《新校本宋史并附編三種》（臺北：鼎文書局，1980 年）。

36.〔明〕王世貞，羅仲鼎校注：《藝苑卮言校注》（濟南：齊魯書社，1992 年）。

37.〔明〕董其昌：《容臺集》（臺北：國立中央圖書館，1968 年）。

38.〔明〕張溥，殷孟倫注：《漢魏六朝百三家集題辭注》（北京：人民文學出版社，1960 年）。

39.〔清〕吳喬，郭紹虞編：《清詩話續編》（臺北：木鐸出版社，1983 年 12 月初版）。

40.〔清〕孫岳頒、王原祁等編：《佩文齋書畫譜》（杭州：浙江人民美術出版社，2014 年）。

41.〔清〕清聖祖敕編：《全唐詩》（臺南：平平出版社，1974 年 12月再版）。

42.〔清〕沈德潛:《唐詩別裁》(臺北:臺灣商務印書館,1956 年)。

43.〔清〕彭定求、沈三曾等編纂:《全唐詩》(上海:上海古籍出版社,1990 年 4 月初)。

44.〔清〕蔣士銓;邵海清、李夢生校箋:《忠雅堂集校箋》(上海:上海古籍出版社,1993 年)。

45.〔清〕何文煥、丁福保編:《歷代詩話統編》(北京:北京圖書館出版社,2003 年)。

46.〔清〕何文煥輯:《歷代詩話》(北京:中華書局,2006 年重印版)。

47.〔清〕董誥等編纂:《全唐文》(上海:上海古籍出版社,1993 年初版)。

48.〔清〕郭慶藩編:《莊子集釋》(臺北:萬卷樓出版社,2007 年)。

49.〔清〕王文誥輯註、孔凡禮點校:《蘇軾詩集》(北京:中華書局,1982 年)。

50.〔清〕黃以周:《續資治通鑑長編拾補》(臺北:世界書局,1974 年 6 月)。

51.〔清〕陳衍評點,曹中孚校注:《宋詩精華錄》(成都:巴蜀書社,1992 年 3 月 1 版 1 刷)。

52.〔清〕馬宗霍:《書林藻鑑》(臺北市:商務印書館,1982 年 5 月臺二版)。

(二) 近人專著 (依出版先後次序排列)

1. 繆鉞:《詩詞散論》(臺北:臺灣開明書店,1953 年 12 月)。

2. 郭味蕖:《宋元明清書畫家年表》(北京:中國古典藝術出版社,1958 年)。

3. 王雲五編:《四部叢刊初編本縮本》(臺北:商務印書館,1965 年 8 月)。

4. 王雲五編:《四庫全書珍本七集》(臺北:臺灣商務印書館,1965 年)。

5. 徐復觀：《中國藝術精神》（臺北：學生書局，1966 年）。

6. 楊家駱編：《全漢三國晉南北朝詩》，中冊（臺北：世界書局，1969 年 8 月二版）。

7. 容集之（編著）：《文房四寶》（香港：中華書局，1973 年）。

8. 王國維：《海寧王靜安先生遺書》第 4 冊（臺北：臺灣商務印書館，1976 年）。

9. （日）吉川幸次郎：《宋詩概說》（臺北：聯經出版社，1977 年）。

10. 傅樂成：《漢唐史論集》（臺北：聯經出版事業公司，1977 年）。

11. 黃𩾃：《黃山谷年譜》（臺北：學海出版社，1979 年 10 月初版）。

12. 劉若愚（James J. Y. Liu）：《中國文學理論》（臺北：聯經出版社，1981 年）。

13. 逯欽立：《先秦漢魏晉南北朝詩》（北京：中華書局，1983 年）。

14. 華正人編：《歷代書法論文選》（臺北：華正書局有限公司，1984 年）。

15. 楊牧：《陸機文賦校釋》（臺北：洪範書店，1985 年）。

16. 索予明：《文房四寶》（臺北：行政院文化建設委員會，1986 年）。

17. 莫礪鋒：《江西詩派研究》（濟南：齊魯書社，1986 年）。

18. 熊秉明：《中國書法理論體系》（臺北：谷風出版社，1987 年）。

19. （德）席勒（Schiller）著，徐恆醇譯：《美育書簡》（臺北：丹青出版社，1987 年）。

20. 張高評編：《宋詩論文選輯》（一）（高雄：復文出版社，1988 年 5 月）。

21. 謝佩芬：《北宋詩學中「寫意」課題研究》（臺北：臺大文學院發行，1988 年），全一冊。

22. 曾棗莊、劉琳主編：《全宋文》（成都：巴蜀書社，1988 年）。

23. 王力：《古代漢語》（臺北：藍燈文化，1989 年 1 月初版）。

24. 王鎮遠：《中國書法理論史》（合肥：黃山書社，1990 年）。

25. 潘德熙：《文房四寶：中國書具文化》（上海：上海古籍出版社，

1991 年）。

26. 劉俊文主編、黃約瑟譯:《日本學者研究中國史論著選譯》（北京：中華書局，1992 年）。

27. 顏崑陽:《六朝文學觀念叢論》（臺北：正中書局，1993 年）。

28. 傅璇琮、倪其心等主編:《全宋詩》（北京：北京大學出版社，1993 年 9 月第一版）。

29. 張淑芬（編著）:《文房四寶鑑賞與收藏》（長春：吉林科學技術出版社，1994 年）。

30. 萬金麗:《文房四寶精品鑑賞與價值》（北京：中國致公出版社，1994 年）。

31. 曾棗莊:《蘇轍評傳》（臺北：五南圖書出版有限公司、中華發展基金管理委員會聯合出版，1995 年 6 月初版 1 刷）。

32. 張建業:《中國詩歌史》（臺北：文津出版社，1995 年 6 月）。

33. 張高評:《宋詩之新變與代雄》（臺北：洪葉文化，1995 年 9 月初版一刷）。

34. 陳振濂主編:《中國書法批評史》（杭州：中國美術學院出版社，1997 年）。

35. 華正人編:《歷代書法論文選》（臺北：華正書局，1997 年）。

36. 鄭永曉著:《黃庭堅年譜新編》（北京：社會科學文獻出版社，1997 年 8 月）。

37. 黃啟方:《宋代詩文縱橫》（臺北：商務印書館，1997 年）。

38. 鄭永曉:《黃庭堅年譜新編》（北京：社會科學文獻出版社，1997 年）。

39. 黃寶華:《中國思想家評傳叢書‧黃庭堅評傳》（江蘇：南京大學出版社，1998 年）。

40. 錢鍾書:《談藝錄》（臺北：書林出版有限公司，1999 年 2 月）。

41. 曹寶麟:《中國書法史》（南京：江蘇教育出版社，1999 年 10 月第一版）。

42. 杜維運：《史學方法》（臺北：三民書局股份有限公司，1999 年增訂新版）。

43. 姚瀛艇主編：《宋代文化史》（開封：河南大學出版社，1999 年12 月）。

44. 熊秉明：《中國書法理論體系》（臺北：雄獅圖書公司，1999 年）。

45. 中國文學史編輯小組：《新編中國文學史（二）》（高雄：復文圖書出版社，2000 年）。

46. 暢廣元主編：《文學文化學》（瀋陽：遼寧人民出版社，2000 年6 月）。

47. 王朝聞：《中國美術史·宋代卷下》（濟南：齊魯書社，2000 年）。

48. 張伯元、印漢雲、蔡國聲：《文房四寶》（上海：上海文化出版社，2000 年）。

49. 劉琳、李勇先、王蓉貴校點：《黃庭堅全集》（成都：四川大學出版社，2001 年5 月第 1 版）。

50. 李春青：《宋學與宋代文學觀念》（北京：北京師範大學出版社，2001 年 10 月）。

51. 錢鍾書：《宋詩選註》（北京：三聯書店，2001 年）。

52. 劉琳、李勇先、王蓉貴校點：《黃庭堅全集》（成都：四川大學出版社，2001 年）。

53. 歐陽中石等著：《書法天地》（臺北市：臺灣商務印書館，2002 年12 月）。

54. 楊慶存：《黃庭堅與宋代文化》（開封：河南出版社，2002 年）。

55. 楊政河：《華嚴哲學研究》（臺北：慧炬出版社，2004 年）。

56. 錢婉約：《內藤湖南研究》（北京：中華書局，2004 年）。

57. 余英時：《中國知識階層史論——古代篇》（臺北：聯經出版社，2006 年）。

58. 陳志平：《黃庭堅書學研究》（北京：中華書局，2006 年）。

59. 王國維著，徐調孚校注：《校注人間詞話》（臺北：頂淵文化事業

有限公司，2007 年）。

60. 張高評：《創意造語與宋詩特色》，（臺北：新文豐出版社，2008年）。

61. 黃惇：《秦漢魏晉南北朝書法史》（南京：江蘇鳳凰美術出版社，2008 年）。

62. 蘇珊玉：《人間詞話之審美觀》（臺北：里仁書局，2009 年 9 月）。

63. 陳方既：《中國書法美學思想史》（鄭州：河南美術出版社，2009年）。

64. 楊家駱主編：《宋人題跋》（臺北：世界書局，2009 年）。

65. 蓋琦紓：《黃庭堅的散文藝術》，收錄於《古典文學研究輯刊》第21 冊（臺北：木蘭文化出版社，2010 年初編（精裝））。

66.（美）潘乃德（R. Benedict）著、黃道琳譯：《文化模式》（Patterns of Culture）（臺北：巨流圖書有限公司，2001 年 5 月）。

67. 鄭永曉整理：《黃庭堅全集輯校編年》（南昌：江西人民出版社，2011 年 9 月）。

68.（日）吉川幸次郎著，鄭清茂譯：《宋詩概說》（臺北：聯經出版社，2012 年）。

69. 王世徵：《歷代書論名篇解析》（北京：文物出版社，2012 年）。

70. 蔡顯良：《宋代論書詩研究》（北京：人民書局，2013 年 3 月第1 版）。

71. 甘中流：《中國書法批評史》（北京：人民美術出版社，2014 年）。

72. 黃君：《千年書史第一家——黃庭堅書法評傳》（北京：中國人民大學出版社，2014 年 2 月）。

二、期刊論文（依發表先後次序排列）

1.（日）內藤湖南：〈概括的唐宋時代觀〉，收錄於《歷史と地理》第 9 卷第 5 號（京都，1922 年 5 月），頁 1～11。

2. 陳世華：〈〈瘞鶴銘〉、天監井欄與陶弘景書法〉，收錄於《書法研

究》（上海：上海書畫出版社，1985 年 4 月），頁 18～21。

3. 錢志熙：〈黃庭堅詩分期初論〉，收錄於《溫州師院學報》哲學社
   會科學版（溫州：溫州師範學院，1989 年第 4 期），頁 24～32。

4. 周明之：〈中國近代文學史的突破：王國維的文學觀〉，《漢學研
   究》第 13 卷第 1 期（臺北：國家圖書館漢學研究中心，1995 年
   6 月），頁 239～279。

5. 吳晟：〈試論黃庭堅體〉，收錄於《南昌大學學報（社會科學版）》
   第 26 卷第 2 期（南昌：南昌大學，1995 年 6 月），頁 73～81。

6. 莫礪鋒：〈論黃庭堅創作的三個階段〉，收錄於《文學遺產》（北
   京：中國社會科學院文學研究所，1995 年第 3 期），頁 70～79。

7. 蔣原倫、潘凱雄：《歷史描述與邏輯演繹——文學批評文體論》
   （昆明：雲南人民出版社，1999 年），頁 27～36。

8. 何碧琪：〈國立故宮博物院藏「淳化祖帖」研究〉，收錄於《故宮
   學術季刊》第 21 卷第 4 期（臺北：國立故宮博物院，2004 年），
   頁 57～110。

9. 白金銑：〈禪宗脫落哲學之起源與發展〉，收錄於《世界宗教學
   刊》（嘉義：南華大學宗教研究所，2005 年 12 月），第六期，
   頁 187～283。

10. 張承鳳：〈黃庭堅詩分期評議〉，收錄於《社會科學研究》（重慶：
    重慶教育學院，2005 年第 4 期），頁 180～185。

11. 蔡顯良：〈黃庭堅論書詩研究〉，收錄於《書畫世界》第 2 期（合
    肥：安徽美術出版社，2006 年），頁 70～71。

12. 劉昭明、黃子馨：〈蘇、黃訂交考〉，收錄於《文與哲》第十一期
    （高雄：國立中山大學中國文學系，2007 年 12 月），頁 263～
    288。

13. 陳志平：〈千古名高一夢英〉，收錄於《文史知識》（北京：中華
    書局，2007 年第三期），頁 149～153。

14. 何碧琪：〈佛利爾本《淳化閣帖》及其系統研考〉，收錄於《國立

臺灣大學美術史研究集刊》第 20 期（臺北：國立臺灣大學藝術
史研究所，2006 年 3 月），頁 19～61。

15. 卓國浚：〈黃山谷書學理論體系〉，收錄於《藝術評論》第十七期
（臺北：國立臺北藝術大學，2007 年），頁 1～23。

16. 楊頻：〈黃庭堅書法藝術創作分期初論〉，收錄於《刑台職業技術
學院學報》第 25 卷第 2 期（刑台：刑台職業技術學院，2008 年
4 月），頁 83～90。

17. 張克鋒：〈唐前詠書文學簡論〉，《蘭州交通大學學報》第 28 卷第
5 期（蘭州：蘭州交通大學，2009 年 10 月），頁 5～9。

18. （日）淺見洋二：〈黃庭堅詩注的形成與黃𥔲《山谷年譜》——以
真跡及石刻的利用為中心〉，收錄於《中山大學學報》（社會科學
版）第 51 卷第 2 期（廣州：中山大學學報編輯部，2011 年 3 月
15 日），頁 24～37。

19. 張高評：〈評《詩人玉屑》述推陳出新與自得自到——兼論印本
寫本之傳播與接受〉，收錄於《文與哲》第十八期（高雄：國立
中山大學中國文學系，2011 年 6 月），頁 295～332。

20. 牟發松：〈「唐宋變革說」三題——值此說創立一百周年而作〉，
《華東師範大學學報》（哲學社會科學版）第 1 期（上海：華東
師範大學，2010 年），頁 1～3。

21. 由興波：〈唐宋論書詩的文化特質〉，收錄於《華夏文化論壇》第
九輯第 1 期（長春：吉林大學中國文化研究所、吉林大學東北文
化與社會發展研究中心主辦；吉林文史出版社發行，2013 年），
頁 42～48。

22. 由興波：〈唐宋論書詩中的比況手法〉，收錄於《中國書法》第 2
期（長春：吉林大學文學院，2015 年 2 月），頁 193～194。

23. 姜壽田：〈書法韵的生成與嬗變〉，《中國書法》（北京：中國書法
協會，2017 年 1 月），頁 4～17。

24. 賴文隆：〈蘇軾〈石蒼舒醉墨堂〉詩中「我書意造本無法」之書

學觀析探〉，收錄於《高雄師大國文學報》第二十八期（高雄：國立高雄師範大學國文學系，2019 年），頁 135～176。

25. 郭晉銓：〈黃庭堅書學對六朝「韻」審美思維的深化與擴充〉，收錄於《成大中文學報》第六十八期（臺南：國立成功大學中文系，2020 年 3 月）。

26. 楊曉軍：〈從〈瘞鶴銘〉書法特色看道家的藝術精神〉，收錄於《語文教學通訊》第 1138 卷第 2 期（臨汾：山西師範大學，2021 年 2 月），頁 83～85。

27. 郭英德：〈人文知識、史傳筆法與遊戲心態——讀韓愈〈毛穎傳〉隨感〉，收錄於《文史知識》（北京：中華書局，2021 年 3 月），頁 89～99。

三、學位論文

1. 陳志平：《黃庭堅書學研究》（北京：首都師範大學美術學博士論文，2004 年）。

2. 由興波：《詩法與書法——宋代「書法四大家」詩學思想與書法理論比較研究》（上海：復旦大學中國古代文學博士論文，2006 年）。

3. 蔡顯良：《宋代論書詩研究》（南京：南京藝術學院美術學博士論文，2007 年 5 月）。

4. 凌麗萍：《宋代論書詩研究》（杭州：浙江大學美術學碩士論文，2007 年 5 月）。

5. 薛惠齡：《《山谷題跋》中的書學研究》（高雄：國立高雄師範大學國文學系碩士論文，2008 年）。

6. 王新榮：《唐代書法美學思想與主體精神演變史研究》（濟南：山東大學，文藝學碩士論文，2009 年）。

7. 張星星：《林逋書法風格研究》（南京：南京航空航天大學美術學碩士學位論文，2009 年 3 月）。

8. 林瑪琍:《黃庭堅論書詩探微》(臺中:靜宜大學中國文學研究所碩士論文,2011 年)。

9. 任子田:《漢末魏晉談論及說理散文研究》(成都:四川師範大學文學院中國古代文學碩士論文,2011 年 5 月)。

10. 郭志霄:《蘇軾黃庭堅論書詩比較研究》(長春:吉林大學中國古代文學碩士論文,2015 年)。

11. 黃艷:《內藤湖南「宋代近世說」研究》(長春:東北師範大學中國史學史博士論文,2016 年 6 月)。

12. 鍾美玲:《黃庭堅詩歌與意新語工》(臺南:國立成功大學中國文學研究所博士論文,2019 年 1 月)。

13. 賈楠:《釋夢英篆書研究》(太原:山西大學碩士學位論文,2019 年 6 月)。

四、網路資源

1.「國家圖書館」網址:https://www.ncl.edu.tw/

附錄　本研究收錄《全宋詩》黃庭堅談書詩出處索引

序號	黃庭堅談書詩之詩名	體　裁	出　處	頁次	創作時間
1	〈題蘇才翁草書壁後〉	七言絕句	卷 1020	11654	熙寧二年（1069 年）
2	〈奉和王世弼寄上七兄先生用其韻〉	五言古詩	卷 1013	11458	熙寧八年（1075 年）
3	〈庭誨惠鉅硯〉	七言古詩	卷 1019	11630	
4	〈觀王熙叔唐本草書歌〉	七言古詩	卷 1019	11633	元豐元年（1078 年）
5	〈林為之送筆戲贈〉	五言古詩	卷 1005	11494	元豐二年（1079 年）
6	〈書扇〉	七言絕句	卷 1005	11499	
7	〈以右軍書數種贈丘十四〉	七言古詩	卷 1019	11637	
8	〈李君貺借示其祖西臺學士草聖并書帖一編二軸以詩還之〉	七言古詩	卷 1019	11637	元豐三年（1080 年）
9	〈發舒州向皖口道中作寄李德叟〉	五言古詩	卷 1006	11508	
10	〈題馬當山魯望亭四首〉之三〈顏魯公〉	六言古詩	卷 1006	11510	

11	〈姨母李夫人墨竹二首〉之一	七言絕句	卷987	11382	
12	〈姨母李夫人墨竹二首〉之二	七言絕句	卷987	11382	
13	〈蕭子雲宅〉	七言絕句	卷1007	11514	元豐四年（1081年）
14	〈再次韻奉答子由〉	七言律詩	卷1007	11517	
15	〈代書〉	五言古詩	卷1007	11518	
16	〈送酒與周法曹用前韻〉	五言古詩	卷1007	11520	
17	〈長句謝陳適用惠送吳南雄所贈紙請續南華內外篇〉	七言古詩	卷1008	11522	元豐五年（1082年）
18	〈奉答茂衡惠紙長句〉	七言古詩	卷1010	11538	
19	〈次韻周法曹游青原山寺〉	五言古詩	卷1010	11545	元豐六年（1083年）
20	〈寄上高李令懷道〉	五言古詩	卷1010	11546	
21	〈吉老許惠李北海石室碑以詩促之〉	七言古詩	卷1019	11639	
22	〈吉老兩和示戲答〉	七言古詩	卷1019	11639	
23	〈次韻李之純少監惠硯〉	七言古詩	卷980	11340	元豐八年（1085年）
24	〈題王黃州墨跡後〉	五言古詩	卷980	11341	元祐元年（1086年）
25	〈奉和公擇舅氏送呂道人研長韻〉	五言古詩	卷1013	11567	
26	〈觀秘閣蘇子美題壁及中人張侯家墨跡十九紙率同舍錢才翁學士賦之〉	五言古詩	卷1017	11596	
27	〈和答錢穆父詠猩猩毛筆〉	五言律詩	卷981	11346	
28	〈戲詠猩猩毛筆二首〉之一	七言絕句	卷981	11346	
29	〈戲詠猩猩毛筆二首〉之二	七言絕句	卷981	11346	
30	〈和邢惇夫秋懷十首〉之七	五言律詩	卷982	11349	

31	〈次韻子瞻武昌西山〉	七言古詩	卷 983	11353	
32	〈柳閎展如子瞻甥也其才德甚美有意於學故以桃李不言下自成蹊八字作詩贈之〉	五言古詩	卷 983	11353	
33	〈劉晦叔許洮河綠石硯〉	七言絕句	卷 984	11361	
34	〈謝王仲至惠洮州礪石黃玉印材〉	七言古詩	卷 984	11361	
35	〈雙井茶送子瞻〉	七言律詩	卷 984	11358	
36	〈題劉將軍鵝〉	七言絕句	卷 985	11367	
37	〈題畫鵝鴈二首〉之一	五言古詩	卷 1013	11571	
38	〈題畫鵝鴈二首〉之二	五言古詩	卷 1013	11571	
39	〈答王道濟寺丞觀許道寧山水圖〉	七言古詩	卷 1013	11571	
40	〈謝景文惠浩然所作廷珪墨〉	七言古詩	卷 1014	11573	
41	〈次韻王炳之惠玉版紙〉	七言古詩	卷 986	11370	
42	〈次韻錢穆錢穆父贈松扇〉	七言律詩	卷 985	11369	元祐二年（1087 年）
43	〈戲答趙伯充勸莫學書及為席子澤解嘲〉	七言古詩	卷 986	11374	
44	〈題子瞻枯木〉	七言絕句	卷 987	11380	
45	〈次韻子瞻書黃庭經尾付蹇道士〉	七言古詩	卷 1015	11582	
46	〈題子瞻書詩後〉	六言絕句	卷 1014	11578	
47	〈戲贈高述六言〉	六言古詩	卷 1014	11578	
48	〈謝送宣城筆〉	七言律詩	卷 1014	11578	
49	〈王彥祖惠其祖黃州制草書其後〉	五言律詩	卷 1014	11580	
50	〈效進士作觀成都石經〉	五言古詩	卷 1014	11580	
51	〈用前韻謝子舟為予作風雨竹〉	五言古詩	卷 990	11398	元符二年（1099 年）

52	〈以虎臂杖送李任道二首〉之一	七言絕句	卷 1015	11585	元符三年（1100 年）
53	〈戲贈米元章二首〉之一	七言絕句	卷 993	11417	靖國元年（1101 年）
54	〈戲贈米元章二首〉之二	七言絕句	卷 993	11417	
55	〈題徐氏書院〉	七言古詩	卷 994	11421	
56	〈題君子泉〉	七言絕句	卷 995	11426	
57	〈吳執中有兩鵝為余烹之戲贈〉	七言絕句	卷 997	11435	崇寧二年（1103 年）
58	〈文安國挽詞二首〉之一	五言律詩	卷 996	11430	
59	〈文安國挽詞二首〉之二	五言律詩	卷 996	11430	
60	〈花光仲仁出秦蘇詩卷思二國士不可復見開卷絕嘆因花光為我作梅數枝及畫煙外遠山追少游韻記卷末〉	六言古詩	卷 997	11439	崇寧三年（1104 年）
61	〈書摩崖碑後〉	七言古詩	卷 998	11441	
62	〈墨蛇頌〉	六言古詩	卷 1026	11734	無可考據
63	〈楊凝式行書〉	七言絕句	卷 1027	11741	無可考據